KB074684

내남자 내여자

내 남자 내 여자

초판 인쇄 _ 2004년 12월 10일
4쇄 발행 _ 2006년 12월 5일

지은이 _ 박유희
펴낸이 _ 김제구
펴낸곳 _ 리즈앤북

등록 _ 2002년 11월 15일
주소 _ 121-842 서울시 마포구 서교동 482-38
전화 _ 02)332-4037(代)
팩스 _ 02)332-4031

ISBN 89-90522-27-7 03810

내남자 내여자

박유희의 러브헌팅

리즈앤북
ries & book

나는 '연애(戀愛)의 힘'을 믿는 사람이다. 연애할 때 솟아나는 생기와 열렬함, 사랑하고 사랑받을 때 느껴지는 그 풍요로움 말이다. 정말이지 먹지 않아도 배부르고, 자지 않아도 피곤치 않을 수 있는 것은 '사랑' 말고는 설명할 길이 없다.

그런데 안타깝게도 수많은 남자와 여자들이 지금 이 순간도 사랑에 울고, 이별에 힘들어하고 있다. 진심으로 사랑했는데 보기 좋게 차이기도 하고, 좋아서 죽을 것만 같은데도 말 한 번 못 붙이는 냉가슴을 앓기도 한다. 또 가끔은 사랑해선 안 될 사람을 사랑하기도 하면서….

그렇지만 가슴이 터질 듯 아프고 힘들다 해도 이놈의 '사랑' 없이는 이 세상이 아무것도 아닌 것만 같다. 도대체 처음부터 끝까지 엉망진창에 뒤죽박죽이지만, 그래도 연애할 때 우리는 가장 촉촉하게 빛나며 한없이 충만한 행복을 느끼게 되는 거 아닌가.

박유희 러브헌팅 〈내 남자 내 여자〉는 능수능란한 연애 박사들을 위한 책이 아니다. 마음만 먹으면 10분 안에 누구든 내 사람으로 만들 수 있는 '선수용'이 아니라, 그야말로 연애의 기본도 모르는 '왕초짜'들을 위해 쓰여졌다. 사랑이 너무 고픈데 도대체 뭘 어떻게 어디서부터 시작해야 하는지 모르는 '연애새내기'를 위한 책이란 말이다.

사랑은 거저 얻어지는 게 아니다. 사랑 때문에 죽을 만큼 아파도 해 보고, 사랑 때문에 넋 나간 사람처럼 지내도 보고, 사랑에 전부를 걸었다가 잃어도 보는… 시련 없이 사랑의 열매는 맺히지 않는 법이다.

그러니 나는 왜 자꾸 사랑에 실패할까, 왜 연애 한 번 제대로 못해 보나 애꿎은 술잔만 비우지 말고, 눈을 들어 주변을 돌아 보자. 세상은 넓고 아직도 연애할 상대는 많다. 그대가 조금만 용기를 내본다면, 사랑 때문에 또 다칠까 겁먹지만 않는다면, 지금 당장 사랑의 역사는 시작될 수 있다고 확신한다.

생각을 글로 옮길 수 있는 달란트를 주신 하나님과 건강하고 아름다운 사랑을 알게 해준 내 남자 P에게 감사와 사랑을 전한다.

박유희

▪ 차례

001

남자가 내숭을 떨어야 할 때

누누이 말해왔다, 남녀 사이에 솔직함만이 최선은 아니라고. 물론 사람을 대할 때 정직하고 진실해야 함은 기본이지만 시시콜콜 필요 없는 말까지 다 해서 손해보지 말라는 것이다. 내숭은 여자들만 떠는 게 아니다. 남자에게도 숨겨야 할 비밀이 있는 법이니까.

술자리 '솔직하게 말해봐'

술자리에 앉으면 대부분 남자는 단순해진다. 그래서 여자들이 작정하고 덤벼들면 웬만한 과거는 다 털어놓는다 이 말씀. 물어본 여자가 더 나쁘지만 살살 말려들어 고해성사하는 그대도 참 어리석다. 아무리 이해심 많은 여자라 해도 어두운 과거를 알아서 좋을 게 없다는 말이다. '다 이해하고 용서할게'라는 말은 미끼에 지나지 않는다는 사실. 특히 술 좀 먹고 분위기 탔을 때 하는 '진실게임' 같은 것은 정말 조심해야 한다. 우물쭈물하는 것도 금물. 단호하게 '과거는 없다!' 고 말하라.

침대 위 '여자 많았지?'

섹스테크닉도 물론 남자의 능력 중 하나다. 하지만 여친을 즐겁게 해주다 못해 뒤로 자빠질 정도로 화려한 기술을 선보이다간 선수로 오해받을 수도 있으니 자제할 필요가 있겠다. 여자들은 본능적으로 의심이 많고 그래서 늘 질문이 많다. 능수능란한 그대를 자랑스러워하면서도 한편으론 '선수 아니야?' 하는 생각을 동시에 한다는 것. 뭐든 지나치면 모자람만 못한 거다. 너무 잘하려고 애쓰다가 칭찬은 커녕 거부감만 줄 수도 있으니 시도 때도 없이 너무 밝히진 말도록.

여행지에서 '비밀 있어?'

여행은 사람 마음을 들뜨게 하는 힘이 있다. 괜히 센티멘털해지면서 감상적으로 변하는 게 인지상정. 의기투합 심기일전의 마음으로 떠난 여행에서 오히려 싸움만 하고 돌아오는 경우가 간혹 있는데, 이는 다 '입단속' 을 제대로 못해 벌어지는 일이다. 괜히 흥분해서 안 해도 될 말까지 경솔하게 내뱉었기 때문. 복잡한 집안 사정이나 치명적인 실수담, 초라한 경제사정 등 굳이 플러스 요인이 되지 않는 이야기까지 솔직 화끈하게 말하는 것은 바람직하지 않다. 여행에서 돌아와 갑자기 그녀가 돌변했다면 그건 다 그대의 입방정 때문인 거다.

한마디로 말해 '그녀를 너무 믿지 말도록'. 남자의 내숭은 연애의 필수 덕목이다.

002

———————————— 그래도 남자니까

알고 보면 우리나라 남자들처럼 착한 남자도 없을 것이다. 남자라는 이유로 혜택도 많지만 같은 이유로 엄청 억울한 일도 많다는 사실, 인정한다. 특히 연애할 땐 성차별이 더 심해진다. 남자라서 참고, 남자라서 손해 봐야 할 일이 어디 한두 가지냐는 말이다.

남자가 속 좁게 왜 그래?

똑같이 싸워도 남자가 늘 먼저 화해의 손을 내밀어야 하는 현실. 조금만 기분 상해 있어도 대번에 '속 좁은 남자'로 몰아붙이니 맘먹고 화도 못 낸다. 단지 남자라는 이유만으로 무조건 먼저 기분 풀고 이해하라는 식은 곤란하다는 것, 안다. 그래도 많은 여자들이 따지지 않고 대범하게 넘어가는 남자를 좋아한다. 정확하게 시시비비를 가리고자 하는 남자는 피곤한 스타일이라며 바로 딱지!

그런 건 남자가 하는 거야

남녀평등 운운하며 핏대를 세우다가도 힘쓸 일, 험한 일만 생기면 '남자'를 부추기고 남자이기를 강요하는 여자들. 얄밉기는 하지만 소위 '남자의 할일'이라 불리는 것들을 제대로 못하면 그날로 푸대접이다. 컴퓨터 AS는 기본이고, 각종 가전제품을 능수능란하게 고칠 수 있어야 하며, 아무리 힘들어도 지친 내색 조금만 하면 운동 부족인 약골로 오인받으니…. 웬만하면 모른단 소리 말고, 피곤하다는 소리 하지 말자. 무능력하게 보일 수 있으니.

아무거나 잘 먹어야 남자지

아무리 그래도 나름대로 취향과 식성이란 게 있을진대, 남자들은 솔직히 반찬투정도 잘 못한다. 조금만 음식에 대해 이러쿵 저러쿵 말할라치면 "남자가 입이 짧아서…"라는 소리 듣기 십상. 그저 군소리 없이 꾸역꾸역 잘 먹고 싹싹 비워야만 '성격 좋은 남자'로 보일 수 있다. 특히 여자 쪽 지인이나 가족들 앞에서는 밥 한 톨도 남기지 말 것. 맛있게 먹고 '한 그릇 더'를 외치는 남자에게 더 좋은 점수를 주는 게 여자 쪽 심리니까.

더럽고 치사해서 연애도 못하겠다? 그래도 어쩌겠는가. 여자들은 이런 남자를 좋아하니 말이다. 하지만 여자라면 애교도 많고 귀여우면서 또 섹시해야 한다는 그대들의 편견도 만만치 않으니 너무 투덜대진 마시라.

003

여자 선수 식별법

찬바람 부는 가을, 연애하기 딱 좋은 계절이다. 여성들의 옷차림과 헤어스타일을 보라. 여인의 향기가 넘실대지 않는가. 물론 좋은 여자 만나 애틋한 사랑에 빠진다면야 더할 나위 없이 좋겠지만, 자칫 앙큼한 여우에게 홀려 단물만 쏙 빠질 수 있으니 정신 바싹 차리라. 알쏭 달쏭 여자 선수들은 이렇게 알아볼 수 있다.

애교가 몸에 밴 여자

남자들이 애교 많은 여자를 좋아한다는 것쯤은 여자들도 다 안다. 선수들은 이 점을 활용해 원하는 남자를 쉽게 굴복시킨다. 대부분 여자들은 사랑하는 사람 혹은 좋아하는 남자 앞에서만 애교를 부리지만 선수들은 다르다. 맘만 먹으면 언제 어디서나 자유자재로 부릴 줄 안다 이 말씀. 순진한 남자들은 이런 접대용 애교를 사랑이라고 착각하고 그녀에게 충성을 다하지만 그녀에게는 잠깐의 유희였을지도 모른다. 너무 쉽게, 너무 달콤하게 감겨오는 여자를 조심하라.

사연이 많은 여자

한국 남자들은 유난히 정에 약하다. 특히 예쁘고 청순해 보이는 여자가 딱한 처지에 있으면 절대 눈뜨고 그거 못 봐낸다. 발랄하고 구김 없는 여자도 물론 매력 있지만 어딘지 모르게 슬픔이 묻어나는 여자, 뭔가 말 못할 사연을 가슴에 품고 있는 듯해 보이는 여자가 더 신비해 보이는 법이다. 하지만 분위기 있어 보이는 것을 넘어서 비밀이 많고 앞뒤 정황이 잘 안 맞는 여자나 소설처럼 황당한 이야기를 줄줄 늘어놓는 여자라면 한번쯤 의심해보라. 든든한 그대의 어깨를 빌려 쉬는 것까지는 좋은데, 언제 그랬냐는 듯 박차고 일어날까 봐 걱정돼서 하는 소리다.

너무 쿨한 여자

남자는 몰라도 대부분 여자는 정말 사랑하는 남자를 만나면 물불 안 가리는 경향이 있다. 따라서 만약 그녀가 너무 쿨하게 혹은 너무 호탕하게 적당한 관계를 유지하려고 한다면, 그녀는 그대를 별로 좋아하지 않거나 아니면 쇼트타임 연애를 즐기는 선수일 가능성이 높다. 그대 앞에선 착하고 천사 같은 여자로 보이겠지만 다른 남자 앞에서도 똑같은 미소를 날릴 수 있는 여자라 이거다.

저녁 약속이 유난히 많고, 주말에도 늘 바쁜 여자. 집이나 가족을 공개하지 않는 여자 등도 선수군에 속한다.

004

멋지게 복수하는 법

연애한다고 항상 행복하고 언제까지나 핑크빛일 수는 없는 법. 잘 사귀다 마음이 변해 헤어지는 건 그나마 양반이지, 정말 뭐 밟은 기분이 들 정도로 황당한 경우도 있다. 이럴 때 대부분 사람들은 "그냥 그 사람 잊어버리는 게 가장 멋지게 복수하는 거야"라는 둥 속 터지는 소리만 한다. 그렇지 않다. 절대 참고 넘어가지 마시라.

용서하지 마라

사귄 정이 뭔지 나를 배신한 사람인데도 냉정하게 욕하지 못하는 당신. 우아하게 그녀의 행복을 빈다는 맘에도 없는 소리 따위는 하지 말자. 그렇게 솔직한 감정을 억누르다 보면 병 생긴다. 이성에 대한 막연한 욕구불만과 적개심이 생기기 마련이고 결국 건강하지 못한 이성관을 가지게 된다. 화나면 화나는 대로, 욕하고 싶다면 차라리 마음껏 욕을 하자. 내면의 욕구를 무조건 숨기지 말라는 소리다.

유치한 짓을 하라

내 뒤통수를 친 그녀. 가만 놔두는 게 최선이 아니다. 선의의 피해자가 다시 생기지 않도록 그녀의 만행을 알릴 필요가 있다. 요즘 유행하는 미니홈피, 한 다리만 거치면 모든 이웃에게 소식이 전파된다. 가능한 방법을 총동원해 주변 사람들에게 그녀의 만행을 광고하시라. 용기가 있다면 그녀의 새로운 남자에게 정정당당히 알리는 것도 아주 좋은 방법이다. 사내커플이었다면 대놓고 공격을 하거나 티나게 무시하도록.

정리할 건 정리하고

내 것도 네 것이요 네 것이 바로 내 것이던 혼연일체의 관계였다 하더라도 헤어지면 그만이다. 추억으로 간직할 생각일랑 마시고 확실하게 정리하고 깔끔한 마무리를 하란 말이다. 물건 정리는 기본이고 각종 요금제, 돈 관계 등 조목조목 따져가며 확인하자. 사랑해서 헤어지는 것도 아닌데 괜히 폼 잡지 마시고 실속부터 챙기라는 것. 그녀의 흔적이 남아 있는 메일이나 문자메시지, 홈페이지 답글도 다 정리하자.

사랑 가지고 장난친 사람에게 뼈저린 교훈을 남겨줄 의무가 그대
에게 있다. 제2의 범죄(?)를 예방하는 차원에서 말이다

005

여자들이 선호하는 스타일

이성을 볼 때 '여자는 외모, 남자는 돈'이라는 일반적인 공식을 부인할 수는 없다. 하지만 의외로 변수도 많다. 기억해야 할 것은 여자들이 공통적으로 선호하는 남자 스타일이 있다는 점이다. 그대가 가진 몇 가지 편견만 버리면 자신감 넘치는 사내로 다시 태어날 수 있을 듯.

과시형 근육은 별로

몸짱 어쩌고 하지만 솔직히 여자들은 근육 튀어나오고 깎은 듯 잘 다듬어진 몸매를 바라는 것은 아니다. 아주 말라 비틀어진 약골 체형을 보고 모성애가 발동할 수도 있는 게 여자라 이 말씀. 여자가 바라는 것은 울퉁불퉁 과시형 근육이 아니라 여자들에게 직접 도움을 주는 '남자의 힘'이다. 힘든 일 도맡아 앞장서는 비실비실한 남자가 뺀질거리는 근육맨보다 훨씬 매력적으로 보인다는 사실. 여자들이 도움을 청하기 전에 알아서 정수기 물도 갈아주고 무거운 건 번쩍 들어 옮겨주고 그래보자.

돈에 마음을 싣고

돈 많은 남자 싫어하는 여자 없다고? 돈만 많으면 뭐하나. 제대로 쓸 줄을 모르거나 그저 돈만 잘 내는 남자, 돈이 전부는 아니다. 여자들이 감동하는 건 그대 지갑에 얼마나 많은 돈이 있느냐는 것이 아니라 나를 위해 얼마나 베풀려는 자세로 임하느냐 하는 것이다. 빈말이라도 천원 한장 못 쓰게 나서주는 남자를 여자는 정말 좋아한다. 그녀가 원래 얌체라서가 아니라 왠지 '대접받는 느낌'이 싫지 않기 때문. 결국 여자들이 맘만 먹으면 남자보다 훨씬 화통하게 돈 더 잘 쓰니 겁먹지 말고 작업 초반부에 확실하게 투자하라.

느끼함 말고 로맨틱한 유머감각

여자들이 로맨틱한 분위기에 약한 건 사실이지만 그렇다고 뜬금없이 느끼한 대사를 날리거나 닭살 돋는 행동을 두서 없이 하면 역효과 난다. 드라마 〈파리의 연인〉에서 한기주가 인기 있었던 것은 남자로서의 능력과 댄디한 외모도 탁월했지만, 그보다는 여자를 결국 웃게 만들어주는 로맨틱한 유머감각 때문이었다. 느끼할 수도 있는 끈적한 순간에 다소 엉뚱한 말로 분위기를 담백하게 몰아가는 것. 진지함과 농담을 적당히 섞어 여자를 유쾌하게 만드는 능력이야말로 세상 모든 여자들이 마다하지 않을 공통적인 매력포인트. 단 유머감각은 넘치는 자신감에서 나오는 것이니 우선 자기 스스로를 믿고 실력을 키울 것.

물론 위에 거론한 세 가지 능력은 하루아침에 몸에 익혀지는 게 아니다. '여자들은 왜 그럴까' 하는 의문을 품지 말고 적힌 대로 실천하다 보면 어느새 인기 짱 남자로 서서히 변신할 수 있다고 확신한다.

때론 비밀이 행복을 지켜준다

아무리 사랑하는 남녀 사이라도 비밀은 있는 법. 몇몇 연애 초보자나 예민한 성격의 소유자들이 이 사실을 인정하려 하지 않지만 인간 관계 너무 그렇게 100% 솔직하게 드러내는 것이 꼭 좋은 것은 아니라는 걸 아시기 바란다. 때로는 비밀이 행복을 지켜주기도 하는 법이니까.

과거는 굳이 말하지 마라

남녀 사이 진실한 게 물론 최고다. 하지만 거짓 없이 투명한 사람과 그저 생각나는 대로 이말 저말 다 하는 사람이 되는 것과는 분명 차이가 있다. 뭔 소리인고 하니 굳이 말하지 않아도 되는 일은 말하지 않는 것이 연인관계에서는 더 낫다는 뜻이다. 과거에 누구를 만났는지, 왜 헤어졌는지 등등 시시콜콜한 과거사를 말해 무슨 이익이 있 겠는가. 상대가 아무리 괜찮다며 털어놓으라고 해도 끝까지 입을 다 물라. 모르면 약인데 알면 병 된다는 거 명심하도록.

애인을 위해 무조건 발뺌

이런 일은 생기지 말아야겠지만 만에 하나 애인이 의심할 상황이 벌어졌다면 열 일 제쳐두고 애인부터 우선 달래줘라. 헤어질 생각이 라면 모를까 그럴 맘이 없다면 어떡하든 발뺌하는 게 최고. 여러 가 지 시나리오를 작성하더라도 설명하고 안심시키는 게 우선이다. 그 렇다고 애인을 뻔뻔하게 속이라는 뜻이 아니라 단지 상처를 주지 말 라는 것이다. 시시콜콜 있는 그대로 설명했을 때 애인이 받을 심적 고통을 생각해보라. 아주 사소한 것이라도 다른 이성과 관련된 것들 은 애인 모르게 하는 게 매너다.

헤어지는 이유도 가려서

연인관계는 사귀는 것도 중요하지만 잘 헤어지는 게 더 어렵고 또 중요한 법이다. 합의에 의한 이별이건 일방적인 이별이건 간에 헤어 짐에는 이유가 있을진대 이때 바로 그대의 하얀 거짓말이 필요하다. 좀더 쉽게 헤어지기 위해 상대에게 있는 그대로를 적나라하게 전달 하지 말라는 거다. 빨리 또 질척거림 없이 이별할 수 있을지 모르지

27

만 상대에게 엄청난 충격을 남길 수 있다는 거 명심하자. 진통제가 좋은 것은 아니지만 이별이라는 대수술을 앞에 두고 있다면 한 방 정도 맞아도 좋다는 거다.

남녀 사이 숨겨서 더 좋을 비밀이 있다면 끝까지 지키도록 하자. 다만 조심성 없이 굴다가 중간에 괜히 들통나서 더 큰 상처를 남기지는 말고.

내 여자로 만들기

아무리 공을 들여도 넘어오지 않는 여자, 어떻게 하면 내 사람으로 만들까 고민하는 분들은 잘 들으시라. 연애는 밑도 끝도 없이 열심히만 판다고 길이 나오는 게 아니다. 어느 정도는 '선의의 잔머리'가 필요하다. 잘 아시다시피 '밀고 당기기'를 어떤 수위로 조절하느냐에 따라 사랑의 승패가 갈리게 되니 말이다.

전화, 적당하게

남녀 사이 가장 중요한 촉매가 바로 요 전화. 너무 자주 하면 실없어 보이고 뜸하면 가까워질 수 없다. 중요한 것은 적당한 간격을 두고 하되 속내를 너무 노골적으로 드러내지 말아야 한다는 것. 또 시도 때도 없이 문자나 전화로 그녀를 지치게 해서는 절대 안 된다. 여자는 만만해 보이는 남자에게 사랑을 느끼는 법이 없기 때문이다. 전화 내용 또한 쿨하게 안부 정도로 끝내야지 보고 싶다는 둥 만나자는 둥 부담을 주는 것은 금물. 대신 전화 끝에는 반드시 다음에 꼭 보자는 식의 여지를 남기도록 한다.

만날 때는 확실한 서비스

자주 만나지 않더라도 일단 데이트를 하게 되면 능숙하게 만남을 리드하자. 배려한답시고 여자에게 '우리 뭘 할까' 라고 물어보면 정말 곤란하다. 또 '아무거나' 라는 말에 정말 아무거나 하는 것은 거의 자폭에 가깝다. 그녀를 보는 순간부터 집에 데려다주는 시간까지 꼼꼼한 스케줄을 세워 그녀를 정신없이 만들 것. 초보자라면 레스토랑을 답사하는 등 준비도 필요하다. 허둥지둥 우왕좌왕하는 모습은 그대를 무능력한 사람으로 보이게 하기 때문. 그대와 보내는 시간이 확실하게 즐거울 수 있도록 최선의 서비스를 하라.

감정의 페이스 조절

남녀관계란 자고로 알듯 말듯 올듯 말듯할 때 더욱 흥분되고 스릴 있는 법. 솔직하고 달콤한 표현은 본격적으로 사귀고 나서 할 일이다. 감정을 일방적으로 앞세우지 말라는 소리. 물론 사랑을 고백할 때 진실한 마음만큼 중요한 것은 없지만 어떻게 포장을 해서 전달하느냐 하는 것이 바로 고수들의 성공 노하우. 아무리 근사한 목소리로 "이 안에 너 있다"라고 백 번 말해본들 어디 꿈적이나 한단 말인가. 애매모호한 사이에서는 오히려 애태우기 작전이 더 낫다. '과연 그 남자가 나를 좋아하는 거 맞아?' 라며 헷갈리기 시작할 때 역사가 이뤄진다는 사실을 기억해두시라.

눈치 있는 남자

누군가를 좋아하거나 사랑하게 되면 이성적으로 행동하기 어렵겠지만 그래도 정말 눈치 없는 남자들은 여자를 짜증나게 한다. 물론 주책 떠는 여자들도 남자를 힘들게 하는 건 마찬가지겠지만. 가뜩이나 스트레스받을 일이 많은 요즘, 센스 있는 그대의 말 한마디, 행동 하나가 절실히 필요한 때다.

준비된 데이트로 센스 발휘

지갑만 챙겨서 데이트할 장소에 나타나는 그대. 여자들 짜증부리기 딱 좋은 건수다. 여자가 하자는 대로 따라다닌다고 능사가 아니란 말이다. 편하게 다닐 수 있는 차라도 있으면 그나마 다행이지만 뚜벅이 커플이라면 철저한 데이트 계획이 반드시 필요하다. 만날 장소 선택에서부터 어디서 뭘 먹고 몇 시에 무엇을 할지 정도는 적어도 미리 정해놓으란 거다. 예매도 없이 영화 보러 가 허탕이라도 치게 되면 그 원성은 고스란히 남자에게 돌아갈 테니 말이다. 데이트는 양보다 질이다. 괜히 자주 만나 말다툼이나 하지 말고 주 3회를 만나더라도 준비된 즐거움을 선사하도록 하자.

립서비스로 쿨하게

설사 눈에 거슬리더라도 여친의 옷차림이나 몸매 등 외모를 갖고 이러쿵 저러쿵 괜히 평가하지 말지어다. 본인 몸매가 겸손하다는 것쯤은 스스로도 알고 있으나 그래도 좀더 잘 보이고 싶은 마음에 이것 저것 신경 쓴 것 아니겠는가. 옷이 참 멋지다는 둥, 살집이 그래도 좀 있어야 보기 좋다는 둥 립서비스로 센스 있는 애인이 되어보자. 그 옷은 안 어울린다느니 덩치가 너무 부담스러워 보인다느니… 이런 충고 해줘도 남자 말 듣는 여자 별로 없다. 그저 애인 맘이라도 편하게 반복해서 칭찬~합시다!

추억 만들기는 기본

애인 기억에 남을 한 가지 추억 정도는 반드시 만들어주라. 만날 똑같은 장소, 똑같은 패턴의 지루한 데이트는 정말 눈치 없는 짓이다. 좀 부담되더라도 용돈 좀 아껴 호텔 레스토랑으로 크게 한번 쏜

다던가, 평소 여친이 사고 싶었던 원피스라도 한 벌 사줘보자. 꼭 돈 때문이 아니라 그 마음 씀씀이에 여자들이 쓰러진다 이 말씀. 소박하게 심야영화 데이트를 즐기더라도 여자친구 등쌀에 못 이겨 하는 것과 "오늘, 화끈하게 놀아줄게"라는 문자메시지로 데이트 신청하는 것과는 하늘과 땅 차이라는 거다.

답답하고 둔하게 구는 천덕꾸러기 애인 되지 말고 말이라도 시원하게, 행동파 애인이 사랑받는다.

009 연애의 기본도 모르는 당신에게

카페를 통째 빌려서 파티를 열어주거나, 피아노를 치면서 멋들어지게 노래를 불러준다거나, 자동차 한 대를 턱 하니 뽑아주는 식의 빵빵한 이벤트만이 여자들을 감동시킬 거라 생각하지 말자. 현실 속 많은 여자들이 꿈꾸는 데이트는 그리 거창한 것만은 아니란 소리다. 생활 속 작은 실천이 중요한 법. 자, 연애의 기본도 모르는 당신에게 이 방법을 추천한다.

비 오는 날을 놓치지 마라

누구나 그렇지만 특히 여자들은 비 오는 날엔 더 감성적으로 변하는 것 같다. 누군가 차를 가지고 회사 앞에 데리러 온다거나 아님 뭐 커다란 우산이라도 들고 마중 나오는 상상. 꽃 한 송이라도 들고 오면 더욱 흥분될 것이다. 남자들은 소주 한잔에 파전 한 접시를 떠올리겠지만 여자들은 전망 좋은 카페에서 따뜻한 코코아를 마시며 도란도란 이야기 나누고 싶어한다는 거다. 그러니 촉촉하게 기분이 젖어드는 비 오는 날을 놓치지 마라. 기혼자들은 모 CF에서처럼 수제비라도 끓여놓고 부인을 기다려볼 것. 아마 오랫동안 그녀의 친구들 사이에서 전설처럼 회자될 것이다.

평범한 데이트부터 잘하라

연애 초반엔 남자들이 주로 데이트 일정을 짜 오게 되지만 좀 사귀다 보면 그 몫은 순전히 여자에게 떠넘겨진다. 겉으로는 '여자가 원하는 것을 한다'는 속 깊은 배려로 보이겠지만 실상은 순전히 그대의 게으름 탓임을 부인할 수는 없을 것이다. 오늘은 어디서 밥을 먹을지, 주말엔 무엇을 할지 등등, 팔 걷어붙이고 나서는 건 다 여자 쪽. 그러나 솔직히 여자들은 은근히 이끌어주는 남자에게 의지하고 싶어한다. 여자친구에게 모든 걸 맡겨놓고 그저 옆에만 있어주는 보릿자루가 되지 마시고 사소하고 평범한 것이라도 준비하고 계획하는 성실함을 보여주시라. 거창한 이벤트는 바라지도 않을 테니.

내 애인 우선의 법칙

말로는 여자친구가 최우선이라 하지만 막상 중요한 순간엔 여자보다 친구, 일, 가족부터 챙기는 당신. 도무지 신뢰가 쌓이질 않는다. 오히려 여자들이 평소에 튕기고 쟁쟁거리다가도 결정적인 순간에는 늘 남자친구를 챙겨주는 걸 볼 수 있다. 쫓아다닐 때는 언제고 좀 사귀었다 싶으면 슬슬 딴생각부터 하는 남자들. 주말과 공휴일, 특별한 날만큼은 애인을 외롭게 두지 마시라. 남자친구 있는 여자가 주말마다 방바닥 긁고 솔로 친구들 불러내는 것만큼 비참해 보이는 일도 없으니 말이다. 차라리 없으면 속이나 편하지!

010

그 남자의 인기 비결

드라마 〈파리의 연인〉에 쏙 빠졌던 여자들이 한둘이 아니다. 드라마 속 남자 주인공 '기주'라는 인물은 모든 여성의 이상형이란 말씀. 나이도 많고 이혼 경력까지 있는 기주가 왜 뭇 여성의 가슴을 흔들고 있는지 그의 인기 비결을 배워보자.

의외의 모습을 보여라

처음부터 기주가 여성에게 주목받은 것은 아니다. 완벽주의자에 인정머리 없는 그가 매력적으로 비치기 시작한 것은 엉뚱하면서도 귀여운 모습을 보이면서부터였다. 사람은 누구나 의외의 모습에 신선한 자극을 받기 마련이다. 재벌 2세에 남부러울 것 없는 남자지만 사실 내면은 외롭고 의외로 정이 많은 남자라는 것에 여자들 모성본능이 발동한 것. 앞으로는 나의 숨겨진 모습을 그녀에게 은근히 보여주도록 하자. 차갑고 무뚝뚝한 남자라면 조금 다정다감하게, 너무 자상한 남자라면 조금 거리를 두고 멀어져볼 것. 효과 100%다.

따라오게 만들라

기주의 연애 방식이 성공하는 이유는 바로 여자를 따라가지 않고 따라오게 만든다는 데 있다. 대부분 남자는 여자에게 잘 보이기 위해 그녀의 비위나 맞추고 이것저것 오버해서 잘해주려고만 한다. 문제는 대부분 여자가 그런 남자를 소중하게 생각하지 않는다는 거다. 오히려 조금 뻣뻣하더라도 강한 자신감을 가지고 밀어붙이는 스타일에 결국 넘어간다는 걸 명심하라. 언제까지고 기다리겠다는 말도 감동적이지만 나만 믿고 따라오라는, 행복하게 해주겠다는 의지를 보여주는 것이 꽤 설득력 있다는 사실. 자, 그녀의 손을 세게 끌어당겨보라. 은근히 좋아한다.

하려면 확실하게

남자가 여자를 좋아할 때 이것저것 챙겨주고 잘해주고 싶은 건 당연하다. 중요한 것은 그 수위가 어느 정도냐 하는 것이다. 자기 기준에서 이 정도면 됐겠지라고 판단하는 것은 매우 위험하다. 그 정도 잘해주는 남자는 그녀 주변에 널려 있기 때문에 감동을 주기 힘들다는 소리다. 일단 작업에 들어간다면 확실하게 무엇이든 보여주자. 그녀가 상상도 못한 로맨틱한 데이트, 평생 받아보지 못했을 법한 빵빵한 선물공세, 두손 두발 다 들게 만들 만큼 적극적인 대시 등. 이도 저도 아닌 듯 좋아하는 듯 마는 듯 어정쩡한 태도를 보이는 것은 그대를 헤픈 남자로만 보이게 할 뿐이다.

단 언제 어떤 상황에서건 남자로서의 자존심은 버리지 말자. 아무렇게나 무시할 수 있는 남자를 사랑하는 여자는 없기 때문이다.

011

연애 성공률 높이기

취향도 가지각색, 스타일도 천차만별이겠지만 자고로 귀여운 여자, 자상한 남자가 푸대접받는 일은 세상천지에 없다. 다시 말해 귀여운 여자, 자상한 남자가 되면 연애 성공률이 높아진다는 것이다. 문제는 어떻게 그런 사람이 되느냐인데… . '난 원래 천성이 뻣뻣해!' 라며 튕기지 말고 적어도 사랑하는 사람을 위해, 아니 사랑하는 사람을 얻기 위해서라도 좀 변신하는 노력을 해보시라.

귀여운 척은 하면 안 돼

조심하자. 남자가 좋아하는 건 귀여운 여자지 귀여운 척하는 내숭녀가 아니다. 코맹맹이 소리로 "업빠~" 하며 팔에 매달리는 80년대식 행동이 귀엽게 보일 거라고는 상상도 하지 말자. 어설프게 행동하는 건 안 하느니만 못하니 하려면 제대로 하라. 가장 좋은 방법은 천진한 미소와 상냥함으로 접근하는 것이다. 잘 웃는 여자 밉다 하는 남자 없을 것이고 마음씨까지 고우면 일단 후보에 오른다. 제발 "나 귀여워 죽겠지?"라는 말도 안 되는 자신감은 드러내지 말자. 오히려 스스로 귀엽다는 사실을 모르고 있다는 듯이 천진난만하게 행동하는 게 더 사랑스러워 보일 것이다.

별걸 다 챙겨주라

여자를 감동시키기 위해서라면 자상함의 한계는 없다. 시시콜콜하다 싶은 것까지 신경 써주는 남자? 여자 말로는 그런 남자 피곤하다 하겠지만 내심 은근히 자랑하고 싶어 안달 나 있다는 거 아시는지. 남자는 구속을 싫어하지만 여자는 가끔 적당한 압박을 즐기곤 한다. 너무 풀어주면 오히려 불안함을 느낀다는 사실. 사랑받고 있지 못하다는 생각이 들면 바로 우울해지는 게 여자다. 맘에 드는 여자에게 작업 들어갈 때 미처 그녀가 예상하지 못하고 있는 부분에 세심한 배려를 보여보라. 비싼 레스토랑에서 저녁 사는 것보다 효과적일 것이다.

애교 있는 여자, 잘 챙기는 남자

거듭 말하지만 외모나 조건을 떠나 애교 있는 여자나 이것저것 잘 챙겨주는 남자는 늘 인기가 있다. 따지고 보면 그리 어려운 일도 아닌데 어쩌면 괜한 고집을 피우고 있는 건 아니신지. 내 생긴 모습 그대로를 사랑해줄 상대를 기다릴 시간에 상대가 원하는 모습으로 나 스스로를 바꿔보는 것도 꽤 괜찮은 투자일 듯싶은데. 매번 헛다리만 짚지 마시고 내 모습부터 점검해보자. 꼭 외로움의 태풍이 할퀴고 나서야 후회들을 하시더라고.

012

사랑에 성공하는 남자들의 전략

'나는 왜 애인이 없을까?' '나는 왜 번번이 사랑에 실패하는 걸까?' 라며 고민하는 남자분들, 여자들이 좋아하는 남자에게는 어떤 공통점이 있다는 걸 아는지. 거기에는 여자들이 깜빡 넘어가는 이유가 다 있으니 배워서 남 주지 말고 그대의 사랑을 꼭 쟁취하시길.

아끼지 마라

'여자들은 돈 많은 남자를 좋아한다.' 지당하신 말씀이다. 남자들이 이왕이면 예쁜 여자에게 더 잘해주는 것과 다르지 않다. 하지만 돈만 많다고, 얼굴만 반지르르하다고 다가 아니라는 걸 잘 알 것이다. 여자들은 돈이건 마음이건 시간이건 잘 쓰고 잘 주고, 어떤 식으로든 표현하는 남자를 좋아한다. 꼭 뭘 받아서 맛은 아니지만 일단 인색한 느낌을 주는 남자는 후보에서 제외된다는 것만 기억할 것. 아깝다고? 사랑이 무르익으면 여자들이 더 퍼주고 싶어 안달하는 법이니 염려 마시라.

귀여워하라

여자들이 예쁘다는 말보다 더 듣고 싶어하는 말은? 바로 귀엽다는 말이다. 맘에 드는 여자가 있다면 은근슬쩍 '귀엽다'라고 말해보시길. 느끼하지도 않고 부담도 주지 않으면서 여자를 기분 좋게 하는 방법이다. 한 드라마에서 남자 주인공이 여주인공에게 '애기야'라고 했던 말이 여자들 사이에서 유행처럼 번지는 것만 봐도 알 수 있지 않은가. 수많은 여성을 미소짓게 했던 건 그 남자의 빵빵한 재력과 으리으리한 차가 아니었다. 여자 마음이 스르르 열릴 때는 누군가 나를 전폭적으로 감싸주고 아껴주고 있다는 느낌을 받을 때다. 바로 그때, 사랑받고 싶다는 강한 욕구가 밀려오면서 일이 성사되는 것이다.

친구가 되라

스스로 객관적인 매력포인트가 없다고 판단된다면 몸으로 때우는 수밖에. 사랑보다 무서운 게 정이라고 했던가. 한결같은 모습으로 그녀 주변을 오랫동안 맴도는 전략을 택하라는 거다. 단 부담을 주지 말 것. 성급하게 프러포즈하지 말 것. 그저 있는 듯 없는 듯 먼저 그녀의 좋은 친구가 되어보자. 물론 목적을 이룰 때까지는 참기 힘든 험한 꼴도 많이 당할 것이다. 하지만 사심을 비우고 미래를 내다본다면 그 정도 아픔은 기꺼이 감수해야 하겠지? 그녀에게도 빈틈이 생길 날이 온다. 바로 그때 우정인 듯 사랑인 듯 물밑 작업에 들어가면 성공.

세상에 거저 먹을 수 있는 건 아무것도 없다. 일도 사랑도! 노력하는 자만이 애인을 얻을 수 있다.

013

연애할 때 이것만은 확인

오랫동안 같이 있고 싶어서 '결혼'을 하지만 화려한 야외촬영이나 초호화 신혼여행이 무색해질 만큼 신혼 초에 싸우고 돌아서는 커플이 많다. '참고 좀더 살아보지 뭐'라는 말은 더 이상 안 통하는 스피드 시대. 그러니 결혼하고 싶다고 안달만 하지 마시고 연애 때 최소한 이 세 가지 부분은 확실하게 파악하시라.

실체를 보라

아시겠지만 대부분의 이혼이나 결별의 이유는 바로 '성격 차이' 때문이다. 그렇게 오랫동안 연애를 했음에도 불구하고 '살아보니, 사귀어보니' 전혀 딴 사람이라는 것. 도대체 만나서 밥만 먹고 뽀뽀만 했는가. 안타깝게도 많은 연인들이 그저 눈만 즐거운 연애를 하고 있다. '필' 대로 움직이는 것도 중요하지만 적어도 결혼까지 생각한다면 그 사람의 진짜 모습을 보려고 애써보자. 특히 여자분들, 어떤 환상을 가지고 남자를 보지 마시라. 결혼 후 '변했네, 그럴 줄 몰랐네' 하는 소리는 대부분 여자들 입에서 나온다.

능력 파악

내 애인의 능력? 아니, 상대방의 능력을 따지라는 소리가 아니다. 과연 내가 상대가 원하는 것들을 충족시켜줄 수 있는지 먼저 판단하란 소리다. 꼭 경제적인 능력만을 의미하는 것은 아니다. 상대방이 원할 때 내가 선뜻 양보할 수 있는지, 그 사람뿐 아니라 그 가족과 주변 친구들까지도 보듬을 수 있을지 등등 말이다. '시간이 흐르면 차차 적응되겠지…' 하는 안일한 생각이 바로 불행한 결혼생활을 가져오는 법. 사귀면서 충분한 접촉과 대화를 통해 서로의 문화적 차이를 이해하고 줄여나가도록 하자. 결혼 후에 한다고? 그때는 바로 집안싸움 되는 거니 미리미리 하자.

싸웠을 때

서로 좋을 때야 뭔들 대수겠는가. 문제는 바로 최악의 상황에서 감정이 격해졌을 때 내가, 또 상대가 어떤 모습을 보여주느냐이다. 대부분 연애 때는 남자들이 여자한테 많이 져주는 편이다. 정말 사랑해서 그럴 수도 있지만 보통은 피곤하기 때문에 대충 넘어가기 위한 것. 하지만 이렇게 매번 싸움을 은근슬쩍 넘기다 보면 문제는 피할 수 있을지 모르지만 해결되지는 않는 법. 습관적으로 싸움을 걸 필요는 없지만 적어도 몇 번은 팽팽히 맞서 우리가 얼마나 '덜 사랑하는지'를 똑똑히 확인할 필요가 있다. 헤어지기 위함이 아니라 더 오래 더 깊이 사랑하기 위해서 말이다.

014

아는 여자부터 공들여라

그냥 알고 지내는 여자는 많은데 딱히 사귈 만한 여자가 없는가? 남자들은 흔히 잘 아는 여자 동창이나 동료들에게는 인색하고 처음 소개받은 여자나 이웃 여자에게는 관대한 편이다. 하지만 그대가 만년 솔로인 이유가 바로 내부관리를 소홀히 했기 때문이라는 걸 알기나 하시나? 평소 잘 아는 여자부터 챙길 것!

여자를 배워라

아는 여자들 뒀다가 뭐하겠는가. 주변 여자들을 통해 간접경험을 쌓아보시라. 여자들이 뭘 좋아하는지, 여자들은 어떤 남자라면 바로 넘어가는지 등등, 여자를 연구하란 소리다. 허구한 날 왜 내 신세는 이럴까 한탄만 하지 마시고 여자들이 좋아하는 스타일로 변신할 것.

대부분 여자들은 간지럽다 싶을 정도로 자상한 남자를 좋아한다. 또 너무 느끼하지만 않으면 입바른 달콤한 멘트도 은근히 좋아한다는 사실. 요즘은 용기 있는 자가 미인을 얻는 게 아니라 노력하는 자만이 연애에 성공한다.

알고 보면 괜찮다

평소 너무 친하고 가까워 동료나 친구 이상의 감정이 안 든다 해도 인연이란 모르는 법. 지금은 아무런 매력도 느껴지지 않는 '아는 사람'일 뿐이지만 언제 어떻게 사랑의 감정이 솟을지도 모르기 때문이다. 지금 아니라고 해서 아주 배제하고 아웃시키지는 말라 이 말씀. 일단 친하다는 것은 '코드'가 잘 맞는다는 얘기고, 사실 결혼할 시기가 되면 그렇게 잘 맞는 사람 만나기도 힘들다. 알고 보면 다 괜찮은 사람들이니 애인을 너무 그렇게 멀리서만 찾으려고 하지 말 것.

아는 여자를 통해서

아무리 그래도 잘 아는 여자는 흥미가 없다고? 인정한다. 남자들의 심리특성상 정복욕이 생기지 않는다는 것 말이다. 하지만 꼭 그녀가 아니더라도 아는 여자를 통해 진짜 사랑을 찾을 수도 있는 법이니 주변 여자를 너무 찬밥 취급하지 말자. 여자들이 입소문에 강한 것 알지 않는가. 여자들끼리 모여 그대를 도마 위에 올려놓을 때, "정말 괜찮은 남잔데 아까워…"라는 말이 나올 수 있을 정도면 일단 성공.

자자, 마음을 비우고 우선 아는 여자들부터 잘 챙겨주자. 머지않아 대어가 몰려드는 걸 감지할 것이다. 물론 그때 정확하게 확 낚아채는 게 더 중요한 기술이긴 하지만.

015

여자들이 짜증내는 진짜 이유

여자들은 확실히 짜증을 잘 내는 편이다. 흔히 '오늘이 그날(?)인가 하고 대부분 남자들이 대수롭지 않게 여기지만 여자들의 짜증에는 반드시 이유가 있다는 걸 알아야 한다. 부쩍 그녀의 말수가 줄었다면, 눈만 마주쳐도 쌈닭처럼 으르렁거린다면 이 글을 읽고 곰곰이 반성하시라.

기대치가 높다 보니

그녀가 부어 있는 이유. 아마 요 며칠 사이의 사건이나 서운함 때문만은 아닐 것이다. 그녀의 욕구, 그것이 제대로 폭발되지 못하고 억눌려 있었다는 것을 기억하시라. 연애 초반 그대는 그 얼마나 그녀를 공주처럼 떠받들어주었던가. 그녀의 기대치가 높아지는 것도 무

리는 아니다. 시간이 흐를수록 안일해지고 게을러지는 그대의 애정
행태를 보면 실망감은 두 배가 되고 당연히 욕구불만이 생길 수밖에.
초심을 잃지 않도록 노력해야 한다. 아님 첨부터 잘해주질 말든가!

너무 맞춰주다 보니

여자들 대부분은 애인의 기분을 맞춰주기 위해 은근히 노력하고
있다. 그녀가 원래 착해서가 아니라 사랑하기 때문에 남자친구의 의
견에 따라주는 것. 여자들은 정말 원하면서도 남자친구에게 일일이
요구하지 못할 때가 많다. 분위기 있는 카페에서 수다떨고 싶은데 매
번 맥주에 골뱅이나 먹자고 한다든가, 최신 영화나 공연 대신 스포츠
나 게임에 빠져 여자친구를 외롭게 한 적은 없는지 생각해보자. 여자
가 "자기 마음대로 해"라고 말하더라도 딱 두 번만 더 집요하게 물어
보는 지혜를 가질 것. 그녀가 정말 원하는 게 뭔지 알 수 있을 것이다.

주변 영향을 받다 보니

아무런 잘못도 없이 그녀의 원성을 사고 있다면 요즘 그녀가 누굴
만났는지 잘 생각해보시라. 확실히 주변 환경의 영향을 많이 받는 게
여자들이기 때문이다. 여자들이 화장실을 꼭 같이 다니는 이유를 잘
아시지 않는가. 아마 누구 애인이 특별한 이벤트를 벌여줬거나 끝내
주는 선물을 사줬거나, 닭살스러울 정도로 부러운 애정행각을 보여

췄을 확률이 높다. 이럴 땐 여자친구를 유치하다 비웃지 마시고 평소보다 몇 배는 더 잘해주는 공을 들여보도록 하자. 사소한 것에 감동받고 금세 충성을 맹세하는 것도 바로 여자들이니까.

여우 같은 요즘 남자들

흔히 여자를 약삭빠른 '여우'에 빗대어 말하지만 요즘 남자들을 보면 꼭 그런 것 같지도 않다. 여우처럼 영리하고(?) 잔머리 팍팍 돌아가는 남자들이 부쩍 많아졌으니 말이다. 연애할 때나 작업 들어갈 때도 그렇다. 절대 먼저 마음을 연다거나 성급하게 대시하지 않는다. 줄듯 말듯 넘어올듯 말듯 애만 태우는, 도통 속을 알 수 없는 요즘 남자들.

뜸들이는 남자들

예전엔 맘에 들면 바로 돌진하는 '돌쇠형' 남자들이 대부분이었다. 이것저것 재고 따지면서 비굴하게 저울질하는 것은 남자들의 덕목이 아니었다 이 말씀. 하지만 요즘 남자들은 일단 맘에 든다고 해

56

도 여간해서는 속내를 보여주지 않는다. 일단 문자나 메신저 등을 통해 연결고리를 만들어놓은 후 여자를 좀더 지켜보는 게 일반적이다. 안부도 묻고 통화도 하지만 데이트 신청은 하지 않는 것이 특징. 잊을 만하면 전화하고 사귈 만하면 도망가는 뜬구름 같은 남자들.

인기 관리하는 남자들

남성들의 매너의식이 향상된 탓인지, 대부분 남자들이 여자에게 친절하고 잘해주는 편이다. 예전엔 '잘해주는 것 = 관심, 작업'이었지만 요즘 남자들은 뭇 여성들에게 너그럽고 관대하다. 그러니 여자들이 헷갈릴 수밖에. 따라서 좀 잘해준다고 선불리 좋아라하는 것은 금물이다. 나는 물론 내 친구, 직장동료 등 두루두루 다 잘해주는 통에 도대체 갈피를 잡을 수가 없다. 인기관리가 잘못은 아니겠지만 그렇게 정만 뿌리고 때가 되어도 거두질 않으시면 곤란하다 이거다.

연애만 하자는 남자들

게다가 요즘 부쩍 '연애 따로 결혼 따로' 이렇게 생각하는 남자들도 많아졌다. 연애를 몇 년씩 했는데도 도통 결혼하자는 말을 안 꺼내는 남자들. 아마 결혼과 동시에 짊어지게 될 많은 부담(경제적, 심리적)들을 미리 떠맡고 싶지 않기 때문일 것이다. 연애만으로도 얼마든지 즐거운 청춘을 보낼 수 있으니 말이다. 또한 점점 급증하는 이혼율과 실업률도 미혼 남성들을 머뭇거리게 만드는 원인 중의 하나일 듯.

물론 아직도 이 땅 어딘가에 가슴으로 사랑하는 순수한 로맨티스트들이 있을 거라 믿어 의심치 않는다. 하지만 만약 그대가 이런 여우 같은 남자 유형에 속해 있다면 하루 빨리 '곰의 탈'을 쓰기 바란다. 그래도 아직까지는 여자들이 곰처럼 순수하고 믿음직스러운 남성들을 선호하는 편이니까.

애인은 관리(?)하기 나름. 사랑은 자연스러운 감정이고 억지로 노력해서 될 일은 아니지만 성공적인 연애를 위해서는 끊임없는 노력이 뒷받침돼야 한다. 그녀의 짜증을 줄일 수 있는 비결, 바로 그대 손에 달려 있다.

017

노총각 노처녀 보아라

나이가 들어 솔로로 남아 있다 보면 괜찮다, 괜찮다 해도 스스로 적잖은 불안감에 시달리기 마련이다. 내세울 것 없는 폭탄남이건 잘나고 빵빵한 킹카건 간에 초초하기는 마찬가지. 자, 그대는 지금 멋진 노처녀 노총각이 되는 마인드컨트롤을 해야 할 때다. 나이는 숫자에 불과하다고 말로만 외치지 말고 뭔가 보여줘~ 보여줘~!

약한 모습 금지

사람이 돈이나 시간에 쫓기다 보면 궁색해지기 쉽다. 좀 없어도 그런 티를 내지 않아야 남들도 나를 귀하게 보는 법. 제발 결혼하고 싶어 죽겠다는 표정으로 다니지 마시라. 여기저기 붙들고 누구 좋은 사람 없냐고 아쉬운 소리 하는 것도 삼가자. '못 가는' 게 아니라 '안 가는' 것 같은 여유를 보여야 사람도 꼬이는 거다.

잘난 척 금지

그런데 이 여유로움도 너무 오버하다 보면 잘난 척하는 것처럼 보일 수 있으니 조심하자. 좋은 사람을 만날 것이라는 기대와 자신감을 보이는 것은 좋지만 콧대 높고 까다로운 노총각으로 보이면 곤란하다는 거다. 또한 주변에서 좋은 사람 소개한다고 하면 일단 긍정적인 반응을 보이는 겸손함도 갖추도록 하자. 귀찮다고 한 번 두 번 사양하다 보면 그나마 보이던 관심도 사라지게 되고 결국 쓸쓸함만 밀려올 것이다.

포기 금지

노처녀 노총각들이 가장 경계해야 할 것이 바로 포기하는 마음이다. 사람이 살다 보면 인연이 조금 늦어질 수도 있고 일이 꼬이기도 하는 법. 지레 포기하고 이성을 삐딱하게 보거나 결혼에 대해 회의적인 생각을 갖지 않도록 마음을 다잡자. 보통 사랑에 지친 사람들은 일이나 공부에 몰두하면서 그쪽으로만 돌파구를 뚫으려는 경향이 있다. 자신을 발전시킨다는 면에서 칭찬할 만하지만 내게 다시 사랑이 찾아오지 않을 것이라는 자학은 하지 말 것.

남은 달력을 보며 한숨 쉬는 노처녀 노총각들. 한두 해 빨리 결혼하는 게 급한 것이 아니라 늦게 가더라도 제대로 된 사랑을 하는 게 순서이니 조금만 더 용기를 내시라.

018

연애하기 힘든 스타일

나처럼 괜찮은 사람이 왜 애인이 없을까 심각하게 생각해본 적 있는지. 하지만 연애는 확실히 외모나 능력 순은 아니다. 그렇다면 노력? 노력한다고 되는 것만도 아니다. 연애를 잘하려면 하루 빨리 '연애하기 쉬운 스타일'로 바뀌어야 한다. 자, 다음은 연애하기 힘든 세 가지 스타일이다. 자가진단을 통해 나 같은 킹카가 왜 여태 솔로인지 분석해보도록.

자유형

이런 스타일의 남자는 여자는 좋아하지만 여자로 인해 발생하는 복잡한 상황은 못 견뎌하는 사람이다. 알콩달콩 연애에 집중하기엔 세상은 너무도 재밌고 혼자서도 즐길 게 너무 많기 때문. 주변 여자들의 추파나 치근덕거림이 싫지는 않지만 그렇다고 덥석 손을 잡기엔 내 자유가 너무 소중하다. 흔히 능력도 좀 되고 외모도 되는 남자 가운데 이런 자유형이 많다. 노총각으로 오래 남을 수 있으니 조심하시라.

교과서형

교과서형이란 가슴보다 머리로 연애하는 사람을 말한다. 필이 통한다 해도 자신이 설정한 틀에 맞지 않으면 섣불리 마음을 열지 않는 스타일. 여자에게 관심은 많으나 연애 자체를 그리 즐기는 로맨틱한 성격은 아니라는 거다. 또 은근히 겁도 많아 충동적이거나 감정적인 연애감정에 휩싸이는 것이 쉽지 않다. 당연히 연애의 기회도 줄어들 수밖에. 가벼운 마음으로 다양한 만남을 시도해야 인연도 만나게 된다는 걸 기억하자.

추억형

심하게 사랑의 몸살을 앓아본 사람들 가운데 이처럼 과거의 기억에서 못 헤어나오는 사람들이 많다. 좋은 사람이 주변에 있음에도 불구하고 자꾸 과거의 그녀와 비교하게 되니 새로운 여자에게 집중할 수 없다는 소리다. 또 이런 사람들은 주변 여자를 외롭게 만드는 경향이 있기 때문에 여자 스스로 견디지 못해 떠나는 경우도 많다. 한마디로 연애를 길게 못하는 스타일이다. 과거의 그녀, 이미 그대 잊고 잘 살고 있을 테니 그대도 어서 새로운 사람 만나 청춘을 즐기도록.

019

결혼하고 싶은 남자

연애가 결혼으로 자연스럽게 이어지기가 그리 만만하지 않아 보인다. 도대체 여자들은 어떤 남자와 결혼하고 싶어하는 걸까. 잘생기고 능력 있는 사람? 누군들 마다하겠는가. 하지만 그런 완벽한 조건도 단번에 누를 수 있는 고급 정보가 여기 있으니 결혼이 몹시 고픈 미혼 남성들은 주목하시라.

자상한 남자

여자들이 공통적으로 좋아하는 남자의 덕목 가운데 '자상함' 만한 것이 없다. 사소한 것 같지만 크고 작은 기념일을 챙길 줄 아는 남자, 여자가 좋아하고 싫어하는 것을 세심하게 기억해주는 남자, 여자 기분에 따라 분위기를 맞출 줄 아는 남자를 마다할 여자가 어디에 있겠는가.

외모와 능력이 조금 처진다 하더라도 이러한 자상함을 갖추고 있다면 그야말로 일등 신랑감일 거다.

져주는 남자

아무리 사랑하는 사이라도 사귀다 보면 마찰이 있을 수 있으며 사소한 것으로도 팽팽하게 맞설 때가 있다. 만약 대세에 큰 지장이 없다면 여자에게 져주는 게 현명하다. 싸우면 먼저 화해의 손길을 내밀 줄 아는 남자, 웬만한 것은 다 넘어가줄 수 있는 마음 넓은 남자, 작은 일에 항복하다 보면 정말 중요한 순간이 왔을 때 그녀는 그대의 뜻을 따를 것이 분명하다.

성실한 남자

여자들이 남자의 능력이나 재산보다 더 중요하게 여기는 것이 바로 남자의 성실성이다. 연애라면 몰라도 결혼을 앞두고 있는 여자라면 아마 그대의 성실함에 대해 한 번쯤은 진지하게 따져봤을 것이 분명하다. 술먹고 뒤처리는 깔끔한지, 카드 씀씀이는 절제가 있는지, 직장동료와 친구 사이에서 그대의 평은 어떠한지 등등 알게 모르게 당신의 행동을 살필 것이다.

만약 여자친구보다 친구나 술을 더 자주 찾는다면 제아무리 성격 좋고 마음 착한 그대일지라도 결혼 상대자로 낙점되기는 쪼~금 힘드실 테니 각오하시라. 연애할 땐 세상 끝날 때까지 나밖에 없다던 그녀, 결혼은 아직이라며 자신의 꿈을 펼치겠노라 떠나간 그녀. 그런 그녀가 다른 남자의 손을 잡고 예식장으로 걸어 들어가는 것을 먼발치서 바라보며 눈물 흘리고 싶지 않거들랑 지금부터 잘 가꿔보라는 말씀이다.

020

밀고 당기는 연애 테크닉

정말 잘될 것 같았는데 실패로 끝나고 마는 연애의 대부분은 이 '밀고 당기기'를 제대로 못해서인 경우가 대부분이다. 좋아하면 그 만이지 그딴 잔머리는 굴려 뭐하냐고? 어허, 모르는 말씀 그런 걸 바 로 기술이라고 하는 거다. 이름하여 '연애 테크닉'.

24시간 대기중

사람의 마음이란 간사한지라 흔하고 쉽게 얻을 수 있는 것에는 감 동이 없는 법이다. 공기의 고마움을 모르고 사는 것과 같은 원리. 전 화만 하면 쪼르르 달려 나오는 사람, 자기 일은 제쳐두고 애인 뒤치 다꺼리를 낙으로 삼는 사람, 화도 한번 낼 줄 모르는 사람은 매우 고 맙긴 하지만 매력적이진 않다 이거다. 물론 매번 튕기는 것도 미덕은 아니지만 적당히 강약을 조율할 줄 아는 지혜를 갖길 바란다. 아무리 한가해도 가끔씩은 정말 눈코 뜰 새 없이 바쁜 척해보시라. 매일 만나는 것보다 더 효과적일 수 있다.

착 달라붙기

자, 밀어내기를 능수능란하게 할 수 있다면 이제 끌어당기기를 할 차례다. 이때 포인트는 상대가 깜짝 놀랄 정도로 화끈하게 확 밀어붙이라는 점이다. 일말의 여지도 안 주던 그녀가 어느 날 촉촉하게 안겨온다든지, 늘 무뚝뚝하고 차갑던 남자가 갑자기 안부전화에 문자 메시지까지 보내게 된다면 기쁨은 배가 될 수밖에. 단 일단 달라붙기로 마음먹었다면 확실하게 표현하는 것이 현명하다. 줄듯 말듯 미지근한 태도를 보이는 것은 상대를 지치게 할 뿐이니까.

안달 작전

밀고 당기기는 한마디로 상대를 안달 나게 하는 연애 전략으로 잘만 활용하면 밋밋한 연애에 짜릿한 활력이 될 수 있다. 문제는 그 수위가 어느 정도냐 하는 것. 가끔 이 안달 작전을 초보자들이 잘못 사용하여 원하지 않은 이별을 당하고 후회하는 경우도 있지만 사랑이 막 시작되려고 할 때 요 작전을 잘 섞어 쓰면 불이 제대로 붙을 수 있으니 참고하시라.

그대, 밀면 밀리고 당기면 순순히 안기는 식이니 도무지 뭔 사건이 나려야 날 수 있겠는가 말이다.

021

침대 위, 말 못할 여자들의 속사정

여자에겐 숨기고 싶은 비밀이 많은 법. 남자들은 아무렇지도 않게 생각하는 것도 여자들은 상당히 민감하다. 특히 침대 위에서는 아무리 솔직 털털한 여자라도 내숭이 생기기 마련. 섹스에 관한 말 못할 여자들의 속사정에 대해 알아보자.

거절하면 싫어할까 봐

평범한 대다수 여자들은 섹스를 그리 좋아하는 편이 아니다. 오히려 섹스보다 로맨틱한 분위기와 적당한 스킨십을 더 선호한다. 하지만 혈기왕성한 애인이 시도 때도 없이 졸라대면 거절하기도 뭣하고 정말 난감하다. 섹스를 거부하면 남자들이 바람이 나네 어쩌네 하는 말 때문에 귀찮고 힘들어도 최선을 다하는 경우가 종종 있다는 것을 알아주시라. 혹시 그녀가 조금이라도 머뭇거린다면 비굴하게 사정하지 마시고, 바로 분위기 전환하도록.

몸매가 자신 없어서

자신의 몸매에 100% 만족하는 여자는 없다. 제아무리 날씬한 여자도 구석구석 남모를 군살이 숨어 있기 때문. 처음 연애를 하고 섹스를 하게 되는 여성들의 가장 큰 고민이 바로 남친이 보게 될 자신의 몸매다. 그 동안 교묘하게 옷으로 숨겨왔던 살들을 적나라하게 드러내야 하니 두려울 수밖에. 그러니 남자들은 침대 위에선 가능한 조명을 어둡게 하시고, 너무 그렇게 노골적으로 여자의 몸을 훑지 마시라. 아, 또 하나. 여친의 몸에 대해 극찬을 아끼지 말 것. 몸에 대한 자신감이 섹스에 대한 자신감으로 이어질 테니까.

처음이 아니라서

사랑하는 사람과 섹스를 하는데 처음이고 아니고가 뭐 그리 중요할까마는 아직도 많은 철없는 남성들이 여친의 과거를 알고 싶어한다. 그래서인지 그런 남친을 둔 여자들은 가능한 순진한 척, 처음인 척 연기를 해야 하는 경우도 있다. 정말 '필'이 팍 꽂혀도 자제해야 하는 경우도 있다 이 말씀. 너무 밝히는 여자로 보이고 싶지 않아서 말이다. 평소 그대가 은근히 여자의 순결에 대해 압박을 가하진 않았는지 반성하시라. 여친이 마음껏 사랑을 표현할 수 있게 자유로운 분위기를 만드는 것도 그대의 몫이다.

022

밥 잘 사주는 남자

남녀 간의 역사는 대부분 '밤'에 이뤄지지만 '밥'과도 관련이 깊다. 연인에게 섹스만큼이나 중요한 게 바로 '무엇을 먹느냐' 하는 것이기 때문이다. 맛있는 음식을 먹다 보면 서먹한 분위기가 풀리기도 하고 실제로 밥을 자주 같이 먹다가 정이 드는 경우도 많지 않던가. 특히 여자들은 밥 잘 사주는 남자에게 약하다는 사실.

부담 없이 접근

밥이나 같이 먹자는데 정색을 하며 거절할 여자는 드물다. 부담도 없을 뿐더러 만남의 명분도 서기 때문이다. 그래서 대부분 선수들은 맛있는 집을 좌~악 꿰고 있는 것이다. 작정하고 직접적인 대시를 하는 것보다 이런 우회적인 방법으로 서서히 여자를 공략하는 것은 꽤 효과적이다. 가랑비에 옷 젖는다고 이렇게 자주 밥을 먹다 보면 어느새 여자의 마음이 열리게 돼 있다.

음식 레퍼토리 작성

게다가 밥 잘 사주는 남자는 여자에게 쩨쩨하지 않다는 넉넉한 인상을 줄 수 있다. 비싼 선물 사주는 남자보다 말 잘하는 남자보다 더 여자의 마음을 포근하게 하는 것이 바로 잘 먹여주는 남자다. 그러니 연애를 잘하려면 여기저기 '음식 레퍼토리'를 가지고 있어야 한다. 그날그날 기분에 따라 여자의 감정 상태에 따라 적절한 곳에 데려갈 줄 알아야 한다는 소리다.

섹스 후 식사

본격적으로 사귀게 된 후에도 음식 문제는 여전히 중요하다. 키스나 섹스 같은 진한 스킨십 후에는 꼭 같이 밥을 먹어야 한다. 힘(?)을 많이 쓰다 보면 허기가 느껴지기 마련 아닌가. 이때 라면 하나라도 나눠 먹다 보면 어색한 분위기를 없앨 수 있을 뿐더러 끈끈한 유대관계도 생길 수 있다. 단 햄버거, 피자 같은 인스턴트 음식보다는 찌개나 전골같이 한 냄비에 끓여 덜어 먹는 음식이 더 좋다는 것도 참고하시라.

그러니 이제부터라도 밥 사주는 것에 야박하지 않은 남자가 되시라. 몇 푼 안 들이고도 여자들에게 인기를 끌 수 있는 꽤 괜찮은 방법이란 걸 알게 될 것이다.

섹스어필한 매력 키우기

이성에게 인기 있는 사람을 가만히 보면 몇 가지 공통적인 매력이 있다는 사실을 알게 된다. 첫째 출중한 외모는 아니지만 전체적인 이미지가 호감이 간다는 것. 둘째 상황에 따라 센스 있는 행동을 하며 유머감각이 있다는 점. 마지막으로 섹스어필한 매력이 있다는 것이다. 그런데 이중에서도 이성을 사로잡는 데 가장 중요한 것은 바로 '섹스어필'이다. 아, 물론 여기서 말하는 '섹스어필하다'는 것은 꼭 에로틱한 외모나 행동을 가리키는 것은 아니다. 왠지 모르지만 이성을 설레게 만드는 특별한 '느낌'을 말하는 것이다.

어설퍼서 더 좋아

누구나 완벽해지기를 꿈꾸지만 사실 완벽주의자들과 섹스어필한 것은 거리가 멀다는 걸 알아야 한다. 외모나 조건, 배경을 보고 매력을 느낄 수는 있지만 사랑에 빠지는 것은 그런 이유 때문만은 아니라는 거다. 오히려 어딘가 모르게 어설픈 사람에게 쉽게 마음을 열게 되고 관심이 가는 경우가 많다. 주의할 것은 그 어설픔이 의도되거나 계획된 것이어서는 안 된다는 것이다. 일부러 어리숙하게 보이려고 애쓰다 보면 정말 바보 취급당할 수 있다.

말만 잘해도

잘생긴 남자, 쭉쭉빵빵한 미녀를 보고 설레지 않을 사람 없겠지만 의외로 그런 사람들이 이성에게 인기 없는 경우가 많다. 바로 '말하는 재주'가 없어서이다. 착하고 예쁘고 어찌 보면 이보다 완벽한 조건이 없는데도 늘 그들이 솔로일 수밖에 없는 이유 또한 이 때문이다. 반면 못생기고 전혀 매력 없어 보이는 사람인데 소위 '말발'이 좋아서 높은 점수를 따는 사람들이 많다. 같은 말도 이런 사람들이 하면 분위기가 확 살고 주변 사람들을 웃게 만든다. 중요한 것은 '말장난'과는 구별해서 해야 한다는 거다.

독특한 분위기가 있어야

섹시한 분위기는 야한 옷차림이나 자극적인 말로 만들어지는 게 아니다. 나만의 독특한 분위기가 있어야 비로소 섹스어필한 매력이 완성된다. 그게 귀여움일 수도 있고 고독한 느낌일 수도 있어 개인마다 다 다르다. 분명한 것은 그 느낌이 누가 봐도 자연스러워야 한다는 것이다. 일부러 귀여운 행동과 말을 한다든가, 괜히 우울한 척 사연이 있는 척해서 억지스러운 분위기를 만들지 말라는 뜻이다.

적어도 이 세 가지 중에 한 가지만이라도 나의 매력으로 확실히 만들어놓는다면 올해가 가기 전 짠~한 연애를 반드시 할 수 있을 것이라고 본다. 안 되면 말고!

024

맞선 어떻게 볼까

소개팅이나 맞선을 보는 사람들이 많다. 문제는 얼마나 많은 만남을 갖느냐가 아니라 어떤 방법으로 '성공률'을 높일 수 있느냐 하는 것이다. 겉으로 보이는 스타일도 좋지만 더욱 중요한 것은 맞선에 임하는 그대의 자세이다.

자신감 VS 자존심

맞선에 나간 남성은 우선 자신감 있는 말과 행동을 하도록 노력하시라. 무조건 여자에게 잘 보이려고 줏대 없는 행동을 한다거나 여자에게 '자, 원하는 것을 말씀하세요'라고 하는 것은 곤란하다. 적어도 그날 하루만큼은 확실하게 책임지겠다는 씩씩함을 보이는 게 좋다. 반면 여자는 자존심으로 승부를 걸도록 하자. 쓸데없이 콧대만 세우라는 뜻이 아니다. 적어도 만만하거나 아무 생각 없는 것처럼 예쁘장한 미소만 지어서는 안 된다는 거다. 자존심 없는 여자는 이미 여자가 아니다.

매너 VS 매력

소개로 만나는 자리에서 남자들이 매너 없는 행동을 하는 것처럼 여자 기분 상하게 하는 일도 없다. 맘에 안 드는 티를 팍팍 낸다거나, 여자 나이나 외모로 무안을 주는 것 말이다. 매너 좋은 남자는 일단 여자들의 호감을 살 수 있다. 여기서 매너란 예의바른 행동뿐 아니라 기분 좋아지는 유머감각이나 센스 등이 다 포함된 의미이다. 그렇다면 여자는? 무엇이든 매력포인트 한 가지쯤은 보여줄 수 있도록 준비하자. 깨끗한 피부, 시원한 웃음, 상냥한 말투 등 사소하지만 충분히 좋은 인상을 남길 수 있을 것이다.

적극 VS 적절

물론 남녀 모두 맘에 드는 상대를 만났을 때는 적극적일 수밖에 없겠지만, 특히 남성들은 적극적인 자세로 애프터 관리에 들어가야 한다. 자기 좋다는 남자에게 솔직히 눈길 한번 안 줄 여자는 세상에 없을 테니까. 일단 관심 있게 지켜보게 된단 말이다. 하지만 여자들은 조금 자제하시라. 아무리 맘에 드는 남성이 내 앞에 있다고 해도 덥석 손을 내밀지 말라 이 말씀. 포커페이스를 유지하면서 밀고 당기기를 적절히 한다면 최후 승자가 될 수 있을 듯.

사랑이 몹시 그리운 외로운 남녀들이여, 의욕만으로는 더이상 연애에 성공할 수 없다는 것을 명심하시라. 적어도 맞선 장소에서는 더욱 그렇다는 사실.

025

그녀가 선택한 남자

예쁘고 날씬하고 게다가 맘까지 착한 내 친구. 한 가지 아쉬운 것은 남자 복이 없었다는 것. 학창시절부터 줄곧 퀸카 자리를 놓치지 않았던 그녀건만 어찌된 까닭인지 가슴 짠~한 연애 한번 못해본 것이다. 그런 그녀가 혼기를 훨씬 놓친 지금 드디어 결혼 발표를 했다. 싱글 생활 말년에 양다리로 고민하다 결국 한 남자를 선택했다고 하면서.

편안함 VS 설렘

그녀가 양다리를 걸치게 된 이유는 간단하다. 둘 다 놓치기 아까웠기 때문. 한 사람은 집안 어른 소개로 만나 결혼을 전제로 사귀게 된 믿을 만한 남자였고 다른 사람은 학창시절 좋은 감정을 품었다가 싱

83

겁게 연락이 끊겼던 사람이었다. 소개남은 듬직하고 편안한 점이 매력이었고 과거남은 아무래도 옛 추억의 그림자가 있어서인지 그녀를 꽤 설레게 만들었다고 한다. 문제는 둘 다 싫지 않았다는 것. 아니 둘 다 나름대로 너무 좋았다나 뭐라나.

현실파 VS 낭만파

게다가 소개남과 과거남, 둘 다 조건도 비슷한 데다가 그녀를 사랑하는 정도 또한 우열을 가리기 힘들어 그녀의 갈등은 더 깊어졌다고 한다. 소개남은 현실적이며 책임감이 강한 반면 재미가 없어 연애할 맛이 안 났다 하고, 동갑내기 과거남은 만나면 재밌고 이야기가 착착 잘 통한다는 점이 좋았지만 왠지 철딱서니가 없는 거 같아 조금 불안했다고.

그녀의 선택

두 남자 사이에서 누구를 선택하느냐로 꽤 오랫동안 고심했던 그녀는 결국 소개남의 손을 들어주었다. 그를 보면 가슴을 뒤흔드는 폭풍 같은 감정은 들지 않았지만 '온리유'를 외치며 변함 없는 애정을 꾸준히 보여주었던 그의 순정을 저버릴 수 없었던 것. 아무래도 그의 진심이 통한 모양이다.

하긴 누구를 골랐든지 아쉬움은 남았을 것이다. 그저 내 선택이 최선이려니… 하고 만족하며 사는 것이 최고. 만약 양갈래 길에서 한 사람을 선택해야 하는 기로에 서게 된다면 조건이니 성격이니 이런 것 따지지 말고 그 사람의 '진심'만 살펴보시길. 세월이 흘러도 변함없이 나만을 바라볼 수 있을 것 같다는 확신이 든다면 무조건 '올인' 하시라.

026

존경받는 남자되기

여자들이 좋아하는 남자? 이론상으로야 당연히 능력 있고 자상하고 매너 좋은 남자일 것이다. 하지만 제아무리 완벽한 남자라도 여자에게 존경받지 못하는 남자라면 그의 인기도 한순간에 불과하다는 걸 명심하라. 여자들은 보통 존경할 만한 남자를 사랑하기 때문이다. 어떻게 하면 내 여자에게 존경받을 수 있을까.

뭐든 잘하는 게 있어야

뭐 대단한 능력을 말하는 게 아니다. '억' 소리 나는 연봉 소유자여야 한다든가 배경 좋고 학벌 좋은 남자가 되란 뜻이 아니다. 여자들은 사소한 것이라도 뭐든 잘하는 게 있는 남자를 좋아한다. 하다 못해 운전이나 주차를 기막히게 잘한다든가, 운동 한 가지쯤은 남다르게 좋아하고 잘한다면 충분히 매력적으로 비춰질 수 있다. 웬만한 것은 집에서 뚝딱뚝딱 고치는 남자, 길을 잘 찾는 남자, 페이퍼워크(paperwork)를 잘하는 남자 등등 몇 가지만이라도 실력을 다져놓자.

꼬투리 잡히지 말자

여자들의 기억력은 생각보다 대단하다. 특히 내 남자에 관한 기억이라면 혀를 내두를 정도다. 상황에 따라서는 언제 어떤 말이 오고 갔는지까지 다 기억해내는 게 여자들. 그러니 웬만하면 꼬투리 잡힐 일은 안 하는게 좋다. 아무리 용서하고 넘어간다 해도 마음속으로는 절대 잊지 않을 것이기 때문이다. 특히 약점 잡힐 만한 과거라면 최대한 숨기는 게 좋으며 아무리 편안한 사이라 해도 마이너스가 되는 말과 행동은 각별히 유의하시라. 여자가 한번 아니다 생각하면 그대의 이미지는 절대 회복될 수 없다.

말이라도 후하게

남녀관계 대부분 말로 인해 다툼이 일어나고 실랑이를 하게 되는 법이다. 특히 남자들은 인색하게 말하는 습관을 고치도록 하자. 물론 허풍에 큰소리만 치는 남자도 문제 있지만 말이라도 후하고 너그럽게 해준다면 여자들은 단순한 애정을 뛰어넘어 그대를 존경스러운 눈빛으로 바라볼 게 분명하다. 그리고 꽤 오랫동안 그 말을 의지하고 행복해할 것이다. 믿음직스럽고 자신만만하게 말하는 남자를 무시하고 깔보는 여자를 본 적이 없다.

자, 존경받는 남자가 되는 길이 그리 복잡하고 어렵지 않다는 걸 알았을 것이다. 문제는 관심의 여부인데 이 정도 투자는 해둬서 손해 볼 일이 전혀 없으니 참고하시라. 사랑하는 사람에게 무시당하는 것처럼 남자 기운 빠지게 하는 일도 없을 테니 말이다.

027

그녀가 나를 좋아한다는 몇 가지 증거

알다가도 모를 게 여자 마음이라 했던가. 좋으면서도 싫은 척, 싫으면서도 좋은 척할 수 있는 것이 바로 여자란 말이다. 게다가 좀처럼 속내를 보이지 않기 때문에 어리숙한 남자들은 그녀의 러브사인을 간과하기가 십상이다. 하지만 그대가 몇 가지 신호만 주의깊게 관찰한다면 그녀의 시커먼(^^) 속을 금세 알아차릴 수 있을 것이다.

남자는 돈, 여자는 선물

남자들이 절대로 관심 없는 여자에게 돈 쓰지 않듯이, 여자들은 관심 있는 남자에게는 반드시 선물을 한다. 따라서 아주 사소해 보이는 작은 것일지라도 여자가 무엇인가 자꾸 주고 있다면 일단 그녀를 의심해보자. 하지만 앙큼한 여자들이 순순히 마음을 드러낼 리 없다. 선물 하나를 하면서도 여러 가지 구차한 이유를 들어서 자신의 행동을 포장할 것이고, 마치 아무것도 아닌 일인 양 너스레를 떨 것이다. 이런저런 설명이 많으면 많을수록 그녀가 그대를 좋아한다는 확신을 가져도 좋다.

남자는 섹스, 여자는 대화

남자들이 좋아하는 여자를 보면 자연스럽게 그녀와의 진한 밤을 꿈꾸듯이, 여자들은 호감 가는 남자를 보면 일단 많은 이야기를 나누고 싶어한다. 밤 11시가 넘도록 그녀가 집에 들어갈 생각을 안 한다던가, 메신저나 메일 등을 통해 자주 연락한다면, 거의 100% 그대는 그녀의 레이더에 걸린 것으로 보면 된다. 게다가 그녀가 사진이라도 한장 보내온다면? 특별한 관계로 진행시켜 한번 잘해보자는 이야기니, 상황 판단 빨리 해서 고인지 스톱인지 결정하시라.

남자는 허풍, 여자는 미모

남자들은 좋아하는 여자 앞에서 괜한 허풍이 세지는 법이고, 여자들은 사랑할 대상을 발견하게 되면 외모에 부쩍 더 신경을 쓰게 된다. 사귀고 안 사귀고를 떠나, 그와 만날 기회가 있다는 이유만으로 들뜨게 되기 때문이다. 우선 헤어스타일에 변화를 줄 것이고, 미뤄왔던 다이어트나 운동도 당장 시작할 게 분명하다. 안 하던 쇼핑도 부지런히 하고 말이다. 어느날 갑자기 그녀가 과할 정도로 명랑해지고 상냥해졌다면? 그녀에게 좋아하는 남자가 생긴 게 확실하다. 그게 바로 그대일 수도 있고.

자, 이제 대충 머릿속에 짚이는 인물이 있으신지. 대수롭지 않게 넘어갔던 그녀의 사인이 알고 보니 계산된 작업이었을 수도 있단 말이다. 이제 선택은 그대에게 달렸다. 계속 모른 척 그녀의 손길을 피할 것인지, 아니면 덥석 잡아당겨 화끈한 연애를 해볼 것인지.

가장 바보 같은 일은 좋으면서 눈치만 보는 것과, 영 아니면서도 계속 받아주는 것이다.

028

좋은 여자 식별법

열 여자 마다 않는 게 남자들이라 했던가. 웬걸, 내가 알기론 의외로 남자들이 더 순정파가 많다. 같은 여자가 봐도 얄밉고 못된 여자들을 많이 봐서 하는 소리다. 자고로 남자건 여자건 좋은 이성을 만나야 함은 두말 하면 잔소리. 연애 한번 잘못 해서 성격 버리고, 인생 우울해지는 경우가 좀 많아야 말이다. 특히 솔로 남성분들, 예쁘고 잘 빠진 여자 만나는 것보다 좋은 여자 만나기가 더 어렵다는 것 명심하시라.

달콤한 여자

좋은 여자란 그럼 어떤 여자냐. 착한 여자? 예쁜 여자? 끌리는 여자? 물론 그런 여자들도 좋은 여자의 조건이 되긴 할 것이다. 하지만

92

순간적인 기분이나 충동적인 매력에 이끌려 그녀를 너무 쉽게 판단하지 마시라. 눈에 뭐가 씌면 그녀의 모든 행동이나 태도가 입에 착착 붙을 수도 있겠지만, 원래 입에 쓴 약이 몸에 좋다고, 그리 달짝지근한 것에는 뭔가 함정이 있다 이거다. 또 그녀가 그대에게만 그리 상냥한지도 체크해봐야 한다. 혹시 뭇 남성들에게 사랑을 퍼주고 있는 것은 아닌지 말이다.

밑도 끝도 없는 여자

연애 때 여자들 변덕이야 뭐 새삼스러울 것도 없지만, 유난히 감정 기복이 요란스러운 여자들이 있다. 금세 생글생글 아양을 떨다가도 말 한마디에 팩 토라져서 남자들을 당황하게 하니 말이다. 물론 무뚝뚝한 곰 같은 여자보다는 여우 같은 여자가 좋긴 하겠지만, 밑도 끝도 없이 투정과 짜증을 다 받아달라고 보채는 여자는 일단 연애 대상에서 제외시키라. 기분 내키는 대로 화냈다가 또 언제 그랬냐는 듯 돌변하는 여자도 의심스럽다. 연애 때는 그게 큰 매력으로 다가오겠지만, 어디 함께 살아보시라. 평생 가도 못 고치는 게 바로 성질 부리는 습관이다.

휘두르는 여자

하나 더, 리더십이 넘치다 못해 뭐든지 나서서 휘두르려고 하는 여자 또한 요주의 인물이다. 이런 스타일은 내성적이면서 학구파인 남자들이 꽤 좋아하는 유형. 얼핏 보면 카리스마 넘치고 활발해 보이기 때문에 매력적으로 느껴지겠지만, 깊게 사귀게 되면 상당히 피곤해지는 여자들이니 조심하라. 그대의 사생활을 인정하지 않는다거나, 이래라 저래라 간섭깨나 할 여자들일 테니 말이다.

그대가 만약 결혼을 앞두고 있다면 이같이 좋은 여자 고르는 일에 더더욱 양보와 타협을 하지 마시라. 대충 이 정도면 뭐 됐지… 하는 안일한 생각은 아예 하지 말라는 거다. 살면서 맞춰가시겠다고? 딱 내 입에 맞는 게 어디 있겠냐고? 허허, 큰일 날 소리. 그렇게 속 편하게 생각할 일이 아니래도 그러시네!

029

그녀에겐 절대 비밀

아릿한 첫사랑의 기억으로 괜한 몸살을 앓고 있는 분은 없는지. 물론 로맨틱한 기분에 젖어드는 것은 자유지만 임자 있는 몸이라면 첫사랑 관리에 각별히 유의 바란다. 왜냐고? 허허, 여자들이 가장 질투심을 느낄 때가 바로 내 남자의 첫사랑에 관한 것이기 때문이다. 비록 그녀를 한 번도 본 적 없다 해도 말이다.

첫여자였다는 이유만으로

여자들이 남자의 첫사랑에 그토록 민감해지는 이유는 단 하나다. 남자들은 절대 첫사랑을 못 잊는다는 '믿거나 말거나 속설' 때문이다. 사실 여자들은 첫사랑을 기억조차 못하는 경우가 많고, 심한 경우 내가 왜 저런 남자를 좋아했을까 의아해하기도 한다(물론 첫사랑

95

신고식을 뼈아프게 치른 경우 빼고). 하지만 남자들은 대개 가슴 깊이 자신만의 방을 만들어놓고 가끔 그녀와의 추억을 들춰본다고 하니 여자 입장에서 신경 거슬릴 수밖에. 그녀가 호박이건 뚱뚱이건 관심 없다. 내 남자의 첫여자였다는 것만으로도 위아래 좌악~ 훑어보게 되는 거니까.

친구 사이도 안 돼

게다가 요즘은 쿨한 연인관계를 유지하는 커플들이 많아서 그런지 과거의 애인쯤은 대수롭지 않게 친구처럼 지내는 경우가 많다. 서로의 사랑을 믿고 또 상호 협의 하에 그런 일이 가능할 것이다. 하지만 다른 사람은 몰라도 그대의 첫사랑만큼은 절대 그녀에게 공개하지 마라. 친구든 선후배든 동생 같은 존재든 다 소용없다. 지금 그대의 애인이 마음씨 좋게 웃고 있는 것처럼 보이겠지만 속으로는 엄청 신경 쓰고 있다는 사실. 다른 여자 다 만나도 첫사랑은 꼭꼭 숨겨둘 것. 특히 과 동문, 같은 동아리 출신 등 계속 만나고 연락할 관계에 있다면 친구들 입단속도 철저히 시켜야 할 것이다.

구체적인 자신감을 심어주라

그러니 속으로 첫여자를 잊든 못 잊든 가끔 꺼내 보든 말든 간에, 지금 내 애인에게 확실한 자신감을 심어줄 필요가 있다. 그녀가 질투하고 있는 것은 그대의 첫사랑 그 자체가 아니라 자신과 함께하지 못한 그대의 과거와 추억이기 때문이다. 그러니 빈말이라도 지금 그대가 얼마나 행복한지 자주 말해준다면 애인에게 점수 따기 좋다. (여자들은 구체적인 표현을 좋아한다고 누누이 말했다!) '너를 만나서 비로소 사랑이 무엇인지 알게 되었다' 라든가 '다시 태어난 기분이야', '이렇게 누군가를 정말 사랑하긴 처음이야' 등등 낯간지러운 말을 해보라. 자신이 없다면 술기운을 빌려서 혹은 문자메시지도 좋다.

첫사랑이 보낸 편지나 사진, 추억 어린 액세서리 같은 것들도 방안에 두지 말자. 어쩌다 알게 된 아주 사소한 정보 하나라도 그녀에겐 그야말로 대단한 기억으로 남을 수 있으니 말이다. 방심하는 사이 내 여자가 울게 될지도 모른다.

030

내 애인을 이해하는 몇 가지
-기초편-

상대방을 이해하는 것이 바로 사랑의 기본. 얼굴 보며 좋아하는 것도 길어야 3개월이니 살 붙이고 정 붙이고 잘 살고 싶다면 이성에 대한 깊은 이해와 연구를 게을리하지 마시라. 자, 알수록 복잡해지는 여자들의 심리, 여자들의 언어, 여자들의 행동에 관한 진실을 알려주겠다. 정 이해가 안 되시는 분들, 그냥 조용히 외우세요.

"몰라!"라고 할 때

남자들이 가장 난감해하는 말이 바로 여자들이 화났을 때 '몰라'라고 툭 내뱉는 말이다. 여유를 갖고 화난 이유를 대보라고 통사정을 해봤자 그대의 입만 아프니 관두라. 여자들이 심술이 났을 때는 다

말 못할 이유(왜? 유치하니까)가 있는 법. 분명 그녀의 심기를 건드리는 말이나 행동이 30초 전에 있었을 것이다. '설마, 그 말 때문은 아니겠지'라고 생각하는 바로 그것 때문에 그녀는 화가 잔뜩 나 있다는 사실. 이럴 땐 무조건 꼬리 내리고 비위 맞춰주면 그리 오래 안 가서 풀어진다.

쇼핑은 그녀의 힘

처음 연애할 때는 분위기 있는 카페로 데이트 장소를 정하겠지만, 사귄 지 백 일 정도 지나면 '백화점 1층 ○○매장 앞'으로 자연스럽게 바뀔 것이다. 여자를 사귀면서 쇼핑을 각오하지 않는다는 것은 기본도 안 된 자세니 반성하시라. 남자들은 살 것이 있거나, 적어도 시장조사를 위해 백화점을 방문하지만, 여자들은 남자들이 이유도 없이 친구들과 어울려 술을 마시듯, 윈도 쇼핑을 즐기는 것을 알아두시라. 그래서 늘 여자들은 입을 게 없고, 신을 게 없고 도무지 변변히 멜 가방이 없는 것이다. 쇼핑 잘 따라다니며 인내심을 키우면 웬만한 것으로 싸울 일도 없다는 것을 참고할 것.

빨간날은 특별하게

남자들에게 공휴일은 늦잠 자고 비디오나 보면서 방바닥을 긁는 날이지만, 여자들은 아무 약속이 없어도 한껏 차려입고 시내로 나가고 싶은 날이다. 이런 특별한 날 그대가 "오늘은 그냥 집에서 쉬자"라고 말한다는 것은 거의 죽음. 빨간날에는 무조건 그녀를 위해 비워두라. 혹시 엄청나게 중요한 모임이나 약속이 있다면 먼저 그녀에게 같이 가자고 권해야 한다. 그녀가 거절한다 해도 적어도 3번은 더 조르는 것이 신상에 좋으며, 그녀의 최종 허락이 떨어지면 마지못해 가는 척하라(표정관리에 신경 쓸 것).

그녀가 이처럼 그대를 붙들어두고 싶어하는 것은 그대를 꼼짝 못하게 하고자 함이 아니요, 단지 그대의 사랑을 확인하고 싶은 거다. 결혼하고 나면 제발 좀 나가서 친구 좀 만나라고 등 떠밀 테니까 너무 쫄지 말 것. 자, 이게 다냐고? 무슨 소리! 여자들을 이해하려면 아직 갈 길이 멀다.

031 내 애인을 이해하는 몇 가지

-고급편-

자, 지난번에 여자를 이해하는 법에 대해 가장 기본적인 몇 가지를 알려드렸다. 기초만 익혀도 어디 가서 눈치없단 소리는 안 듣겠지만 보다 원만한 연애활동을 위해 고급편도 알아두는 것이 유익할 테니, 여자 좀 안다고 자만하지 마시고 다시 한번 점검해보시라.

마누라라도 되는 양

여자들은 남자들이 얼마나 과잉보호를 싫어하는지 모른다. 아니 오히려 친절과 사랑을 베풀수록 남자들이 행복할 것이라고 착각한다. 왜? 여자들 스스로가 이처럼 극진한 관심과 애정을 넘치도록 받기를 좋아하기 때문이다. 그래서 조금 사귀었다 싶으면 너나 할 것

101

없이 남친의 누나나 엄마, 심지어 몇 십 년 같이 산 마누라처럼 간섭 (여자 입장에서는 사랑이겠지)하기 시작하는 거다. 하지만 이는 그대를 구속하기 위함이 아니니 그렇게 기겁할 필요는 없다. 단지 여자들은 아기자기하게 챙겨주고 챙김을 받는 것을 좋아할 뿐이라는 것만 기억하면 된다.

도무지 끝이 없어

연애를 1년 이상 했을 때 남자들이 가장 잘 빠지기 쉬운 딜레마 가운데 하나가 바로 '끝이 없다'는 것이다. 바로 여자친구에게 아무리 잘하고 잘해도 그녀가 만족하지 못하는 것처럼 느낀다는 것. 오히려 잘해줄수록 더 앙앙거리는 것 같을 것이다. 그래서 겁도 줘보고, 반항도 해보지만 헤어지지 않을 바에는 오히려 역효과만 날 뿐이다. 그렇다. 여자들은 끝도 없이 잘해주길 바란다. 그러나 중요한 것은 그녀가 만족을 못해서가 아니라 사랑을 자꾸 확인하고 싶기 때문이라는 거다. 스스로 얼마나 소중하고 귀한 존재인지는 그대의 행동을 통해서만이 증명되기 때문이다. 그러니 웬만큼 힘든 부탁 아니면 거절하지 마시라. 생일이나 기념일, 남들 하는 거 하나도 빠뜨리지 말 것.

우리 함께해요~

남자들끼리 있을 때라면 몰라도 여자친구와 제3자 흥을 같이 보는 것처럼 괴로운 일도 없을 것이다. 여자들이 길길이 날뛰며 애인에게 공감을 요구할 때, 대부분 남자들은 입을 다물거나, 눈치없는 경우 오히려 여자를 나무라기까지 한다. 그러니까 불똥이 그대에게 튀는 거다. 그녀의 불평과 불만은 10분이면 끝난다. 그대가 맞장구만 잘 쳐주면 말이다. 그녀가 열받을 때 같이 열받아주고, 그녀가 우울해할 때, 그녀가 수다떨고 싶어할 때 몇 분만 신나게 들썩거려주라. '역시, 우리 자기가 최고!' 라는 말을 쉽게 들을 수 있을 것이다.

그렇다고 가식과 위선의 탈을 쓰고 대충 그런 척해주란 뜻은 아니니 오해 마시라. 다만 여자를 잘 이해해서 원만하고 부드러운 연애, 결혼생활 유지하라는 바람에서 하는 소리다. 남자들이 사소한 것에 이처럼 너그럽게 넘어가주면 정말 중요한 일이 닥칠 때 여자들이 백 번 양보할 테니까 말이지. 그게 여자들이 가진 미덕이기도 하다.

032

연애 베테랑이 되라

연애야말로 할수록 느는 것 중 하나다. 뭐 그렇다고 일부러 이 여자, 저 여자 바꿔가며 사귈 필요는 없겠지만 기회(?)가 온다면 적당한 선에서 많은 경험과 연습을 통해 연애 실력을 다져놓으시라. 실제로 연애 경력이 짧은 사람들은 마음은 그렇지 않으면서 어쩔 줄 몰라 힘들게 사는 경우가 많다. 반대로 연애 훈련이 잘된 사람들은 성숙하게 대처하는 의연한 모습을 보여주곤 한다.

앞뒤 못 가린다

연애 초짜들은 어린애 같은 순진한 사랑을 한다. 좋으면 웃고, 싫으면 화낸다. 좋을 때야 무슨 문제가 있겠냐만 한번 싸우기라도 하면 감정을 어떻게 수습할지 몰라 허둥대기 마련. 연애 경험이 많다 보면 피해야 할 때와 정면으로 부딪쳐야 할 때를 잘 분별할 수 있지만, 초보들은 앞뒤 안 가리고 화부터 내는 경향이 있다. 이렇게 감정 컨트롤을 못하다 보면 절대 하지 말아야 할 말과 행동도 하게 되고 급기야 원치 않는 파경에 이르게 된다. 물론 헤어지고 나면 그때 왜 그렇게 길길이 뛰면서 난리쳤는지 기억도 못하면서 말이다.

남녀 차이를 이해 못한다

초보들은 남녀의 전혀 다른 사고구조를 그렇게 설명해줘도 이해를 못한다. 그래서 자기 맘대로 과대해석하기도 하고 사소한 것에 상처도 잘 받는다. 연애 경험이 많은 사람들은 여자들이란 원래 그렇게 알고 싶은 게 많다는 것과 남자들의 허풍이 세다는 것, 그리고 잘해줄수록 점점 거만해진다는 것 등을 훤히 꿰고 있기 때문에 웬만한 일에는 그리 놀라거나 슬퍼하지 않는다. 즉 만나도 싸울 일이 별로 없다. 그러니 선수끼리 만나면 착착 일이 잘될 수밖에.

서두르지 않는다

초보들은 하나하나가 다 감동이요 신기한 경험이기 때문에 급하게 서두르는 경향이 있다. 유난을 떤다는 말이다. 세상은 그대와 애인 중심으로 돌아가며 당장 결혼이라도 할 것처럼 설쳐댄다. 상대에 대한 기대치도 엄청 높다. 반대로 연애 경험이 많은 사람들은 남녀 간의 모든 일들이란 그저 연애의 한 부분이며 결혼으로 가기 위한 자연스러운 과정임을 이해하기 때문에 차분하게 연애를 즐길 수 있다. 한마디로 여유가 생긴다 이 말씀. 그래서 연애 베테랑들끼리 결혼하면 알콩달콩 잘 산다는 사실!

그러니 사랑이건 연애건 많이 많이 연습하시라. 뭘 모르면 시행착오와 실수가 많은 법이다. 오고가는 사랑에 '난 왜 이러나' 신세한탄 하지 마시고, 이게 다 인생의 약이 되려니 생각하면 속 편하다.

033

이성에게 어필하는 법

누군가와 사랑에 빠질 때는 그만한 이유가 다 있는 법이다. 곰곰이 생각해보시라. 왜 내가 그(그녀)를 사랑하는지 자신은 알 것이다. 상대도 마찬가지. 아무런 조건 없이 사랑한다는 것은 말이 안 된다. 아주 사소한 것이라도 결정적인 계기가 있는 법. 바로 그거다. 연애에 성공하려면, 발렌타인데이에 초콜릿이라도 한 알 받고 싶다면 내가 가진 장점을 최대한 살려, 이성에게 어필하면 되는 것이다.

솔직히 누군가를 좋아하는 데 있어 거창한 이유가 있는 사람은 없다. 그저 남자인 경우라면 보통 예쁘거나 참하거나 애교가 많은 여자에게 끌릴 것이고 여자들은 잘해주는 남자(물질적인 것 포함), 자상하고 이해심 많은 남자, 모든 사람에게 인기있는 남자 등을 일반적으로 선호한다. 그러니 내가 그런 매력을 갖춘 사람이 되면 다른 이성에게 충분히 '사귀고 싶은 사람'이 될 수 있는 것 아니겠는가.

연애하고 싶은 남성들은 일단 어디서나 잘난 척하는 말과 행동을 절대 삼가고, 여자 앞에서 약한 모습을 보이지 말도록 하자. 제아무리 장동건이라도 이건 안 통한다. 가장 무난하고 성공률도 높은 것이 바로 '머슴형'으로 공략하는 것. 일편단심 충심을 보여주고, 인내와 끈기로 그녀를 기다리는 것이다. 보통 외모에 자신이 없으나 뚝심 하나 알아주는 스타일에게 이런 방법이 유리하다. 미녀를 쟁취할 확률도 높다는 사실!

반대로 여자인 경우, 섹스어필과 외모만으로 정면승부한다는 것은 다소 무리가 따를 수 있으니 별로 권하고 싶지 않다. 오히려 남자들은 이런 여자들의 당돌함을 헤프게 생각하는 경우가 많고, 원나잇 등으로 잠시 이용만 할 수도 있으니 주의하라.

그래서 가장 안전한 방법이 바로 '싹싹한 여자'가 되라는 것이다. 싹싹하고 상냥하며 말 잘 통하는 여자를 싫어하는 남자 못 봤다. 물론 기본적으로 외모가 어느 정도 받쳐줘야 함은 상식. 평소 이미지를 '그 정도면 괜찮지…'라고 확실히 각인시켜놓는 것이 중요하다.

은근히 그의 호감을 산 후, 결정적인 순간이 왔을 때(둘만 있을 기회 등) 강하게 밀어붙이면 성공! 남자들은 특히 승부욕이 강하니 질투 작전 등을 잘 이용해 그의 마음을 사로잡는 것도 좋다.

034

결혼 상대자의 조건

이성에게 끌리고 사랑하게 되는 것은 확실히 본인 의지와는 관계없는 일이다. 운좋게 원하는 이상형을 만나 백년해로하는 행운의 주인공도 뭐 없으란 법은 없지만, 대부분 전혀 예상치 못한 곳에서, 염두에 두지도 않았던 이와 사랑에 빠지는 경우가 더 많다. 그러다 보니 어떤 이들은 사랑하지 말아야 할 사람을 사랑하게도 되고, 그렇게 피하고 싶던 사람(이상형과는 거리가 먼)과도 커플이 되는 것 아니겠는가.

하지만 연애라면 몰라도 만약 그대가 결혼을 앞두고 있다면 그렇게 감정에 의지하는 것은 너무도 큰 모험이란 걸 아시길 바란다. 솔직히 뻐리리 통하는 그 짜릿한 '필' 이란 게 그리 오래 가는 것도 아니며, 죽고 못살 것 같은 기분도 시간이 흐르면 자연스럽게 퇴색하기 마련이기 때문이다. 그럴 때마다 결혼을 무를 수도 없는 법.

이왕 결혼했다면 팔자려니 참고 살아야겠지만 아직 선택의 폭이 넓은 미혼자들은 신중에 신중을 기해 결혼 상대자를 고르라고 충고하고 싶다. 외적인 조건이나 능력, 집안환경을 보란 말이 아니다. 진부하게 들릴지 모르지만 무엇보다 결혼 상대자를 고른다면 자신에게 가장 잘 맞는 사람을 만나야 한다고 말하고 싶다.

그렇게 딱 맞는 사람이 세상천지에 있겠냐고? 물론 있다. 문제는 자기 스스로 자신을 얼마나 잘 파악하고 있냐는 것이다. 도대체 내가 어떤 성격의 어떤 취향을 가진 사람인지부터 정직하고 솔직하게 분석해야 한다. 대부분 사람들은 약간의 착각 속에서 정확히 자기가 어떤 사람인지 모르고 사는 경우가 많다.

그저 다른 사람들이 평가하는 대로 자기 자신을 적당히 포장해서 알고 사는 경우가 많다는 거다. 주변의 평가는 전혀 중요하지 않다. 오직 자기 자신만 아는 자신의 장점, 단점, 성격을 정확히 파악하고 나면 나에게 어떤 사람이 결혼 상대자로 적당한지 알게 될 것이기 때문이다.

그러니 결혼 상대자의 조건이란 건 결국 자기자신의 문제에서 출발하고 귀결되는 것. 이런저런 상대방의 조건을 따지기에 앞서 나 자신은 과연 어떤 사람인지, 어떤 조건인지를 파악하고 난다면 누군가와 사랑에 빠졌을 때 결혼을 결심하기가 한결 쉬울 것이다.

오랜 연애기간이 있었음에도 아직 방황하는 그대, 이왕 시간 끈 것 좀더 철저하게 따져보시라. 한치의 불안한 마음이 들지 않을 때 해도 살다 보면 후회스러울 때가 있는 게 결혼이니까!

연상녀 연하남 커플 되기

　얼마 전 드라마 〈천생연분〉이 연하 열풍을 또 다시 몰고 온 적이 있다. 한때 남자가 여자보다 4살 위면 궁합도 안 볼 정도로 이상적인 나이 차이라고들 했는데, 요즘은 귀엽고 탱탱한 어린 남자가 누나 같은 성숙한 여자와 사귀는 것이 인기란다. 일시적인 연애 풍속도겠지만 아주 근거 없는 유행도 아닌 듯하다. 실제로 주변에 죽이 착착 맞는 연하남-연상녀 커플을 많이 봐왔기 때문이다.

　아시겠지만 젊고 어린 남자들에게서는 연상남에게 흔히 볼 수 없는 저돌적인 에너지와 애교가 넘친다. 어느 정도 나이가 든 여자 입장에서 어린 남자들의 이런 적극성은 매우 바람직한 모습으로 보이며 귀여워 보이기까지 하니, 커플로 연결될 확률이 높다.

113

게다가 남자들 대부분은 여자에게 포근한 모성애를 기대하기 때문에 연상녀들의 성숙하고 안정된 모습을 보면 철없고 징징거리는 어린 여자들에게서 느낄 수 없는 성숙한 매력을 느낄 것이다.

대체적으로 연하남-연상녀 커플이 성사되려면 남자들의 역할이 매우 크다. 여자들은 본능적으로 나이 들어 보이는 것에 신경질적인 반응을 보이기 때문에 어린 남자들에 대해 거부감을 갖고 있다.

늙어 보이는 남자를 선호한다기보다 상대적으로 젊은 남자의 끓어 넘치는 에너지에 기죽기 싫다는 심리 탓이리라. 그래서 연하남이 연상녀를 쟁취하려면 무엇보다 남자들이 듬직하고 어른스러운 모습을 많이 보여줘야 한다. 여자가 기댈 수 있게끔 믿음과 신뢰를 심어주란 말이다.

반대로 연하남을 찍은 연상녀들은 머리를 잘 써야 한다. 자칫하다간 '늙은 여우'로 보일 수도 있으니 행동을 특히 조심할 일이다. 포근하고 성숙한 모습을 보여주는 것은 좋으나 과잉 친절이나, 섣부른 대시를 하면 남자들에게 가벼운 여자로 비칠 수 있다는 것을 유의하라는 말씀.

일반적으로 목표를 정한 연상녀들은 초반엔 편한 동생 대하듯 자연스럽게 연하남에게 접근한 후, 결정적인 계기(?)를 통해 확 잡아채는 식의 양상을 보여왔다. 하지만 요즘 이런 식으로 작업 넣었다간 본인만 손해본다는 사실을 꼭 기억하시라.

연하남을 사귀고 싶다면 처음부터 그를 동생이 아닌 남자로 대우하고, 존중해주는 편이 더 빠르다. 남자들은 천성적으로 '인정받는 것'에 대한 강한 욕구가 있기 때문에 나이와 지위 고하를 막론하고 자신을 믿고 대접해주는 여자에게 충성을 다할 것이 분명하다.

하지만 솔직히 천생연분을 찾는 데 공식은 따로 없다. 우선 누구에게든 기회를 열어두겠다는 오픈 마인드를 갖고, 부지런히 만남을 시도해보자. 또한 첫술에 배부르리라는 괜한 기대감은 접은 후, 내 인연을 찾는 그날까지 줄기차게 전진하라. 연애에 성공하려면 순발력이 아니라 지구력이 필요하다는 것 다시 한번 기억하면서!

나도 모르는 사이 소문난다

요즘 젊은 사람들 사이에서 블로그나 미니홈피를 꾸미는 것이 대유행이다. 이는 단지 자기 자신만을 위한 기록을 남기기 위함이 아니라, 친구나 모르는 사람에게도 자신의 존재를 알리고, PR하고자 하는 심리가 반영된 것이리라. 하지만 평소 문어발식 연애를 하거나 남녀관계 복잡하신 분들은, 미니홈피나 블로그 관리에 각별히 신경 써야겠다. 조금만 추적해 들어가다 보면 팬들에게 몰매 맞기 딱 좋기 때문이다.

뭔 말인고 하니, 인기관리를 위해 나만 철저히 글의 수위를 조절하면 뭣하나. 같이 놀던 친구들이 무심코 남긴 한마디에 그대를 주시하는 뭇 사람들은 촉각을 곤두세운단 말이다. 어제 야근한 걸로 되어 있는데, 친구들이 '어제 너 잘 들어갔냐?' '그 여자 누구냐, 괜찮던데…' 등의 폭발성 멘트라도 남겨놓게 되면, 자신도 모르는 사이 덜미 잡히는 것은 시간 문제.

실제 내 후배 K양은 평소 짝사랑하던 거래처 P군의 미니홈피를 매일 점검하다 그의 실체를 알게 되어 큰 화(?)를 면하기도 했다. 단정하고 지적으로 보이던 평소 이미지와 달리 그의 사생활 및 여자관계가 평범치 않음을 알 수 있었기 때문이다. 게다가 글 남긴 사람들의 아이디를 클릭하고 들어가면 그녀의 홈피로 또 연결되게 되고 그렇게 꼬리에 꼬리를 물고 역추적하다 보면 그대의 존재는 금세 드러나게 된다. 무심코 남긴 꼬리글에 덜미잡힐 수도 있겠다.

물론 찔릴 것 없는 사람들이야 상관없겠지만 과거에 원한 살 만할 연애담이 화려한 사람들은, 조금 걱정되실 것이다. 특히 과거의 연인이 연락 올까 두려운 사람들, 조심 또 조심해야 한다. 세상은 생각보다 좁고, 또 한 다리 건너면 다 친구의 친구 사이인지라 원치 않는 사람과 다시 연결될 수도 있단 말이다.

그러니 사진이나 친구 연애담도 함부로 올릴 것도 못 된다. '이건 제 친구 이야긴데요…' 하면서 시작된 글이 소문에 소문을 낳다 보면 당사자 귀에도 들어갈 수 있고, 꼭꼭 숨기고 싶은 이야기도 죄다 노출될 수 있단 말이다. 본의 아니게 남에게 피해를 줄 수 있으니 글은 물론 꼬리글도 신경 써서 남길 일이다.

익명이 보장되는 인터넷 세상, 하지만 오히려 내 신분이 더 잘 공개되기도 한다. 그러니 어설픈 양다리나 불륜, 반사회적인 사랑을 일삼던 뻔뻔족들은 이제 조금 긴장해야 될 듯하다.

아, 인터넷을 아예 안 하고 사신다고? 아니 친구들이 그대 이야기를 안주 삼아 올린다니까 그러시네….

속도 내면 사고난다

언제부터인가 너나 할 것 없이 연애 속도가 점점 빨라지는 것 같아 걱정이다. 기다리기 싫어하고 무조건 빨리 결론 내고 싶어하는 요즘 사람들의 성향일 수 있겠지만 순간의 기분이나 감정을 너무 맹신하는 순간주의, 찰나주의가 팽배해 있기 때문이 아닌가 싶다. 뭔 소리인고 하니, 오직 지금 이 순간을 즐기는 것만이 최선이요 현명한 방법인 듯 몰고 가는 사회 분위기를 말하는 거다.

연애할 때는 이런 습성이 더 잘 드러난다. 내일 어떻게 될지는 그들에게 중요치 않다. 지금 당장 좋으면 마치 내일은 없는 사람들처럼 이 밤을 불사르고 싶어한다는 말이다. 앞뒤 가리지 않고 일단 통하면 만사 오케이. 하지만 순간의 감정이라는 것이 얼마나 믿을 수 없는 얄팍한 것이던가. 물론 저돌적으로 달려드는 화끈한 모습은 자극적이고 짜릿하다. 하지만 쉽게 타오른 불꽃이 또 쉽게 사라진다는 말처럼 폭풍처럼 몰아친 감정은 의외로 빨리 식기도 하는 법이다.

자고로 사랑과 연애는 급하게 속도를 낼수록 그르치기 쉽다는 걸 명심하라. 필요 이상으로 앞서 나가는 정열은 자연스러운 감정의 흐름을 방해하기 때문이다. 의욕이 앞서 오버하다 보면 꼭 문제가 생긴다는 얘기다. 그저 물 흐르듯 자연스럽게 두면 알아서 교통정리될 것을 그대의 조급한 마음 때문에 결국 화를 자초하게 된다는 것이다. 예를 들어 맘에 드는 사람이 나타났다고 하자. 그대는 호들갑을 떨며 친구에게 사방팔방 소문부터 낼 것이며 상대 호구조사 및 탐색전에 들어갈 것이다. 은근히 뜸이 들 시간도 없이 빨리 밥을 하려고 아궁이에 불만 연방 때다 보면 밥은 타거나 설익고 마는 거다.

그러니 지금 붙잡지 않으면 영영 못 볼 것 같다는 망상에서 벗어나라. 다시는 이보다 더 좋은 사람을 못 만날지 모른다는 억측도 하지 마시라. 혹 마음에 두고 있는 사람이 있다면 천천히 순서를 밟아 사랑하고 감정을 조금씩 키워나가도록 노력해보자. 실제로 5개 정도밖에 안 되는 감정을 50개인 양 부풀리지도 말 것이며 자기 기분에 취해 영화 속 비련의 주인공이 되려고 분위기 잡지도 말자. 이렇게 한

계단씩 정성껏 계단을 올라가다 보면 무엇보다 탄탄하고 반석이 깊은 큰 사랑을 만들어갈 수 있을 것이다.

올 한해 연애와 결혼을 목표로 세운 솔로분들, 제발 흥분하지 말지어다.

038

성격 차이는 없다

우리나라 젊은 부부들의 이혼율이 높아지는 것에 비례해 연인들의 헤어짐 빈도수도 점점 높아만 가는 듯하다. 신기한 것은 '도대체 왜 헤어졌는가' 하는 물음에 대부분 '성격차이' 라는 일관된 답을 하고 있다는 사실이다. 그럼 애인의 성격도 모르고 사귀었다는 말인가. 사랑으로도 극복할 수 없는 무시무시한 그 '성격차이' 라는 것의 실체를 들여다보자.

우선 성격이 완벽하게 잘 맞는 커플은 흔하지 않다는 걸 알아야 한다. 성격이 잘 맞는 걸로 사랑하는 거라면 죽마고우와 사귀어야 마땅하다. 하지만 사랑이란 본디 성격이 맞는다고 솟아나는 감정이 아니다. 오히려 가장 혐오하던 스타일의 남자에게서, 전혀 관심도 없었던 여자에게서 어느 날 갑자기 정말 영화처럼 '페로몬'을 느끼게 되니 말이다. 다행히 그 사람과 나의 취향이나 스타일이 비슷하면 행복한 거지만 대부분 남녀는 근본적으로 다른 사고구조, 다른 성향을 가질 수밖에 없기에 부딪치기 마련이다.

따라서 실제 성격차이로 드러난 그 동안의 모든 불화의 원인을 냉정히 따지고 보면 서로의 욕심과 지나친 관심(혹은 무관심) 애정과다(혹은 부족) 때문일 가능성이 크다. 성격차이로 드러난 헤어짐의 진짜 이유는 바로 애정이 예전 같지 않다는 것. 마냥 설레던 감정, 뭐든지 예뻐 보이던 연애 초심을 잃고 나면 제아무리 성격이 딱딱 맞는 환상의 커플이라고 해도 연애전선에 이상이 올 수밖에 없다. 알다시피 남녀의 만남에는 이해타산이나 목적이 있는 것이 아니다. 그러니 이제 와서 성격이 잘 맞지 않는다는 이유로 사랑하던 사람과 헤어지겠다는 것은 설득력이 없다.

그렇다면 연애 초심은 왜 잃게 되며 애정이 식는 이유는 무엇인가. 다름아닌 상대방을 내 스타일로 개조하려는 넘치는 의욕과 삐뚤어진 열정 때문이다. 있는 그대로도 충분히 사랑스러운 사람을 자기 입맛에 맞추거나 내가 상대하기 편하게 고쳐보겠다는 어설픈 발상 때문이다. 물론 사랑하는 사람을 보면 욕심이 생길 수 있다. 하지만 더 잘 지내보려고 애쓰다가 결국 사랑도 잃고 사람도 잃는 결과가 생긴다는 것을 명심하시라.

달콤하고 거창한 애정표현도 좋지만 내 애인을 있는 그대로 사랑하기, 내 반려자를 뜯어고치려 들지 않기를 실천해보라. 이 두 가지만 잘 지켜도 명랑한 가정, 원만한 연애가 이뤄질 테니 두고 보시라. 성격차이? 우선 그대 성격부터 고쳐라.

039

사랑도 사람도 정리하며 살자

한해의 *끄트머리*에서 뒤를 돌아보면 먼저 어떤 사람이 떠오르는 가. 나를 사랑했던 사람, 내가 못됐던 사람, 아니 내가 버렸던 사람? 누구든 좋다. 문제는 해가 가기 전 사랑도 사람도 주변정리를 깨끗이 하는 게 중요하다는 것이다. 오랜 짝사랑에 지친 사람이라면 이참에 종지부를 찍고, 양다리족들은 이제 그만 한쪽 다리를 접으라. 흐지부 지 감정을 뿌리고 다녔던 사람이라면 확실하게 교통정리해서 마무리 지으란 말이다.

일년에 한 번씩은 감정정리를 하는 게 신상에 좋다. 무슨 훈장처럼 주렁주렁 달고 다니며 살지 말라는 뜻이다. '내 마음 나도 몰라'라며 여기저기 헤맸던 지난날의 객기도 일단 한 번은 철수하도록 하자. 좋은 쪽으로든 나쁜 쪽으로든 마음의 결정을 하시라. 이것도 저것도 아닌 채 질질 끌려다니다 보면 소중한 사랑은 놓치게 되고, 다가올 사랑도 막아서는 꼴이 되기 때문이다.

솔직히 말해 사람 일 모르는 거다. 죽을 것처럼 힘든 사랑도 시간이 흐르면 무덤덤해지기도 하고, 놓치기 아까운 사람이라도 막상 헤어지고 나서 더 좋은 사람 만나 잘 먹고 잘 사는 경우가 비일비재하다. 즉 지금 당장 모든 운명이 결정되는 것처럼 안절부절 살지 말라는 소리다. 혹 버림을 받았더라도 상대를 너무 미워하지 말자. 그 상황, 그 시점에서 그럴 수밖에 없었겠거니 하고 이해하면 맘 편하다. 복수니, 앙갚음이니, 스토킹이니 이런 걸로 귀중한 시간 낭비해서도 안 된다. 다른 사람을 미워하다 보면 오히려 더 황폐해지는 자신을 발견하게 되리라.

중요한 것은 늘 아낌 없이 사랑하고, 후회 없이 주는 것이다. 헤어질 결심을 하든, 더 깊게 사랑하든 모든 것은 본인의 판단이요 선택이지만 적어도 얄팍한 계산 따위로 감정을 속이거나 누르지 말자. 억누른 감정은 부패하기 마련이고, 결국 비뚤어진 형태로 어긋난 사랑을 표현하게 되기 때문이다.

그리고 자신에게 더욱 솔직해지자. 슬프면 울고, 사랑하고 싶다면 사랑하자. 버려진다면 견디고, 정리해야 할 사람이 있다면 깔끔하게 잘라내라. 대신 고요한 시간에 자신과 마주앉아 내면의 소리에 귀 기울여 정직하게 행동해야 한다.

040

크리스마스의 사랑고백

크리스마스가 다가오면 커플들은 선물에 이벤트에 들뜬 마음뿐이 겠지만 짝 없는 솔로들에겐 이처럼 우울한 날도 없을 것이다. 그래도 차라리 원래 혼자였던 사람이라면 이런 썰렁한 분위기가 익숙하기라 도 할 텐데, 헤어진 지 얼마 안 된 사람이나 짝사랑하는 이를 가슴에 품고 사는 사람들은 외로움이 더 크다.

자, 헤어진 지 얼마 안 된, 세상에서 가장 불쌍한 청춘남녀여! 당장 이번 크리스마스를 어떻게 보내실 것인가. 우선 마음에도 없는 친구 들과의 약속 따윈 하지 마시라. 영양가도 없이 돈만 쓰고 술 먹어 속 만 쓰리게 된다. 기분좋게 만날 수 없다면 분명 군중 속에 외로움만 더할 것이 분명하기 때문이다. 차라리 로맨틱한 비디오와 슬픈 음악

CD를 준비해 나만의 시간을 가지도록 하라.

슬픔은 더 큰 슬픔으로 덮는 것밖엔 도리가 없다. 피하려고 하면 할수록 더 깊은 상처를 내게 될 테니 정정당당하게 슬픔과 맞서란 말이다. 눈물이 나면 울고, 괴로우면 괴로워하시라. 아닌 척, 강한 척, 괜찮은 척 자기자신을 속이지 말자. 정히 외로우면 정말 내 속을 보여도 될 친구 한두 명을 불러 도란도란 이야기를 나누라. 단, 이별의 경험이 있는 친구여야 할 것. 현재 애인이 있거나, 한 번도 연애 경험이 없는 사람은 제외하라. 정말 아무런 도움이 안 된다.

이번엔 고백 한번 못 하고 냉가슴 앓고 있는 나홀로족들의 경우다. 보통 크리스마스나 밸런타인데이 등을 빌어 용기를 내어볼까 머리 굴리는 경우가 많은데, 이거 별로 효과 없음이니 아서라. 마치 술 힘을 빌어 고백하는 것이 전혀 효과 없는 것과 마찬가지다. 차라리 평소에, 전혀 예상치 못한 평범한 날 우연히 고백하는 것이 더 낫다. 그러니 이런 날은 그저 평범한 카드와 작은 선물로 우정 어린 마음만 전하자. 아무것도 안 하면 절대 안 된다. 하지만 너무 튀거나 오버해도 안 된다는 걸 명심하라. 내용도 너무 심오한 뜻을 담아 보내면 부담스럽다. 단, 네가 좋은 사람이고, 내겐 특별하다는 내용을 슬쩍 비춰준다면 여자로선 기억에 남는 카드가 될 것이다. 한 번 보고 획~

하니 던지지는 못할 거란 소리다.

크리스마스에 혼자서도 행복하게 보내고 싶다면 큰 기대를 접도록 하자. 그녀에게 전화가 올 것이라는 기대, 누군가 나를 파티에 초대할 것이라는 기대 말이다. 자, 우리 모두 크리스마스에 뭔가 특별한 이벤트가 있어야 한다는 고정관념은 버리자고!

041

사랑의 줄다리기

사람은 대부분 비슷한 연애심리를 가지고 있다. 다가오면 도망가고 싶고 멀어지면 붙잡고 싶어진다. 완전히 내 것이다 싶어지면 그때부터 흥미는 또 반감한다. 그래서 사랑의 줄다리기를 잘하라는 말을 누누이 강조했던 것이다.

만약 남녀관계에 줄듯 말듯, 올듯 말듯한 긴장감이 없다면 바람 빠진 풍선처럼 시들시들해지는 것은 시간문제다. 아, 그렇다고 사랑 갖고 장난치라는 말은 아니니 오해는 말자. 대신 완전히 푹 퍼져서 '나는 네 것, 너는 내 것'이라는 안일한 생각에만 의지하지는 말라는 뜻이다.

131

안심하고 편안해지는 순간 내 애인의 눈은 다른 곳으로 향하게 되고 그대를 위해 더 이상 시간과 노력을 투자하지 않을 것이기 때문이다. 서로 믿고 신뢰하는 안정적인 관계는 높이 살 만하지만 매력도 설렘도 없이 지내는 것은 분명 문제가 된다.

따라서 내 속마음을 너무 그렇게 자주 오픈하는 것은 위험부담이 크다. 가끔은 '정말 당신의 속을 알 수 없다'라는 말을 들을 정도로 긴장의 속도를 유지해야 한다. 단, 잔머리를 굴린다거나 다른 누군가와 저울질하는 느낌을 줘서는 안 된다. 믿을 수 없는 사람이 되라는 것이 아니라 신비로운 사람이 되라는 뜻이니까. 사랑하는 마음은 진실이되 표현이나 방법에 있어 어느 정도 운영의 묘(妙)를 살리라는 말이 적당할 것이다.

누군가를 좋아하게 되어 작업에 들어갈 때도 마찬가지다. 완전히 자신을 버리고 매달리게 되면 그대는 그저 사랑에 굶주린 초라한 남자로만 보일 뿐이다. 당당하게 사랑을 요구하고 적극적으로 대시하지만 함부로 무시할 수 없는 독특한 매력과 자신감을 유지하고 있어야만 상대가 돌아보게 된다는 걸 늘 명심하라.

마음속에 누군가가 떠오르시나? 너무 비굴하지도 또 너무 거만하지도 않게 접근한다면 앞으로는 조금은 뜨듯하게 보낼 수도 있을 거다.

042

단호하게 자르는 게
서로에게 좋다

만남의 소중함처럼 헤어짐도 소중한 추억이 된다. 헤어질 때 찝찝하게 끝나면 그 동안의 정도 물거품이 되기 때문이다. 특히 한쪽의 일방적인 변심으로 인한 이별인 경우, 더 세심한 노력이 요구된다. 가장 중요한 것은 이왕 헤어질 것이라면 조금의 미련도 상대에게 남기지 말아야 한다는 것이다.

미안한 마음이 드는 것은 이해하지만 그대의 동정심은 오히려 옛 애인을 더 비참하게 만들 뿐이다. 걸려오는 전화를 다정하게 받는다거나, 문자나 메일 등으로 안부를 확인하는 것도 헛된 희망을 갖게 하기엔 충분하다. 차라리 모질게 대한다면 당장은 서럽겠지만 하루 빨리 그대를 잊는 데 도움이 된다. 그대의 온정 어린 자상한 행동은 순간적인 위안이 될 수는 있겠지만, 결국 다시 옛애인과 잘해볼 생각이 아니라면 짧고 굵게 선을 긋는 것이 서로에게 좋다.

또한 오빠 동생 사이나 친구로 지내자는 말도 이기적인 발상이다. 상대가 받을 충격을 줄인답시고 임시방편으로 이런 애매모호한 관계로 수습하겠다는 것이 아니고 무엇이겠는가. 그대가 무심코 뱉은 이 말 한마디가 그녀에겐 큰 의미가 될 수 있다는 것을 명심하라. 어떻게든 그대 곁에 머물고 싶은 그녀는 지푸라기라도 잡고자 하는 심정일 텐데 그대가 여지를 조금이라도 남긴다면 그것은 약이 아니라 독이 될 것이 분명하지 않은가. 즉, 확실히 헤어진다는 결심을 했다면 좀더 명확하고 투명하게 관계를 정리하는 것이 좋다는 뜻이다.

너무 매정한 거 아니냐고? 그럼 그녀와 다시 사귈 텐가? 결혼이라도 할 텐가? 만약 그런 것이 아니라면 쓸데없이 동정심 남발하지 말 것. 그대의 이런 연약한 모습은 결국 헤어진 여자로부터 욕먹고 싶지 않다는 얄팍한 생각일 뿐이니까.

유형별 연애 전략

설마 하시겠지만 꽤 많은 사람들이 연애 한번 못해보고 살아간다. 나이가 많고 적고를 떠나 사랑이라는 감정이 아무에게나 그리 쉽게 주어지는 게 아니란 말이다. 늘 쉽게 이성을 만나는 사람에게는 이해할 수 없는 말이겠지만 이 땅의 수많은 100% 순수솔로(정말 이성 근처에도 못 가본 사람들)님들은 내 말에 고개를 끄덕일 것이다. 그렇다. 연애라는 게 말처럼 그리 쉬운 게 아니다. 그럼 방법은?

누가 봐도 킹카인데…

누가 봐도 멀쩡한 A급인데 연애운이 없는 사람이 의외로 많다. 정말 안타까운 케이스로 이는 팔자소관이라고 봐야 한다. 아무리 애를 써도 이성이 꼬이질 않는데 어쩌겠는가. 속 모르는 사람들은 눈이 너무 높아서라고 하지만 절대 그렇지 않다. 오히려 이런 이들은 상당히 눈이 낮고 게다가 착하기까지 하다. 그래서 가끔 엉뚱한 사람에게 이용당하기도 한다. 만약 그대가 누가 봐도 아까운 조건이라면 너무 연애에 급급하지 마시고 차분히 기다리는 편이 더 낫다. 외로움에 아무나 덜컥 사귀어 스타일 구긴 사람을 많이 봐서 하는 소리다.

성격은 정말 좋은데…

성격 좋은 그대, 늘 이성친구가 붐비지만 실제 영양가는 하나도 없어서 문제다. 특별한 날 딱히 꼬집어 같이 보낼 이성이 없으니 말이다. 대부분 사람들은 정말 성격 하나 끝내준다며 그대가 왜 솔로여야 하는지를 분개하겠지만 막상 그들도 그대를 남자, 여자로 보지 않으니 원. 만약 성격이나 대인관계가 원만한데도 연애에 매번 실패한다면 그대의 문제는 바로 성적매력이 없다는 것이다. '섹스어필' 할 수 있다는 것은 상당히 큰 장점이 될 수 있다. 단순히 도발적인 외모를 말하는 것은 아니다. 말투, 행동, 외모 등을 종합적으로 평가하여 말하는 것이다. 주변의 커플을 잘 관찰해보라, 그들이 평소와 어떻게 다른 모습으로 이성을 대하는지.

연예인 뺨치는 외몬데…

옷차림이나 얼굴만 봐서는 정말 솔로라는 게 믿어지지 않지만 이런 사람들 가운데 실속 없는 솔로족들이 엄청 많다. 주로 동성친구들과 어울려 다니며 여가를 보내고 있지만 언제든 이성을 사귈 준비가 되어 있는 자들이다. 언뜻 보기엔 말이다. 하지만 조금만 대화를 나누다 보면 어찌나 잘난 척이 심한지 또 어찌나 눈들은 높은지 그들이 왜 변변한 연애 한번 못하는지 금세 이해가 간다. 사랑은 잘나고 못나서 하는 게 아니다. 정말 진실한 사랑을 하고 싶다면 마음을 열고, 매사를 긍정적으로 바라보는 노력부터 하시라.

044

몰랐던 그녀의 과거

남자건 여자건 사랑하는 사람의 비밀이나 숨겨졌던 과거를 알게 되어 유쾌할 사람은 없다. 특히 애인에 대한 집착이 남다른 사람일수록 그 괴로움은 커지기 마련. 우연히 여자친구의 다이어리를 보다가, 남자친구의 휴대전화 문자메시지를 보다가 의심할 만한 단서를 잡게 되면 그때부터 혼자만의 갈등이 시작된다. 자, 집착과 번민에서 어떻게 벗어나면 좋을까?

그대의 목적은?

장애물 없는 사랑이 어디 있겠으며 연애전선에 항상 파란 신호등만 켜지라는 법 없다. 사귀다가 이런저런 위기가 올 때 가장 중요한 것은 그대와 상대방의 마음이다. 나는 그녀를 사랑하는가? 또 그녀는 나를 정말 사랑하는지를 곰곰이 생각해보라. 애인의 과거만 몰랐더라면 아무 문제 없었을 사이라면 굳이 긁어 부스럼을 만들 이유가 없다. 그대의 목적이 무엇인지 생각해보라. 그녀와 행복하게 지내는 것인지, 아니면 시시콜콜한 과거까지 다 들춰내 스스로를 괴롭히는 일인지를 말이다.

모르는 게 약이려니

상대방의 과거가 그리 치명적이지만 않다면, 또 현재까지 그 영향이 미치지만 않는다면 웬만한 일에는 넉넉한 마음씀씀이를 보여주는 게 더 현명하다. 따지고 보면 그대도 과거에 다른 여자를 사귀었을 터이고 솔직히 서로 늦게 만난 게 그녀의 죄는 아니지 않은가. 문제는 그녀가 지금 누구를 사랑하고 누구에게 충실하느냐 하는 것이다. 그녀가 그대를 속이고 양다리를 걸친다거나 거짓된 사랑을 보여준다면 문제될 수 있겠지만 그렇지 않다면 모르는 게 약이다. 굳이 그녀의 과거를 캐내려 하지 마라.

상상하지 마라

모든 괴로움은 그대의 과장된 상상에서 비롯되는 것이다. 그녀가 과거에 누굴 만났건 대부분 남녀관계는 비슷비슷한 데이트 과정을 거치게 마련이다. 그녀가 과거에 다른 남자와 뭐 거창한 사랑을 했을 것이라는 상상으로 질투하지 마시라. 쓸데없이 그 남자가 누구였는지, 어떤 깊은 사이였을지 등등을 미루어 짐작하지 말란 소리다. 지금 그녀가 그대를 사랑하듯 그 당시에는 과거의 그 남자를 분명 사랑했을 것이다. 하지만 둘의 인연이 거기까지였던 것이고 지금은 그대를 사랑하고 그대를 만나고 있지 않은가. 되도록 이렇게 심플한 구도를 그려가며 생각을 정리하면 도움이 될 것이다.

045

이럴 땐 여자들 떠나고 싶어진다

일도 연애도 다 자신이 하기 나름이고 자기 예쁨은 자기가 받는 법이다. 내가 하기에 따라서 내 여자, 내 남자가 나를 더 좋아할 수도 정나미 확 떨어질 수도 있다는 것을 명심하라. 과연 어떨 때 여자들은 남자친구를 떠나고 싶어질까?

서운함이 쌓일 때

남자도 마찬가지겠지만 여자들은 유독 서운함을 견디지 못한다. 무심코 한 말에 상처받아 울기도 하고 그게 무슨 뜻이었을까 곰곰이 생각하는 경향이 있다. 기념일 같은 것에 민감한 것만 봐도 알 수 있다. 그러니 애정표현을 아끼지 말고 데이트나 이런 것도 절대 소홀히 여기지 말아야 한다. 한두 번은 어떻게 넘어갈지 몰라도 쌓이고 쌓이면 그것이 바로 이별의 결정타가 되는 것이다.

남과 비교될 때

비교하는 거 나쁘다는 것 여자들도 잘 안다. 하지만 누가 작정하고 비교할 생각을 했겠는가. 왠지 내 남자가 든든하지 못할 때, 초라하고 한심해 보일 때 여자는 다른 사랑을 꿈꾸게 된다. 능력과 재력만을 따져서 이런 감정을 느끼는 것은 아니다. 가진 것 하나 없어도 왠지 믿음이 가는 남자가 얼마든지 많고 그런 남자를 후원하는 착한 여자들도 널려 있다. 하지만 만날 그 타령에 별다른 비전도 보여주지 않는 남자라면 여자가 충분히 흔들릴 수 있다.

남자가 흔들릴 때

웬만한 반대 정도가 아니라 아주 뜯어말리는 양가부모가 있을 때 여자들은 견디지 못하고 포기하고 싶어진다. 물론 이것도 남자가 어떻게 지켜주느냐에 따라 상황은 정반대가 될 수도 있다. 주변의 태클이 제아무리 극심해도 남자가 굳건히 버텨주고 리드해주기만 한다면 여자는 오히려 더 강해지고 굳건해지는 법이다. 하지만 남자의 우유부단한 태도나 갈팡질팡하는 모습을 보면 누구라도 도망가고 싶어질 것이다.

여자 문제로 피곤하게 할 때

경쟁자가 생기면 의욕이 솟는 사람도 있겠지만 대부분 여자들은 남자를 의심하게 돼 결국 이별을 결심하게 된다. 비록 남자가 바람 핀 것이 아니라 할지라도 그에게 여자들이 꼬이는 것만으로 신뢰감 은 무너지기 때문이다. 특히 여자 문제야말로 가장 민감한 사항이니 각별히 주의하라. 설령 여자들에게 인기가 많다고 해도 섣불리 자랑 하거나 농담이라도 분위기를 비치지 말아야 한다. 질투심에 경쟁심 이 불붙기는커녕 싸늘하게 식어버릴 테니까 말이다.

046

상대를 안달나게 하는 법

이성을 왜 안달하게 만들려고 하는가. 이유는 한 가지다. 그래야 사랑의 감정이 증폭되기 때문이다. 그대가 만약 커플이라면 권태로움이 사라질 것이고 신경전을 벌이는 단계라면 확실하게 내 쪽으로 끌어당길 수 있다. 가끔 '안달작전'을 활용한다면 최고의 연애테크닉이 될 수 있을 테니 상황에 맞춰 잘 써먹어보시라.

만날 땐 적극, 헤어지면 잠잠

상대를 안달복달하게 만드는 기본원칙은 당근과 채찍을 번갈아 잘 사용하는 것이다. 중요한 것은 최고의 순간을 맛보게 해야 안달하는 감정이 더 커진다는 사실. 적당히 잘해주는 것으론 부족하다. 일단 만나면 세상에 더 없는 최상의 서비스로 상대를 기쁘게 해주라. 하지만 여자가 다른 생각이 들지 않도록 혼을 쏙 빼놓은 뒤에는 얼음처럼 차갑게 굳어야 한다. 여자들이 후회를 기대할 때 잠잠하게 숨어보라. 만날 땐 천국, 헤어지게 되면 극도의 허전함이 들도록 만드는 전략이다. 여자가 먼저 연락하게 만드는 좋은 방법이기도 하다.

슬픈 분위기로 녹여 오래오래 그녀를 붙잡아두려면 마냥 해맑은 모습만 보여줘선 안 된다. 여자들이 가장 약하게 무너지는 부분이 바로 모성애를 자극하는 것 아니던가. 여자들은 남자의 긍정적이고 건강한 모습을 물론 좋아하지만 가끔씩 슬픈 분위기를 풍겨보라. 이런 모성애 자극법은 강하고 당찬 스타일의 여성에게 더 효과적이다. 그녀에게 없는 부분이기 때문. 하지만 여자 자체가 고단하고 힘든 삶을 살고 있다면 절대 이 방법은 써먹지 마시라. 오히려 짐스럽게 느껴져 역효과만 난다.

잊을 만하면 연락

연애에 타이밍이 얼마나 중요한지는 더 이상 강조 안 해도 다 아실거다. 역시 이 안달작전에서도 빠질 수 없는 게 적절한 타이밍 조절이다. 사람이란 누구나 배부르고 등 뜨듯하면 감정이 해이해지게 마련. 상대가 긴장을 늦추지 못하도록 만들라. 잊을 만하면 오는 전화, 단념할라 치면 나타나는 그 사람, 이런 비정기적인 출현이 상대를 옴

짝달싹 못하게 만드는 것이다. 예상할 수 있는 일들은 그리 자극적이지 않는 법. 언제든 만날 수 있는 사람이 되면 그녀를 안달나게 만들래야 만들 수 없다는 걸 명심하자. 전화기를 절대 떠날 수 없도록 만든다면 일단 게임 끝!

경쟁자를 심어두라

여자들의 질투심을 잘만 이용하면 좋은 결과를 얻을 때가 많다. 내 목표가 A라면 a를 그녀 주변에 심어두는 거다. 요지부동하던 여자라도 그대가 a에게 극도의 관심을 보인다면 어떤 반응을 보일 게 분명하다. A에게만 보이던 호의와 친절을 a에게도 똑같이 베풀었을 때 A의 표정을 보라. 애써 진정하려 해도 뭔가 모를 배신감을 느끼게 돼있다. 이때를 이용해 그녀의 마음을 건드려보라. 생각보다 쉽게 일이 진전되기도 한다.

단, 기혼자들은 아예 이런 안달작전은 꿈도 꾸지 마시라. 바가지 긁히기 십상이고 괜히 가정불화만 될 뿐이다.

047

애매모호한 태도는 거절의 뜻

남자들이 가장 헷갈리는 것 중 하나, 여자들의 애매모호한 행동을 어떻게 해석하느냐 하는 것이다. 만나자고 하면 나오고 전화하면 다 받아주니 남자로서는 착각할 밖에. 도무지 알 수 없는 여자들의 속셈에 대해 적나라하게 알아본다.

여자들은 여우

여자들은 여우? 물론 사람 나름이지만 대부분 여자들은 어느 정도 이런 면을 가지고 있고 솔직히 즐기는 것도 사실이다. 남자가 나 좋다고 끈질기게 매달리게 되면 적당한 선 안에서 얼마든지 출입을 허락할 수 있다는 말이다. 거절하지 않는 것만 보고 그녀의 마음이 100% 그대에게 움직였다고 착각하지 말자. 운 좋으면 그러다 그녀를 쟁취할 수도 있지만 대부분 여자들은 잘해주는 남자들의 단물만 쏙 빼먹고 결국엔 다른 남자 찾아가는 경우가 흔하다. 물론 여우 같은 남자들도 많으니 여자들도 조심할 것.

아까워서 만나기도

여자들의 애매모호한 행동은 '거절'의 의미라고 보면 가장 정확하다. 그런데 딱 잘라버리기 아까울 때나 그래도 좀더 두고 보고 싶을 때, 주변에서 침 흘리는 경쟁자가 많을 때, 여자들은 그대를 칼같이 베어버리지 못하는 것이다. 마음이 아프지만 진실한 사랑하고는 거리가 먼 얘기니 괜히 헛물켜지 말자. 어느 정도 시간이 지났는데도 미적거리는 여자가 있다면 앞으로도 영원히 그대의 것이 될 확률은 거의 없을 테니 말이다. 아직 그녀에게 운명 같은 상대가 나타나지 않았기 망정이지, 임자만 나타나봐라 언제 그랬냐는 듯 매몰차게 대할 게 뻔하다.

손해보는 것도 아닌데

즉 애틋한 사랑의 감정이 없어도 얼마든지 남자를 만날 수 있단 소리다. 툭 까놓고 말해 손해보는 것도 없고, 적당히 데이트도 즐길 수 있는데 굳이 정색을 하며 거절할 이유가 없다는 것. 여자들은 조건만 괜찮으면 딱 자기 스타일이 아니더라도 남자의 호의를 받아들일 때가 많다. 잘 보여서 나쁠 것이 없다는 게 그녀들의 지론. 하지만 남자들이 적극성을 띠고 밀어붙이면 슬슬 본색을 드러내게 된다. 소심한 여자들은 부담스럽다며 그만 만나자고 할 것이고, 대범한 여인들은 문어발식 연애로 더블 데이트를 즐길 것이다.

냉철하게 판단할 것

그러니 착하고 단순한 남성들이여, 얄미운 몇몇 여자들의 계산에 절대 속지 말자. 악의를 가지고 그대의 진심을 우롱하는 것은 아니겠지만 결과적으로 그대들만 상처받게 돼 있기에 하는 충고다. 정말 사랑에 빠진 여자들은 계산하지 않는다. 애매모호한 태도로 괜히 남자들 헷갈리게 하지 않는다는 말이다.

줄듯 말듯, 올듯 말듯한 여자 때문에 가슴앓이하고 있다면 한걸음 뒤로 물러나 객관적인 눈으로 다시 한번 그녀를 보라. 그대의 진심을 이용해 얄팍한 이익만 챙기는 것인지, 정말 진지한 태도로 만남을 고려 중인 것인지를 잘 판단하시라. 하기야, 그거 구분할 수 있다면 고민할 필요도 없겠지만요.

048

의심 많은 여친에겐 이렇게

'사랑한다'는 말 한마디에 쉽게 빠지는 것도 여자지만 한번 의심하기 시작하면 무섭게 몰아세우는 것도 여자들의 특성이다. 게다가 아무리 설명을 해줘도 그녀들의 의심의 골은 갈수록 깊어지니 한번 꼬리가 잡히면 그야말로 골치 아파진다. 특별히 잘못한 것도 없는데 건수만 생기면 꼬집어 들추는 그녀. 의심 많은 여자는 도대체 어떻게 해야 하나.

천 번이라도 확인해줘라

여자들의 믿음은 남자의 말과 행동에서 비롯된다. 번지르르한 말, 뻔한 행동일지라도 매일매일 확인, 또 확인시켜주는 게 중요하다. 여자들이 드라마나 영화를 보다가 '자기라면 어떻게 하겠어'라고 질문을 던지는 것도 다 같은 맥락. 원하는 대답이 안 나오면 여자들은 속으로 낙심하고 비슷한 상황이 생겼을 때 백발백중 연관지어 생각하곤 한다. 여자가 원한다면 천 번이라도 시원하게 대답해줘라. 도대체 언제까지 이래야 하나… 하는 생각은 일찌감치 접는 게 속 편할 듯.

비밀번호 공개해줘라

여자들은 남자의 이메일이나 휴대전화의 비밀번호를 알고 싶어한다. 물론 남자들이 생각하는 것보다 훨씬 자주 검사하고 체크도 한다. 적어도 연애 초반에는 그대의 모든 정보를 공개할 필요가 있다. 그녀가 묻지 않더라도 미리 말해주면 점수 따기 좋다. 찔리는 게 많은 사람은 여친만을 위한 이메일 주소를 따로 만들어 관리하도록 하고 중요한(?) 사적인 메일은 다른 이메일을 쓸 것. 이렇게 한 1년 정도만 고생하면 여친의 믿음을 한몸에 받을 수 있다. 단 언제 어떻게 검문 들어올지 모르니 너무 방심하진 마시고. 여자들은 헤어진 남친의 이메일도 가끔 열어본다는 사실.

전화기는 항상 충전

꺼진 전화기만큼 여자들의 의심을 사기 좋은 것도 없다. 여자들은 휴대전화 충전을 철두철미하게 하기 때문에 게으른 남성들을 잘 이해할 수 없다. 특히 저녁시간 전화기는 꺼져 있고 연락도 안 온다면 걱정보다는 화부터 나기 시작한다. 여친이 언제 어디서 전화를 걸더라도 통화할 수 있도록 각별히 신경써라. 사정이 여의치 않는다면 함께 있는 사람의 번호라도 알려줘야 여자들은 안심한다. 솔직히 조금만 신경쓰면 어려운 일도 아닌데 무심코 지나치기 때문에 꼭 뒤에서 매를 버는 것이다. 그녀를 불안하게 만들지 마라.

여자 이야기 사절

나이가 많건 적건 그녀 앞에서 다른 여자 이야기는 가급적 꺼내지 마라. 아무 관심 없는 여자 이야기라도 그녀의 레이더망에 일단 접수되면 그대에게 이로울 게 전혀 없다. 누구 와이프가 요리를 잘하네, 돈을 잘 버네, 성격이 화끈하네… 같은 지극히 평범한 사실도 그녀가 맘먹고 삐치려 들면 얼마든지 속상할 수 있는 문제다. 그녀 앞에서는 그녀 칭찬만 하라. 길 가다 잠깐이라도 다른 여자에게 눈길을 줬다간 예리한 그녀, 바로 맘 상하게 된다. 여자들의 눈은 생각보다 빠르고 멀리 뻗쳐 있다는 사실을 명심할 것. 저절로 시선이 가는 여자가 있다면 차라리 눈을 감아버리는 게 신상에 좋다.

애인을 안심시키면 본인 스스로 편해진다. 처음에는 이런 노력들이 조금 귀찮고 짜증날지라도 일단 한번 이미지메이킹이 잘 되면 평생 듬직하고 믿음직스러운 남자로 인정받게 될 테니….

049

싸우는 기술

연애에 성공하려면 먼저 어려운 상황에서 현명하게 대처하는 법을 배워야 한다. 사귀다 보면 싸울 일도 많고 오해할 일도 비일비재하다. 문제는 이 난국을 어떻게 이겨내고 극복하냐 하는 것인데 요즘 많은 커플들은 달면 삼키고 쓰면 너무 쉽게 뱉어버리는 경향이 있다. 제대로 된 사람 한 명 만나기가 그리 쉬운 줄 아는가? 잘 싸우는 것도 연애의 중요한 기술이란 걸 명심하고 웬만하면 맞춰서 잘 살아보시라.

참지 마라

잘 지내는 커플을 보면 정말 둘이 죽이 잘 맞아서일 수도 있지만 한쪽이 일방적으로 참고 넘어가기 때문인 경우가 더 많다. 참는 것 자체가 잘못은 아니지만 무조건 참는 게 얼마나 위험한 행동인지를 알아야 한다. 사랑은 그야말로 두 사람만의 커뮤니케이션이다. 한쪽에서 감정을 억누르고 욕구를 숨기다 보면 자연스럽게 애인에게 감정이 전이돼 결국 다른 한쪽에서 폭발하게 돼 있단 말이다. 결혼 후 사람이 변했다고 길길이 뛰지 마시라. 원래 당연히 그랬어야 했던 사람인데 심하게 참았던 것뿐이다. 왜? 참으면 해결될 줄 알았지….

돌려 말하지 마라

싸울 때 가장 안 좋은 대화법이 바로 진심을 숨긴 채 빙 돌려 말하는 것이다. 특히 여자들이 이렇게 우회적인 표현으로 남자 속을 긁어놓을 때가 많다. 솔직하게 말하는 연습이 안 돼 있어서 그런 데다가 사실대로 말하자니 자존심도 상하고 유치하다는 생각을 하기 때문. 싸울 때는 화가 난 원인에 대해 정확하게 말하는 훈련을 하도록 해보자. 본질은 다른 데 있는데 엉뚱한 것에 화풀이하다 보면 괜히 인신공격까지 하게 되고 케케묵은 과거의 작은 허물까지도 들춰내게 돼 있다. 나중엔 왜 싸우게 됐는지도 모른 채 서로를 원망하게 된다.

내 기분만 설명하라

감정이 격해지면 상대방의 생각을 미루어 짐작하는 이른바 '오버'를 하기 쉽다. '그(그녀)가 이렇게 생각하겠지…'라고 한번 꼬아서 생각하기 시작하면 감정은 꼬리에 꼬리를 물고 부풀기 마련이다. 다른 사람의 생각을 추측하는 것만큼 바보 같은 일이 없다. 오직 자기 기분만 생각하라. 도대체 왜 섭섭한지, 왜 기분이 우울해지는지, 어떤 계기로 내 감정이 상하게 됐는지를 객관적으로 정리해보라. 그런 후 상대방에게 이런저런 이유로 자신의 기분이 어떤지를 설명한다면 큰소리 날 일이 없다. 심플하게 자신의 기분만 설명할 것!

극한으로 몰지 마라

한번 싸움이 시작되면 갈 때까지 가보자라는 심산으로 일을 극한으로 몰고 가는 사람들이 있다. 스스로 화끈하고 뒤끝 없는 스타일이라고 자위하며 말이다. 힘껏 성질 부린 본인은 시원할 수 있을지 모르지만 당하는 입장에서는 에너지 소모가 이만저만이 아니다. 싸움은 짧고 간단하게 끝내는 게 가장 좋다. 헤어질 작정이 아니라면, 합리적으로 싸우고 바로 화해하도록 하자.

싸우는 것도 자주 하면 습관되고 내성이 생긴다. 만약 피할 수 없다면 가장 효율적인 싸움을 하도록 노력하자. 자고로 똑똑한 사람이 연애도 잘하는 법이다.

050

선수에게 넘어가지 않는 법

선수가 달리 선수겠는가. 경험도 많고 머리도 좋고 사람 마음을 간파하는 데 일가견이 있기에 그 분야의 달인이 되는 것이다. 선수예찬론을 늘어놓겠다는 뜻은 아니고 이번에는 선수에게 넘어가지 않는법에 대해 설명하고자 한다. 누구나 자신 있어하지만 당하고 나면 아차 하고 무릎을 탁 치게 만드는 황당한 그것. 언제 그대에게도 이런유혹이 올지 모르니 유념하시라.

만나지 말 것

만남이 사람 뜻대로 되는 것은 아니지만 어떤 모임, 장소에서건 선수다 싶은 사람을 발견하거든 웬만하면 피해 가시라. 사람 심리라는게 뻔히 얼음판인 줄 알면서도 한번 걸어보고 싶은 충동을 느끼는 법

이라서 그 사람이 바람둥이 제비 꽃뱀인 줄 다 알면서도 왠지 유혹을
받고 싶은 본능이 일기 마련이다. 하지만 재미 삼아 피운 담배를 결
국 끊지 못해 후회하듯 선수들의 유혹에 감히 도전장을 내지 말지어
다. 단물 쓴물 다 빼먹으면 그만이니까. 게다가 절대 먼저 차는 법도
없다. 상대방이 어쩔 수 없이 차게끔 만드는 솜씨도 일품이라오.

귀담아 듣지 말 것

뻔한 소리라고 생각하다가도 한두 번 듣다 보면 정말 진실처럼 느
껴지는 게 선수의 말. 예쁘다 예쁘다 하면 정말 내가 예쁜가 보다 하
게 되고 자기밖에 없다며 죽어가는 소리로 매달리면 측은한 마음과
함께 어느 정도 마음이 동하기 마련이다. 저런 바람둥이에게는 절대
넘어가지 않으리라 다짐에 다짐을 하지만 벌써 그들의 말과 행동에
은근히 신경 쓰는 자신을 발견하게 된다면 적신호! 그의 말을 이미
귀담아 들었다는 뜻이다. 보통 선수들은 이런 순애보 작전으로 여러
여자를 울리고 다니는데 여자들이 칭찬에 약하다는 걸 잘 알기 때문
이다. 그들이 줄줄 읊고 다니는 달짝지근한 말들. 그대 말고 여기저
기에서 매일 써먹고 있다는 것만 알아두시라. 한 번에, 그것도 여러
명에게. 대단해요~.

진실이라 착각하지 말 것

아마 그대 귀에 못이 박히도록 사랑한다는 말을 속삭였을 것이다. 그들에게 사랑한다는 말은 '밥이나 먹자'고 말하는 것처럼 심플하고 명쾌한 말이다. 하지만 아마 너무도 수줍어하면서 아끼던 말을 하는 것처럼 보일 것이다. 손이나 눈동자를 바르르 떨 수도 있다. 대부분 경험이 없는 여자들, 특히 공주병 여자들은 이 순간 무너지고 만다. 물론 그들의 고백이 진심일 수도 있다. 문제는 그 순간만 진실이라는 게 비극이다. 소기의 목적(?)을 달성하고 나면 그들의 관심과 사랑도 새로운 곳으로 옮겨지고 만다. 아, 그들을 탓하지 마시라. 속아넘어간 그대들의 우매함을 자책하는 게 속 편할 테니까.

이론적으로 잘 알고 그대로 지키려 해도 그들이 결코 만만한 상대는 아닐 것이다. 한번 선수의 표적이 되고 나면 사랑을 받는 입장에서도 결국 상처를 받게 된다. 그들의 말을 진심으로 믿는 순간, 그 눈빛이 선하다고 느끼는 순간, 어느 정도 마음의 준비를 해야 한다는 소리다. 선수의 이메일에는 수많은 여자에게 보낸 눈물겨운 구애의 편지가 있을 것이고 그대를 만나고 돌아선 후 또 다른 약속이 줄줄이 있을 테니까.

설마라고? 정말로 설마가 사람 여럿 잡더이다.

051

연애는 순발력이 아니라 지구력

아무리 생각해도 풀리지 않는 수수께끼 몇 가지. 여자들이 괜찮다고 소개한 여자는 늘 못생기고 매력 없고 남자들이 진국이라며 소개한 남자는 무식하고 힘만 세다는 거다. 도대체 어떤 점을 보고 내게 소개해준 것일까. 차라리 집에서 비디오나 보는 게 훨씬 나을 뻔했다고 후회한 적이 얼마나 많으신가. 그래도 쉽게 포기하지 말지니 운명의 상대가 그리 쉽게 찾아지는 법이 아니란 말이다.

열정이 없으시군요

슬슬 혼기가 차게 되면 이성을 원하는 에너지도 함께 고갈되는가 보다. 누가 그 어떤 킹카를 소개한다고 해도 그러려니 하는 게 솔직한 심정. 그나마 못 이기는 척 나가는 부지런함이라도 있으면 다행일 텐데 대부분 귀찮다고 거절하기 일쑤다. 솔로들은 연애나 결혼에 대한 바람만 갖고는 원하는 이성을 만나기 힘들다는 걸 알아야 한다. 주변의 커플들이 운이 좋아 제짝을 만났다고 생각하면 오산. 이별과 배신, 눈물 젖은 술잔을 기울여봐야 훗날의 행복도 누릴 수 있는 것이다.

눈만 높으시군요

누누이 들어온 말이겠지만 눈 좀 낮추시라. 오히려 연애경험이 좀 있는 사람들은 사람 하나 만나기가 얼마나 힘든지 알기 때문에 의외로 겸손하고 상당히 부드러운 태도를 보인다. 반면 연애경험 없이 솔로생활을 너무 오래 한 사람들은 자기도 모르게 건방져지는 경향이 있다. 자신의 상황은 모르고 눈만 엄청 높다는 거다. 사람을 만나보기도 전에 학력, 키, 스타일 등을 먼저 따져 선을 딱 그어버리니 말이다. 냉정하게 자신에게 물어보라. 그대의 조건도 뭐 썩 그리 괜찮은 건 아니지 않은가. 소개해줄 때 열심히 만나고 또 만나라. 서른 줄 넘어가면 누구 만나라는 전화도 안 올 테니까.

끈기가 없으시군요

사랑은 순발력이 아니라 지구력이 강해야 성공한다. 내 맘에 쏙 드는 사람을 만나는 것도 그렇고 연애나 결혼에도 인내와 끈기가 절실히 요구되기 때문이다. 취업준비나 유학준비는 몇 년씩 걸쳐 파고들면서 인생의 반려자를 찾는 일은 왜 그리 수수방관하시는지. 만날 사람은 다 만나게 돼 있다는 말 너무 믿지 마시라. 세상에 공짜는 없는 법. 폭탄을 아무리 맞아도 오뚝이처럼 또 일어나 새로운 사람을 만나도록 용기를 내야 할 것이다. 사랑에 실패한 기억도, 몸서리치게 아픈 짝사랑도 빨리 잊어버리시라.

사람 볼 줄 모르시군요

첫눈에 반해 필이 딱 통하는 경우 말고도 사랑이 맺어지는 경우는 무궁무진하다. 전혀 눈 밖에 있던 여자가 어느 날 멋지게 보일 수도 있고 친구로 지내던 영 아닌 남자도 눈에 뭐가 씌면 왜 그리 듬직하고 괜찮아 보이는지. 거듭 강조하지만 사랑은 바로 타이밍! 어제 내가 버린 폭탄이 킹카로 느껴지는 순간이 올 수도 있으니 모든 가능성을 활짝 열어두도록 하자. 단 평소 몸(스타일)과 마음(매너)의 준비를 항상 철저히 하고 지낼 것. 내가 아무리 좋아도 그녀가 나 싫다면 기다린 보람도 없을 테니 말이다.

어떠신가. 그대의 게으름이 조금 반성이 되시나. 그래도 느껴지는 게 없는 분들, 올해도 그냥 넘겨야겠수!

052

연상녀 다루는 법

요즘 여자 나이 한두 살 연상은 기본. 연애에 나이가 파괴된 지 오래다. 오히려 여자들 사이에서 연하남과 사귀는 것이 능력으로 비춰질 정도로 부러움을 사기도 하고 남자들도 더 이상 여자의 나이를 운운하는 시대는 분명 아니다. 하지만 시간이 흘러도 변하지 않는 것이 있으니 예를 들어 여자들이 어려 보이고 싶어하는 심리 같은 것이 그것이다. 그 밖에 연상녀를 애인으로 두었을 때 주의해야 할 몇 가지 지침을 알아보자.

늙어 보인다는 말 삼가

수많은 화장품 광고에서 유혹하듯 나이보다 어려 보이고 싶은 것은 대부분 여성들의 은밀한 바람이다. 타고난 동안(童顔)이거나 아

163

기 피부처럼 보송보송한 피부를 가졌다면 실제 내 나이가 몇인들 무슨 상관이겠냐마는 주변에서 늙어 보인다는 소리를 자주 들었던 여자들은 나이에 분명 민감해질 수밖에 없다. 대부분 여자들이 그렇지만 특히 연하 남자를 애인 혹은 남편으로 둔 여자들은 남자보다 더 들어 보이지 않기 위해 늘 신경을 곤두세우게 된다. 그러니 제발 농담이라도 나이나 외모에 관련된 말이라면 삼가는 게 신상에 좋다. 간혹 성격 좋은 연상녀들은 웃으며 넘길지 몰라도 속으로는 몇 번씩 곱씹으며 고민할 게 분명하다.

어린 여자와 어울리지 말 것

남자들은 어린 여자를 좋아한다는 말, 일부 몰지각한 사람들이 만들어낸 근거 없는 말이지만 여자들 대부분이 굳게 믿고 있는 이야기인 것도 사실이다. 따라서 연상녀들은 자신의 남자가 어리고 발랄한 여자애들과 어울리는 것을 몸서리치게 싫어한다. 왠지 따돌림당하는 듯한 소외감이 들기 때문이다. 그녀가 예쁘거나 매력적이거나를 떠나서 나이 하나만으로도 자신이 밀린다고 생각한다는 말이다. 남자들이야 나이에 왜 그리 민감하냐고 물을지 모르지만 여자들 심리는 그대들의 상상 이상이니 각별히 주의하시라. 특히 후배를 두고 귀엽네, 깜찍하네 같은 말들은 거의 치명적이니 절대 입에 담지 말 것. 아무리 편한 친구 사이라도 그녀 눈에는 불안해 보일 뿐이다.

연상임을 눈치 못 채게

연상녀건 아니건 여자들은 남자들의 듬직한 말과 행동에 신뢰감을 느끼게 된다. 그대가 어리다는 이유로 연상녀 애인에게 의지하고 기대지 말란 소리다. 그녀는 귀여운 동생으로서가 아니라 남자로서의 그대를 기대하기 때문이다. 처음에야 발랄한 행동으로 그녀를 감동시킬 수 있겠지만 계속 그런 면만 보여준다면 깨지는 건 시간문제다. 결혼에 성공한 연상녀 연하남 커플을 보라. 대부분 남자들이 어린 나이에도 불구하고 더 의젓한 행동을 보여줘 연상녀의 마음을 샀다는 걸 알 수 있다. 주변 사람들이 봤을 때 그녀가 연상임을 눈치 채지 못하도록 남자의 임무를 다해야 할 것이다.

격려할 것

결론적으로 여자들은 자신이 남자보다 나이가 많음을, 즉 연상녀 티가 나는 것을 그리 달가워하지 않는다. 이왕이면 남자보다 어려 보이고 싶고 누가 봐도 실제 나이보다 덜 들어 보였으면 하는 소망이 있단 말이다. 단지 외모뿐 아니라 행동이나 분위기도 그랬으면 하고 바란다.

하지만 이런 것들이 어디 여자 혼자 노력으로 될 일이냐 말이다. 애인이나 남편이 옆에서 격려하고 다독여주며 말 한마디라도 상처받

지 않도록 감싸주는 지혜가 필요하다. 그저 신경쓰지 말라 하고 넘어
갈 일이 아니란 말씀. 한번 다퉈봐야 실감할걸요?

053

애인의 주변을 공략하라

연애할 때 곤란한 것 중 하나가 애인의 가족이나 친구들이 나를 싫어할 때다. 대놓고 구박하는 것도 서럽겠지만 은근한 압박을 가해올 때, 전화 바꿔줄 때 찬바람이 쌩쌩 불면 속상하고 화도 나게 된다. 세상 모든 사람이 다 나를 좋아할 순 없겠지만 그래도 내 애인과 가장 가까운 부모나 형제, 친구들이 나를 밀어준다면 얼마나 힘이 되고 든든할까. 자, 가장 기본적인 연애 처세술 하나! 애인의 주변을 공략하라.

여친의 기를 살려주기 위해

남자도 그렇겠지만 특히 여자들은 연애시 주변의 말 한마디에 좌지우지되는 경우가 많다. 여자친구의 주변 사람들로부터 미움을 사지 않도록 평소 행동에 신경쓸 필요가 있단 말이다. 애인이 친구들과

만난다면 가끔 가서 밥이나 술도 사주고 모임 끝날 때쯤 맞춰서 픽업
도 하라. 그녀를 공주로 만들어주면 그녀에게도 점수 딸 수 있겠지만
주변 사람들로부터 그대는 썩 괜찮은 애인으로 승격하는 것이다. 모
든 사람에게 잘 보일 필요 있겠냐고? 모르는 말씀. 연애전선이 위태
로울 때, 새로운 경쟁상대가 생겼을 때 애인의 마음을 붙잡아줄 사람
은 그대가 아니라 주변 사람들이란 걸 모르시나. 한마디씩 거드는 친
구들의 말에 결국 그녀는 당신 품으로 올 것이다. 단, 애인의 주변 친
구들이 샘낼 정도로 오버해서 잘해주면 오히려 마이너스다.

가족이 특히 중요

　누누이 말했듯 여자들은 자기 가족에게 잘하는 남자를 무조건 믿
고 든든해하는 경향이 있다. 친부모에게 하듯 싹싹하게 하고 철마다
때마다 연락을 취하면서 작은 선물이라도 보내오는 남자를 그 어떤
여자가 마다하겠는가. 특히 아직 마음의 결정을 못한 단계에 있는 여
자라면 그 효과는 더 탁월하다. 헤어질 생각을 했다가도 뜯어말리는
부모님 얼굴 떠올리며 결혼으로 골인한 커플도 심심찮게 볼 수 있지
않던가. 힘 닿는 대로 열심히 공들여보시라. 적어도 밑 빠진 독에 물
붓기는 아닐 테니까.

벌써 찍혔다면?

아무리 잘하려고 해도 이미 찍힌 사람은 관계를 회복하기가 보통 힘든 게 아니다. 특히 부모에게 잘못 보였거나 기타 다른 사건·사고로 집안이나 주변 사람들의 눈 밖에 났다면 어떻게든 회복할 방법을 모색해야 한다. 아무리 애인과 사이가 좋아도 결국 가족의 반대나 불화에 휩싸이는 날이 분명 올 것이기 때문이다. 알겠지만 자식 이기는 부모는 거의 없다. 한 번 찍혔다고 반항하지 말고 고집 있게 대시해보시라. 처음엔 돌같이 굳어 차갑게 대하겠지만 아무런 노력이나 액션이 없게 되면 찍힌 데 더 찍히게 되는 꼴이란 걸 명심하라. 처음이 중요하다. 나중으로 미루면 더 어색해지고 멀어지니 짧고 굵게 해결하시라.

물론 이 모든 걸 잘 알면서도 나 싫다는 사람한테는 나도 삐딱하게 대하게 되는 것이 인지상정이다. 애인도 아니고 애인의 가족, 친구한테까지 신경쓰려면 자존심 구겨지고 열받는 일도 종종 생길 것이다. 그래도 어쩌랴. 목마른 사람이 우물 파는 법. 대를 위해 소를 기꺼이 희생하시라.

비굴하지 않고 나 홀로 노선을 걸으시겠다? 아직도 여자의 심리를 잘 모르시는구만요.

054

행복한 연애의 첫걸음

사랑은 종류도 표현 방법도 가지가지다. 이런저런 이름의 사랑이 존재하지만 변하지 않는 기본원칙 하나는 먼저 자신을 사랑하고 상대를 있는 그대로 이해하라는 것이다. 알다시피 연애의 짜릿함과 달콤함은 그리 오래 지속되지 않는 법이다. 마치 환상 같은 구름이 걷히고 나면 적나라한 현실 앞에 서 있는 나 자신을 발견하지 않던가. 그러나 바로 그 순간에도 변함없는 사랑을 간직하려면? 다음에 제시하는 현명한 연애로 가는 첫걸음을 익히도록 하자.

네가 좋다고 나도 좋냐?

여자들 가운데 이런 고집을 부리는 사람을 많이 볼 수 있다. 무엇이든 함께 해야 한다는 지령을 내리는 것 말이다. 좋아한다면 무엇이든 함께 공유하고 나누는 것이 여자들 세계에서는 당연한 행동이기 때문이다. 그래서 애인이 생기면 남친의 취향은 100% 무시하고(고의는 아니더라도) 자신의 취향대로 그를 꾸미기 시작하며 자신이 좋아하는 것을 그도 좋아하리라 짐작하고 은근히 강요한다. 처음에 무조건 받아주던 남자들도 슬슬 그녀의 횡포(?)에 질리게 된다. 그러니 내가 좋다고 상대방도 좋을 것이라 착각하지 말자. 나의 취미가 곧 그의 취미가 돼야 할 필요는 없으며 그것으로 애정을 측정하려는 것도 위험한 발상이다. 가급적 빨리 서로의 취향을 인정하는 것이 행복한 커플이 되는 지름길이다.

해바라기 사랑 위험해

연애와 함께 자신의 사생활은 기꺼이 포기하는 사람들, 주변에서 많이 봤을 것이다. 친구도 만나지 않고 가족과의 시간이나 개인적인 활동도 다 멈추고 오로지 애인에게만 집중하는 것 말이다. 물론 연애 초기의 일시적인 집착과 중독은 이해할 수 있지만 1년이 넘도록 오로지 애인만 바라보고 있다면 심각하게 자신을 돌아봐야 할 것이다. 자신의 생활을 돌보지 않는 사람을 애인인들 가치있고 소중하게 생각할 리 없기 때문이다.

애인을 사랑하는 만큼 내 생활 또한 멋지게 가꾸고 풍요롭게 채워갈 것을 권한다. 해바라기식 사랑은 자신의 만족은 될 수 있을지 모르지만 반대로 상대를 질리게 하는 일임을 명심하라.

끝까지 매너를 지키자

좀 친해졌다 싶으면 무례한 행동을 일삼는 커플은 오래 갈 수 없다. 아무리 오래 사귀었고 또 깊은 관계라 하더라도 애인에 대한 기본 매너를 잃는 순간 그 사람은 이성으로서의 매력을 상실한다고 보면 된다. 애인의 사생활을 침해한다거나 이메일이나 문자메시지까지 다 확인하려고 하는 행동은 어른스럽지 못할 뿐더러 스스로 정나미 떨어지게 하는 지름길임을 기억하라. 사랑이라는 이유로 제멋대로의 행동을 합리화해서는 안 된다. 사랑인지 집착인지 아직도 구분이 안 된다면 처음부터 연애공부 다시 해야 할듯.

요즘처럼 남녀가 쉽게 만나고 또 금세 헤어지는 시대일수록 더 많은 공부가 필요하다. 사랑은 느낌이고 감정에 대부분 의존하는 듯하지만 무엇보다 이성적인 판단과 합리적인 감정처리가 필요한 것이기도 하다. 내 기분 내키는 대로 사랑하다간 아무리 많은 사람을 만나도 번번이 쓴 잔을 마셔야 할 것이다.

한 번을 만나도, 단 한 명을 만나더라도 좀 괜찮은 사랑을 해보심이 어떨까.

055

헤어진 다음날

누구나 한 번쯤은 헤어진 다음날이 있었을 거다. 어찌 보면 헤어진 당일보다 그 다음날 아침을 맞는 게 더 힘든지도 모르겠다. 평소와 똑같은 하늘, 똑같은 환경이지만 세상이 천국에서 지옥으로 바뀐 듯한 깜깜한 기분을 모른다면 농담일 거다. 휴대폰을 만지작거리며 이 모든 게 꿈이길 바라겠지만 현실은 정말 냉정하기만 하다. 헤어진 다음날, 어떻게 보내야 할까. 이별의 상처를 잘 극복하는 방법을 전수하겠다.

누구든 붙잡고 말하라

어제 헤어진 그 사람만 빼고는 아무나 좋다. 누구든 붙잡고 말할 상대를 찾아야 한다. 전화로 말하든, 만나서 술을 먹든 친구를 불러내야 한다. 옛 애인에 대해 잘 아는 사람이면 더욱 좋다. 친구와 함께 그녀를 원망해도 좋고, 그녀와의 추억을 되새겨도 좋다. 중요한 점은 혼자 멍하니 생각할 시간을 줄이라는 거다. 생각이 많아지다 보면 본질을 흐리는 상상 및 착각을 하기 쉽기 때문이다. 또 사람들과 어울려 말하다 보면 복잡하고 답답한 속이 조금 풀릴 수도 있을 테니 헤어진 다음날, 꼭 친구를 만날 것.

평소처럼 생활하라

애인과 헤어지거나 크게 다투고 나면 모든 일상을 뒤집어 엎고 싶은 충동이 일기 마련이다. 세상만사 시들해지고, 의욕이 사라짐은 물론 괜한 화풀이까지 하게 된다. 직장인이거나 학생이거나 원래 자신이 있어야 할 자리를 지키도록 하자. 물론 힘들고 귀찮겠지만 말이다. 생각 같아선 여행이라도 훌쩍 떠나고 싶고 어디 아무도 모르는 데 숨어서 은거하고 싶겠지만 그런 일탈은 이별을 극복하는 데 아무 도움이 안 된다는 걸 명심하라. 오히려 흐트러지지 않은 모습으로 며칠 보내다 보면 상처는 번지지 않고 곪지 않게 된다. 헤어진 다음날, 방황하지 말고 정상적인 생활을 할 것.

거짓말하지 마라

이 부분이 가장 괴롭긴 하지만 가장 확실하게 아픔을 딛는 방법이

174

기도 하다. 솔직하고 담담하게 주변에 이별을 알리는 것이다. 먼저 떠들 것까진 없지만 주변의 물음에 정직하게 말하도록 노력하도록 하자. 특히 이럴 땐 가족들의 지나친 관심이 가장 짜증날 것이다. "왜 안 만나느냐, 요즘 왜 전화가 안 오느냐"부터 시작해서 시시콜콜한 질문을 던질 때 대충 얼버무리거나 거짓말을 하게 되면 스스로 더 비참해진다. 차라리 단도직입적으로 이별을 선언함으로써 이 모든 간섭에서 벗어날 수 있다. 시선이 조금 따갑겠지만 얼마 안 가 자유를 만끽할 수 있을 테니 조금 참아보라.

술값 아껴라

남자건 여자건 이별의 슬픔을 술로 달래는 경우가 많은데 TV 탓이다. 게다가 술은 술일 뿐 그녀를 잊는 데, 상처를 치유하는 데 별 도움 안 된다는 걸 잘 알지 않는가. 다음달 카드값만 많이 나오니 제발 자제하시라. 차인 것도 서러운데 돈까지 많이 써서야 되겠는가. 술보다는 차라리 운동을 하라. 정신적 충격은 육체적 고달픔으로 잊는 게 가장 좋다. 좀 심하다 싶게 과한 운동을 하다 보면 머리가 맑아지고 더불어 몸도 탄탄해진다. 그녀를 사귈 때보다 훨씬 업그레이드된 자신을 발견하게 되면 자신이 봐도 기특하다 싶을 것이다.

말만 좋다고? 그럼 이거 말고 더 좋은 방법 있수?

056

결혼 준비 트러블 해소법

멀쩡하게 잘 사귀던 커플도 막상 결혼 날짜를 확정하고 나서 싸우고 돌아서는 경우가 비일비재하다. 연애할 동안은 두 사람 마음만 맞으면 됐지만 이제 집안 대 집안이라는 현실적인 일이 되기 때문. 생각보다 결혼을 망치는 요인들은 무궁무진하다. 하지만 꼭 그대만 그런 것은 아니니 너무 염려 마시라. 누구나 공감할 결혼 준비 트러블 몇 가지.

돌변하는 애인의 태도

평소 검소하고 소박해 보이던 여자도 결혼에 관해서만큼은 사치를 부리고 싶어하는 경우가 많다. 이런 여자친구의 돌변한 태도에 남자들은 약간의 충격과 실망을 느끼게 되고 왠지 모를 불안감마저 갖게 된다. 이 여자가 허영이 심한 건 아닐까, 가정경제를 알뜰하게 꾸려 갈 수 있을까 등등 지레 겁을 먹는다.

여자도 마찬가지. 영원히 자기 편이라 기대한 그가 집안 어른의 말에 꼼짝 못하는 약한 모습을 보인다거나 아무런 계획도 없이 덤비는 태도를 보면 여자도 짜증이 나게 된다. 결혼 준비 하다 보면 피차 피곤하고 열받는 건 마찬가지. 순간적인 판단으로 대사를 그르치지 마시길.

혼수가 뭐기에

최근 한 조사에 의하면 요즘 결혼비용이 평균 9천만 원을 넘어서고 있다고 한다. 돈 좀 있는 집에서는 아예 혼수목록을 만들어 솔직 담백하게 요구하는 행동도 서슴지 않으며 직업과 배경을 자랑 삼아 은근히 압력을 행사하는 경우도 흔한 일이다. 하지만 기대하는 수준과 차이가 나게 되면 결국 결혼은 '추한 거래'로 전락하게 된다. 도대체 혼수가 뭐기에 말이다. 특히 여자와 여자네 식구들은 이 혼수 문제에 가장 민감해진다. '내가 뭐가 부족해서…' 라는 생각이 들면서 사랑과 결혼에 대한 근본적인 회의를 갖게 된다.

이럴 때는 남자가 "다 필요 없고 몸만 와라!" 라고 멋지게 감싸준다면 그 동안 깎인 점수를 한방에 만회할 수 있을 것이다. 남자의 역할이 무엇보다 절실한 부분이다.

스타일이 달라도 너무 달라서

솔직히 연애할 때야 부딪칠 일이 뭐 그리 많겠는가. 하지만 결혼을 준비하는 단계에 이르게 되면 누구나 본색을 드러낼 수밖에 없고 현실적인 태도를 취하게 된다. 그러니 자연스럽게 서로에 대해 가지고 있던 환상과 기대 등이 와르르 무너지기 마련. 너무도 잘 맞는다고 생각하던 찰떡커플이었는데 어찌나 취향도 다르고 가치관도 다른지 말이다.

가구 고르는 거며 가전제품 크기 갖고도 사사건건 부딪치기 일쑤니 그제야 비로소 서로 너무 다르다며 불평이 쌓이게 된다. 하지만 이런 사소한 다툼이 감정싸움으로 발전할 수 있으니 끝까지 긴장을 늦추지 말자. 아직 결혼에 골인한 거 아니다. 이 단계에서 헤어지는 커플이 꽤 많지, 아마.

이해할 수 없는 집안문화

무엇보다 가장 결정적으로 갈등과 위기를 겪게 되는 이유가 바로 서로 다른 집안의 분위기 때문일 것이다. 종교나 지역 등의 차이도 크게 작용한다. 사람 사는 것 다 그게 그거지만 내가 아무렇지도 않게 뱉은 한마디와 작은 행동 하나에도 다 성사된 결혼이 어긋날 수도 있다는 것을 명심하라.

중요한 점은 서로의 차이를 무조건 이해하고 받아들여야 한다는 점이다. 그대가 아무리 노력해도 집안문화는 절대 바뀔 수 없을 테니 헛수고하지 말고. 그저 조용히 내 자신을 맡기는 게 속 편하다.

복잡하고 어렵다고? 아 그럼 결혼이 장난인 줄 알았수?

057 이것저것 바라는 여자의 심리

여자들이 잘해줄 때는 다 이유가 있다. 물론 기본적으로는 애인을 사랑하니까 그런 것이지만 그게 전부는 아니라는 사실. 여자가 친절과 관심을 베풀 때는 어느 정도 되돌려받을 것을 기대한다는 뜻이다. 이와 같은 여자들의 심리를 조금이라도 알게 되면 이래저래 신상에 좋은 법이다. 아무쪼록 지피지기해서 백전백승하시길.

주면 나도 받겠지

부탁도 안 했는데 옷이며 구두를 사 들고 와서는 '예쁘지? 좋지?' 강요하는 여자들. 남친을 사랑하는 마음에 이것저것 챙기는 것도 있겠지만 여자의 속 깊은 욕망에는 다음과 같은 의도(?)가 도사리고 있다는 걸 알아두시라. 첫 번째는 남친을 꾸며서 자신의 만족을 채우고

180

싫어하는 것이고, 두 번째는 자신도 남자에게서 이런 선물공세를 받고 싶다는 뜻이 내포돼 있는 것이다. 선물 싫어하는 여자 보셨는가? 크건 작건 여자들은 선물에 감동한다. 여친이 선물을 건넬 때는 그저 좋아라 웃지만 말고 그대도 뭔가 준비해야겠다는 마음의 결심을 하시라. 물론 꼭 그렇게 계산적인 속셈만 있는 건 아니니 너무 오버 말고.

보답하면 또 오겠지

또 하나 여자들의 공통적인 습성은 받으면 되돌려주려 한다는 점이다. 남자가 잘해주고 친절을 베풀면 그 자체를 기뻐하고 좋아하면 그만이란 것을 여자들은 잘 모른다. 남자들이 바라는 것은 애인이 기뻐하는 모습이지 또 다른 대가를 기대하는 게 아닌데도 말이다. 하지만 대부분 여자들은 남자로부터 무엇인가를 받으면 반드시 보답을 해야겠다는 생각을 한다. 이유는 단 하나! 내가 받은 만큼 되돌려줘야, 또 남자도 내게 더 잘할 것이라는 기대 때문이다. 그렇게 튕기고 콧대 높던 여자들이 연애단계가 진행될수록 남자에게 헌신적으로 변하는 모습만 봐도 쉽게 알 수 있다.

내가 이만큼 했는데 말야

남자한테 유난히 잘하는 여자, 미래도 포기하고 그대 뒷바라지만 하는 애인을 두었다면 조금 긴장하시라. 괜히 좋아서 그러는 게 아니란 말이다. 이만큼 시간과 노력을 투자했을 때는 분명 그만큼 기대하는 것이 있단 말씀. 꼭 물질적인 보상이 아니더라도 말이다. 남자와 여자는 이렇게 다르다. 남자들은 여자가 잘해주면 그걸 당연히 여기고 그저 넙죽 받곤 만다(고맙다는 표현을 잘 안 하는 것도 마찬가지). 하지만 여자는 계속 무엇인가를 기대하고 있다는 것을 명심하라. 아무리 잘해줘도 남자 쪽에서 아무런 피드백이 없으면 결국 여자는 폭발하고 만다. 예를 들어 남자가 계속해서 자기 볼일만 본다든지, 받기만 받고 애인에게 줄 줄은 모른다는 느낌을 갖게 되면 여자는 용서하지 않는다는 얘기다.

그렇지만 제발 여자들이 머릿속으로 이해타산을 따지는 것이라 오해하진 마시라. 여자들이 바라는 것은 그저 단 하나. 자신에게 적절한 보상이 돌아오기만 하면 된다. 따뜻한 말 한마디와 진심어린 칭찬, 작지만 마음이 담긴 선물 등 사소한 것일지라도 내가 한 행동에 대한 반응이 되돌아오길 기대하는 게 여자들의 속마음이다.

그리 어려운 것도 아니니 오늘부터 당장 시행해보시라. 사랑받는 남자가 되는 길이 그리 어려운 것만은 아니라는 걸 체험하게 될 것이다.

058 좋은 인상 남기려면 깔끔하게

사랑한다는 고백만큼 힘든 게 이별의 말이 아니겠는가. 어느 누군들 헤어지자는 말을 쉽게 할 수 있으랴. 버림을 당하는 입장만큼이나 불편하고 마음 답답할 것이다.

가능하면 상처를 덜 입히고 또 비난도 덜 받으면서 조용히 끝내고 싶은 게 가해자의 솔직한 심정. 언제 나도 누군가에게 등을 돌려야 할 때가 올지 모르니 매너 있게 헤어지는 법에 대해 알아보자.

선의의 거짓말을 하라

솔직함이 최고의 해결책이긴 하지만 이별에는 선의의 거짓말이 필요할 때가 있다. 물론 새로운 여자가 생겼다고, 네가 이제 지겨워졌다고 정직하게 말한다면 욕은 엄청 먹겠지만 가장 간단하게 끝낼 수 있는 방법이다. 하지만 헤어짐을 당하는 상대방은 아무 죄도 없이 마음에 큰 상처를 입게 된다. 생이별을 하는 것도 서러운데 배신감까지 느끼게 된다면 그 마음의 고통은 상상 이상일 것이다. 자기 혼자만 떳떳하다고 다가 아니다. 비겁하다 해도 상대방을 위해 하얀 거짓말을 해야 할 때도 있는 거다.

치사하게 굴지 마라

끝내는 마당이라고 미주알 고주알 다 드러내 비참한 최후를 맞게 하는 사람들이 꼭 있다. 아주 치사한 방법이다. 좋다고 죽네 사네 할 때는 언제고, 맘 식었다고 이런 식으로 나오면 정말 곤란하다. '내가 말은 안 했지만 너 그때 그래서 내가 엄청 열받았었다'라는 식의 얘기 말이다. 이왕 넘어갔으면 끝까지 묻어줄 일이지, 헤어지자고 말하면서 그런 말까지 끄집어내 상대방을 괴롭힐 필요는 없는 거다. 물론 이별의 책임을 상대방에 전가하려는 심사인 거 다 안다. 차라리 그대가 욕을 먹는 게 낫지 애꿎은 여자에게 뒤집어 씌우지 말도록.

주변정리 깨끗이 하라

요즘 연인들은 네 것, 내 것의 구분 없이 돈이나 기타 물건도 같이 사용하는 경우가 많다. 특히 통장(돈)을 같이 관리하던 커플들은 헤어질 때 깔끔하게 정리하도록 하자. 흐지부지 그냥 넘어가게 되면 나

중에 서로 얼굴 붉힐 일이 생길 수 있기 때문. 휴대전화 명의 같은 것도 정확하게 짚고 넘어가라. 차일 피일 미루다 보면 말 꺼내기도 쉽지 않으니 헤어질 때 확실히 해야 한다.

입장을 확실히 밝혀라

헤어질 때 입장을 확실히 밝히지 않게 되면 상대방에게 두 번의 고통을 주는 것과 똑같다. 헛된 희망을 갖게 함으로써 더 힘들게 만든단 말이다. 그대의 애매모호한 말과 태도는 상대방에게 전혀 도움이 되지 않는다. 잔인하게 말할 필요는 없지만 정확하게 말할 필요는 있다. 지금 당장 불편한 입장을 면피하기 위해 둘러대거나 얼버무리면 결국 같은 상처를 다시 한번 줘야 할 날이 반드시 다시 오기 때문이다.

그렇다. 만남만큼 이별도 힘들고 어렵다. 하지만 좋은 이별이 있어야 더 멋진 만남도 있을 수 있는 것이다. 헤어졌지만 참 괜찮은 사람이었다는 평을 들을 수 있도록 이별의 마무리도 깔끔하게 하시길. 세상은 좁고 인연이란 참 묘한 거거든.

059

다른 여자에게 잘해주면 열받지

연애 때 여자들이 가장 열받는 부분 중 하나가 내 남친이 다른 여자에게 관심을 가질 때일 것이다. 그 스트레스는 남자들이 상상하는 것 이상이다. 설마 그런 사소한 걸로 신경쓸까 하겠지만 그보다 더 작은 일로도 엄청 속상할 수 있다는 걸 명심하고 주의해주길 바란다. 그대만 모르는 여친의 스트레스 베스트 4에 대해 알아보자.

다른 여자에게 잘해주기

물론 내 여자라면 당연히 잘해줘야지. 문제는 온 세상 여자에게 두루 친절하지 말라는 거다. 그대 생각에 그저 평범하다고 생각되는 말과 행동도 여친의 눈에는 하나하나 다 거슬릴 수 있기 때문이다. 특히 여친이 싫어하는 여자거나 예쁘장하고 매력적인 여자라면 더 민감해질 수 밖에. 심지어 여친의 친한 친구라 하더라도 오해를 살 만한 행동은 하지 않는 게 상책이다. 서로 잘 알고 있는 여자의 외모나 성격을 칭찬하는 것은 물론이고 때론 여자 연예인들을 흠모하는 것도 죄(?)가 될 수 있다는 사실. 본전도 못 찾을 행동은 아예 하질 마라.

돈 돈 돈

솔직히 연애할 때 돈 때문에 스트레스 받아보지 않은 자 누구랴. 하고 싶은 건 많고 쓸 돈이 없으니 말이다. 여자들이 돈 때문에 고민하는 것은 액수의 많고 적음도 있겠지만 남자의 헤픈 씀씀이 때문일 경우도 많다. 많이 벌지도 않으면서 유흥비로 흥청망청 쓰는 남자, 적금은커녕 매달 카드빚에 허덕이는 남자, 데이트 비용은 늘 아까워하는 쯘쯘한 남자 등 경제관념이 전혀 없거나 인색한 남친 때문에 여자들은 피곤하다. 연애 초반에는 성격이려니 참아주겠지만 결혼까지 생각하게 되면 아마 둘의 관계에 대해 심각하게 고려해볼 것이다.

늘 일이 우선인 그

일에 몰두하고 집중하는 남자가 멋져 보이는 것은 당연하다. 하지만 시도 때도 없이 일에만 매달리는 일 중독자를 애인으로 두고 있는 여자는 늘 2% 허전한 기분으로 살아가게 된다. 항상 남자를 기다리는 입장이기 때문에 은근히 자존심도 상하고 작은 일에도 섭섭함을 느끼게 된다. 평일은 몰라도 주말에는 애인을 위한 시간을 충분히 주도록 하자. 그것도 여의치 않다면 전화나 이메일, 메신저를 이용해서라도 틈틈이 챙겨주도록. 따뜻한 말이나 작은 선물 등으로 여친의 허전함을 달래준다면 안 만나준다고 투정대는 일도 줄어들 것이다. 외로움이 쌓이면 불신으로까지 이어지게 된다는 걸 잊지 말자.

너무 까다로워

평상시 그렇게 다정하고 자상한 남자인데 한번 화나면 물불 가리지 않는 남친 때문에 여친은 24시간 초비상이다. 전화 안 받으면 의심하고, 귀가시간 체크하고, 옷 입는 것 화장하는 것 등 일거수일투족을 체크하는 남자는 여자를 숨막히게 만든다. 말로는 애정의 표시니까 이해하라지만 도가 지나치면 안 하는 것만 못한 법. 말 한마디 실수도 그냥 넘어가는 법이 없는 무섭고 까다로운 남친의 성격이 여자친구를 우울하게 만든다.

자, 그대는 몇 개나 해당되는지. 우리 둘은 아무 문제 없다고 자만하지 말고 여친에게 살짝 물어보자. 혹시 나 때문에 여친이 비실비실 말라가고 있는 것은 아닌지. 스트레스는 만병의 근원이요, 이별의 씨앗이 될 수 있기에 하는 소리다.

060

10분 안에 내 여자 만들기

섹시 가수 효리의 신곡 '10minutes'는 리듬도 신나지만 가사가 더 예술이다. 단지 10분이면 눈앞의 남자가 바로 내 것이 된다고 호언장담하는 그녀. 솔직히 남녀의 필이 통하는 데 그리 오랜 시간이 걸리는 것도 아니다. 단 1분만 있어도 될 사람은 되고, 안 될 사람은 죽어라 안 되지 않던가. 효리처럼 10분 안에 운명을 바꿔놓는 비법을 연구해보자.

여자는 눈웃음, 남자는 눈빛

자고로 눈으로 말한다고 했다. 특히 이렇게 짧은 시간에 강한 이미지를 남기려면 눈으로 많은 부분을 이야기해야 한다. 효리 같은 인기 연예인을 예를 들지 않더라도 여자의 눈웃음이 무기인 건 확실하다.

목젖이 보여라 큰소리로 웃어 젖히는 것도 좋은 인상을 줄 수 있지만 애간장 녹이는 눈웃음에 비할소냐. 눈꼬리가 처져 항상 웃는 인상을 주는 여자는 이목구비, 스타일과 관계없이 높은 점수를 받을 수 있다. 반면 남자들은 강하고 지적인 눈빛으로 승부해보자. 이글이글 타오르는 느끼한 버전 말고, 착해 보이면서도 믿음직스러워 보이는 눈빛 말이다. 단, 괜히 눈에 힘 주고 째려보다간 재수없어 보일 수 있으니 각별히 주의하라.

여자는 내숭, 남자는 진실

솔직담백한 여자가 아무리 좋다지만 아직까지 남자들은 여자의 내숭에 쉽게 속는다. 털털하고 유머러스한 것도 물론 좋지만 일단은 여성미를 강조하도록 하자. 얌전빼고 다소곳하라는 뜻은 아니니 착각하지 말자. 자연스럽게 행동하되 허물없는 동성친구 같은 느낌을 주진 말라는 거다. 반대로 남자는 진실한 면을 보여주는 데 주력해야 한다. 허풍떨고 큰소리치는 남자는 절대 여자의 관심을 끌 수 없다. 남자는 단순히 보여지는 것(여자의 외모나 귀여운 면 등)에 약하지만 여자는 종합적인 분위기로 남자를 판단한다. 말 한마디에 따라 이미지가 180도 바뀔 수 있으니 참고하시라.

여자는 신비함, 남자는 신뢰감

처음 봤을 때 뭔가 묘한 분위기를 풍기는 여자에게 남자들은 호기심이 발동한다. 평범한 말투나 행동, 외모로는 그들을 자극할 수 없다. 유난히 외로워 보인다거나, 말 못할 사연이 있어 보인다거나, 아니면 당돌하고 도발적이라던가, 뭔가 강한 특징이 있어야 한다. 아무런 도전의식도 느껴지지 않는 여자보다는 끌리게 된다는 말씀. 하지만 남자들은 여자에게 강한 신뢰감을 주는 게 우선이다. 베일에 싸인 듯 불투명한 남자는 매력적일 순 있어도 절대 작업이 성사될 수 없다는 걸 기억하라. 직업 및 기타 신상명세를 가능하면 구체적으로 말하는 게 유리하다. 물론 여자가 물어본다면.

여자는 무관심, 남자는 관심

순순히 넘어가는 여자보다는 적당히 튕겨주고 무관심한 척하는 여자가 매력적이다. 그렇다고 밑도 끝도 없이 콧대만 세우면 뒤에서 욕 얻어먹으니 조심하라. 대신 남자들은 여자의 말과 행동에 적절한 관심을 보여야 한다. 정도를 넘어서지 않는 가벼운 칭찬이나 아부도 꽤 효과적이다.

10분은 됐고 몇 달이 걸려도 좋으니 좋아하는 이성의 마음을 사로잡는 방법이 없냐고? 아예 밥을 떠먹여달라고 하세요~.

061

무심코 그냥 전화, 착각하지 마

헤어진 애인의 전화를 받는 것처럼 가슴 뛰는 일은 없을 것이다. 싸우고 갈라섰건, 어쩔 수 없이 헤어졌건 간에 과거의 여자가 나를 다시 찾는다는 것 자체가 사건이니까 말이다. 게다가 아직도 그녀를 잊지 못하고 있다면 의미 없는 전화 한 통도 사막의 오아시스처럼 반갑게 느껴질 게 분명하다. 하지만 아무리 흥분해도 '착각의 늪'에는 빠지지 말아야 할지니 그녀의 의도를 제대로 파악하고 대처해야 된다는 소리다. 도대체 그녀는 왜 전화한 걸까.

말 그대로 '그냥'

여자들은 자기가 먼저 걷어찼음에도 불구하고 옛 애인이 자신을 잊지 말았으면 하는 작은 바람을 안고 산다. 과거의 남자가 자신을 추억하며 가슴속에 묻고 산다는 상상을 하면 괜히 기분이 으쓱해지기 때문이다. 그래서 때로 아무 감정 없이 옛 애인에게 전화를 걸기도 한다. 무심코 던진 돌멩이에 개구리 맞아 죽는지도 모르고 '그냥' 한번 건드려본다는 거다.

심지어 애인이 있어도 옛 남자에게 전화 한 통쯤 가볍게 걸 수 있는 게 여자의 심리. 그러니 그저 한 번 걸려온 전화에 너무 오버하며 대응하지 말자. 왜? 다시는 그런 일 없을 테니까. 그대와 다시 잘해보자고 전화한 게 아니란 말이다.

순간적인 감정에 빠져

밤늦은 시각, 꽤 의미심장한 문자메시지를 받으면 가슴이 철렁 내려앉기도 할 것이다. 헤어진 그녀가 내게 문자를 보내다니…. 상상력을 동원해 여러 경우의 수를 헤아려보겠지만 가장 유력한 해석은 '그저 심심해서 보낸 것'이다. 아마 새 애인과 다퉜거나 라디오에서 추억의 노래를 들었거나 물건 정리하다 옛날 생각이 떠올랐을 수도 있다. 갑자기 감상적인 분위기에 빠진 그녀는 문자메시지나 이메일을 보내고 싶어졌을 거란 말이다. 하지만 이 모든 것이 충동적인 행동일 공산이 크다. 부디 그녀의 변덕에 휘둘리지 마시고 평정을 유지하시길. 내일이면 그녀는 문자 보낸 사실조차 잊어버렸을 수 있다.

대타일 수도 있어

원래부터 애인이 없던 사람은 늘 혼자인 게 당연하겠지만 연애 경험이 있던 사람이 솔로로 남게 되면 그 허전함은 이루 말할 수 없이 크게 느껴지는 법이다. 그래서 울며 겨자 먹기로 그대에게 다시 연락했을 수도 있다. 다시 잘해볼 맘 전혀 없지만 그간 사귄 정도 있고 또 여전히 혼자인 신세이니 되는 데까지 잘 지내보자라는 뜻으로 말이다. 물론 그러다 다시 잘돼 결혼으로 성공하는 케이스도 없는 바 아니지만 성공률이 그리 높은 것은 아니니 너무 기대는 마시라. 기대가 크면 실망도 커지는 법. 시간을 갖고 냉철하게 지켜볼 필요가 있다. 그녀의 말과 행동이 정녕 진심인지, 아니면 그저 대타로 나를 이용하려는 건 아닌지 말이다.

거듭 말하지만 사랑하는 것과 좋아하는 것은 엄연히 다르다. 사랑은 그 어떤 상황에서도 그 사람일 수밖에 없는 유일한 선택이지만 좋아한다는 감정은 이 사람 저 사람에게도 얼마든지 느낄 수 있는 흔한 감정이란 말이다. 진실한 사랑을 찾고 싶다면 그녀의 변덕에 절대 속지 말자. 하지만 다시 돌아오고픈 그녀의 마음이 진심이라면? 모든 걸 덮고 넓은 가슴으로 다 받아주어라. 이게 바로 진짜 사나이의 자세 아니겠는가. 아, 물론 과거는 묻지 말고.

062

여자 자존심 상할 때

　연인들의 싸움은 아주 사소한 것에서 비롯되곤 한다. 생각 없이 내뱉은 말 한마디, 대수롭지 않게 지나쳤던 일들이 화근이 된다는 말이다. 이럴 때 보통 한쪽에서 먼저 화해의 손길을 내밀면 눈 녹듯 모든 오해가 풀리기도 하지만, 상처받은 자존심만은 회복되기 힘들다는 걸 꼭 기억하자. 특히 이럴 때 여자 자존심 엄청 상하니 특별히 주의하라. 추억은 다 잊어도 나쁜 기억은 오래 남는 법이니까.

좀 안다고 무시할 때

　여자들 자존심 가장 상할 때가 바로 무시당한다는 느낌을 받을 때다. 은근히 여자친구를 깎아내리면서 잘난 척하는 남자들이 많다. 악의는 없을지 모르지만 습관적으로 '정말 그것도 몰라?' 무시하는 그대. 특히 여자들이 비교적 관심 없어하는 컴퓨터나 자동차 관련해서는 기세가 더 등등하다. 물어볼 때 자세히 설명해주는 것까지는 좋은데 미개인 취급하면 정말 섭섭하다. 게다가 의미심장한 웃음까지 날린다면? 한번 구겨진 자존심은 사랑으로도 극복이 안 된다는 것만 알고 계시라. 잘 이해가 안 되면 반대로 한번 당해봐라.

외모 핀잔줄 때

남자들은 배가 나왔네, 살이 쪘네 놀려도 웃어넘길 수 있지만 여자들은 아니다. 어쩌다 나이 들어 보인다는 말 한마디에 가슴이 덜컹하고, 얼굴 좋아졌다는 소릴 들으면 당장 다이어트를 계획한다는 말이다. 그러니 농담이라도 외모를 핀잔하는 말은 삼가자. 특히 다른 여자를 예로 들며, 저렇게 옷을 입어라, 머리를 길게 기르라는 등 일일이 간섭하지 말자. 가슴 작다고 놀리질 않나, 허리 살 잡힌다고 구박하질 않나, 자존심도 상하지만 정나미도 뚝 떨어질 테니까.

잘 나가는 여자 부러워할 때

고소득 전문직 여성을 부러워하는 그대. 정 그런 여자를 원한다면 그 여자를 사귀시던가~. 왜 멀쩡한 여자친구는 들들 볶으시나. 자기 친구 애인은 친구보다 월급이 더 많다더라로 시작해 그녀의 집안이 어떻다는 둥 은근히 압력을 넣는단 말이지. 요즘 남자들은 집안일도 잘하고 사회에서도 성공한 팔방미인형을 선호한다지? 게다가 집안까지 빵빵하면 더 좋을 테고. 이 사람아, 취직 못해 놀고 있는 여자친구를 떠올려보라. 지금 그 여자 보고 침 흘릴 땐가!

집안 식구를 들먹거릴 때

특히 싸울 때 이런 사람들 있다. 치사하게 집안의 약점 아닌 약점을 들추며 비꼬는 경우 말이다. 상대의 자존심을 팍팍 긁으면서 자신의 분을 풀겠다는 거다. 심한 경우 '느네 식구들은 다 왜 그래?' 라고 태클을 걸기도 하고 '처남은 왜 이혼한 거야?' 라며 살살 약을 올리기도 한다. 남녀 다 마찬가지겠지만 여자들은 특히 더 가족 욕하는 걸 못 참으니 정말 조심하라.

여자의 자존심은 왕 가슴이 세워주는 것이 절대 아니다. 애인의 따뜻한 말 한마디와 진심 어린 응원, 그리고 격려가 있을 때만 가능하다는 걸 꼭 기억하자. 사랑받는 애인이 되는 첩경이다.

063

유혹의 기술

유혹이란 꼭 남녀관계에만 해당되는 말은 아니다. 가족이나 친구 사이, 비즈니스 상에서도 항상 유혹하는 쪽과 유혹당하는 쪽이 있기 마련. 다시 말해 유혹자가 된다는 것은 인간관계의 주도권을 가진다는 뜻이다. 유혹자들은 화제가 풍부하고 매력이 넘치며 그들 주변엔 늘 사람이 들끓는다. 연애와 사랑에 성공하려면 유혹의 기술을 반드시 익혀야 한다.

몰라, 알수가 없어

이성을 유혹하는 데 감정을 잘 조절하는 것보다 중요한 기술은 없다. 외모? 재력? 말빨? 이런 거 하나 없어도 여자가 끊이지 않는 남자들을 보라. 그들의 진짜 무기는 바로 감정을 쉽게 드러내지 않는다는 거다. 도대체 이 사람이 무슨 생각을 하고 있는지 알 수 없게 하는 것이 오래오래 사랑받을 수 있는 길이란 말이다. 신비감을 주어 호기심을 자극시키는 것과 같은 원리. 알다가도 모를 그대가 되는 것이야말로 유혹자가 되는 첫걸음이다.

줄듯 말듯 애태우기

줄듯 말듯 애태우기 작전은 유혹자들이 자주 써먹는 방법이다. 보통 연애를 줄다리기에 비유하지 않던가. 옳은 말씀이다. 당겼다가 풀어주기를 적절한 타이밍에 잘할 수 있는 사람을 바로 선수요 연애박사라고 하는 거다. 정말 상대가 싫어서 그러는 걸까? 괜히 튕기려고? 물론 아니다. 극적 긴장감을 통해 최대 효과를 누리겠다는 신산이다. 줄듯 말듯 애매모호한 태도를 취하는 것이야말로 상대의 애간장을 녹이는 좋은 방법이요 그대 곁을 절대 떠나지 못하게 하는 특효가 될 수 있다.

열정과 냉정 사이

역사 속 모든 유혹자들이 그러했듯이 남녀관계에서도 열정과 냉정을 적당히 반복할 필요가 있다. 들떠서 달려드는 여자보다 뜨거울 때 뜨겁다가 일순간 도도해지는 여자가 더 매력적으로 느껴지듯이 말이다. 물론 이것은 변덕을 부리는 것과는 확실히 다른 차원이다. 오히려 기분 내키는 대로 행동해서는 절대 안 된다. 항상 평심을 유지하고 흐트러지지 않되 결정적인 순간에 불길처럼 타오르는 과감한 액션을 구사하란 말이다. 감정이 헤프면 작업 속도는 빠르지만 오래 가기 힘들다는 점을 꼭 명심하라. 유혹자가 되기는 더더욱 불가능하다.

참는 자에게 복이

보통 감정을 쉽게 드러내는 사람들의 특징은 잘 못 참는 급한 성격의 소유자들이 많다. 조금만 기다리면 전화가 올 텐데 답답한 심정을 억누르지 못해 먼저 연락을 한다. 서두른다고 밥이 되나? 은근과 끈기로 때를 기다려야 하는 것은 연애의 기본. 감정 싸움에서도 우위를 차지하려면 먼저 손을 내밀면 절대 안 된다. 급한 사람이 우물 파는 것이라고 아쉬운 사람이 따라오도록 만드는 게 바로 기술이다.

자고로 돈과 사람은 쫓아다니는 게 아니라고 했다. 매력적인 유혹자가 되면 오지 말라고 해도 어련히 모여들게 돼 있으니 걱정 붙들어 매시라. 어떻게 하면 유혹을 잘할 수 있냐고? 허허, 국영수를 중심으로 열심히 연습하는 수밖에.

064

속을 봐야지, 겉만 봐선 몰라요

대부분 남자들은 무조건 '얌전한 여자＝바른생활 걸'이라고 생각하는 것 같다. 특히 결혼상대자를 고를 때는 더더욱 참하고 조신한 여자만 선호하는 듯하다. 뭐 취향이야 개인마다 다를 테니 할말 없지만, 주의해야 할 것은 겉으로 보이는 외모나 성격이 그녀의 전부는 아니라는 점이다. 얌전한 고양이 부뚜막에 먼저 올라간다는 말, 괜히 나온 말이 아니란 거다.

얌전한 그녀 알고 보니?

해맑고 순진해 보이는 이미지의 여자들. 암만 봐도 남자나 연애와는 거리가 멀게 생긴 그녀가 알고 보니 왕 내숭과? 이런 사실을 정작 남자들은 잘 모르는 경우가 많다. 그저 겉으로 보이는 청순한 이미지

201

만 보고 100% 믿는다 이 말이지. 겉으로 얌전해 보이는 여자일수록 남자관계 엄청 복잡하다는 걸 아시는지. 내숭을 무기 삼아 오는 남자 마다 않고 가는 남자 잡지 않으니, 순진해 보이는 그녀 뒤로 울고 있는 남자가 수두룩하다. 보기보다 또 고집은 얼마나 세다구~.

놀던 애가 의외로 진국

의외로 한때 잘 나가던 여자들이 한번 맘잡으면 현모양처 되는 거 아시나? 오히려 한때 이름을 날리던 여자들이 결혼과 동시에 가정적으로 변하는 경우가 많다. 학교 때 소위 '날라리'로 불리던 그녀들이 결혼 후 한 남자에게만 충성하는 순정을 보인다는 거다. 게다가 살림 솜씨는 또 어떻고. 화끈한 성격 탓인지 가정생활, 사회생활도 똑 부러지게 잘하더란 말이다. 그래서 사람은 겉만 봐서는 모른다고 하는 거다. 누가 이런 면이 있는 줄 상상이나 했겠냐고요. 화려한 이면에 감춰진 순박함! 그런 여자가 바로 진국이라니까.

성격 좋아보이는데

싹싹하고 성격 좋아 보이는 여자들도 잘 살펴봐야 한다. 언뜻 보고 쉽게 판단하지 말지니, 의외로 트러블 메이커인 경우도 많기 때문이다. 표현을 잘하고 외향적인 사람들은 그만큼 감정의 기복도 어찌나 심한지 비위 맞추기가 여간 힘든 게 아니다. 누가 봐도 털털하고 대범해 보이는 그녀, 알고 보면 제멋대로고 이기적이라는 걸 알게 될 것이다. 통이 크다고? 사소한 거로도 얼마나 잘 삐지는지, 감당하기 쪼~금 힘들 거다.

얼굴에 써 있는 거 아니니

물론 남자도 마찬가지. 점잖고 근사해 보이는 사람이 뒤로는 이상한 짓거리를 일삼기도 하고 공부밖에 모를 거 같은 남자들이 엄청난 호색가인 경우도 있어서 집안이나 배경을 보고 그 사람을 판단했다가는 뒤통수 얻어맞기 딱 좋단 말이다. 요즘은 그저 필만 통하면 일단 저지르고 보자는 식이니, 쉽게 만나고 또 아무렇지도 않게 헤어지는 거 아니겠는가.

내가 차든 일방적으로 버림을 받든 연인관계 깨질 때는 둘 다 심한 상처를 받는 법이다. 덥석 아무나 사귀다가 안 맞으면 갈라서겠다고? 그러게 애당초 잘 고르란 말이다. 눈으로 보기만 좋은 건지 아니면 정말 이 사람이다 싶은 건지 머리를 좀 쓰란 말이다. 머리는 그럴 때 쓰라고 있는 거다.

065

이런 남자에게 감동한다

돈 많은 남자, 똑똑하고 잘난 남자, 자상하고 따뜻한 남자가 있다. 이 중 단 한 명만 선택하라면 여자들은 과연 어떤 남자를 고를까? 물론 정답은 자상한 남자다. 남자들은 여자들이 그저 돈 많고 능력 있는 남자만 밝힌다고 생각하겠지만 정작 여자들은 남자의 마음 씀씀이를 가장 중시한다는 사실. 말도 안 된다고? 자, 헌터만 믿고 한번 따라해보시길.

공주님으로 모셔

잘난 남자를 통해 신분상승을 꿈꾸는 신데렐라 콤플렉스를 말하는 게 아니다. 요즘 여자들은 그런 거 믿지도 않는다. 하지만 공주님처럼 떠받들어주는 것을 싫어하는 여자 못 봤다. 마치 아빠들이 딸내미를 귀여워하고 보호해주듯 넓은 가슴으로 다 받아주는 자세 말이다. 나이가 많건 적건 여자들은 남자의 전폭적인 관심과 보호를 내심 기대하기 때문이다. 물론 여자들이 수동적으로 남자만 의지하고 기댄다는 뜻은 아니다. 든든하고 믿음직스러운 말과 행동을 선호한다는 얘기다. 특히 작업 초반 그녀를 공주님으로 모셔보라. 적어도 밑지는 장사는 아닐 테니까.

호들갑을 떨자

여자가 조금만 불편해해도 안절부절 호들갑을 떠는 남자, 어찌 사랑스러워 보이지 않으리오. 기침 조금만 해도 병원으로 끌고 가고, 춥다는 말이 떨어지기 무섭게 겉옷을 벗어주는 남자. 그게 비록 다소 과장된 행동이라 할지라도 여자들은 감동한다. 철 바뀔 때마다 한약(혹은 비타민) 챙겨주고 피곤하다면 어깨에 기대 조용히 쉴 수 있게 해주는 남자, 가벼운 짐도 '넌 약해서 이런 거 들면 안 돼'라고 오버하는 남자. 여자들이 겉으론 비웃는 척할지 몰라도 수첩에 다 기록해놓는다는 사실을 아나? 이런 자잘한 마음 씀씀이가 쌓여 결정적인 순간에 그대의 손을 들어줄 거라는 점 꼭 명심하라.

여자 가족에게 더 극진

여자들이 남자를 가장 미더워할 때는? 바로 내 가족에게 극진하게 대할 때다. 심지어 나보다 부모에게 더 끔찍하게 대해 결국 사귀게 되었다는 케이스도 자주 봤다. 예의 바르고 공손한 남자가 높은 점수를 받는 건 당연하다. 특히 그녀의 어머니와 통화할 때는 최대한 붙임성 있게 느물거려보자. 또 무슨 무슨 날이면 그녀만 챙기지 말고 그녀 가족도 반드시 챙기도록 한다. 수박 한 덩어리, 치킨 한 마리라도 꼭 손에 쥐어 들여보내란 말이다. 그녀의 얼굴에 퍼지는 흐뭇한 미소를 볼 수 있을 것이다. 여자는 자상하고 따뜻한 남자에게 마음을 열게 돼 있는 법이거든.

위에 제시한 행동지침은 그리 어려운 것이 아니다. 크게 돈 드는 일도 아니고 능력과 배경과도 관계 없는 일 아닌가. 중요한 것은 내가 사랑하는 여자를 최대한 배려하고 아끼겠다는 마음가짐이다. 괜히 이것저것 재지 말고 그대의 진심을 보여줘라. 말만 번지르르하게 하지 말고 구체적인 행동과 함께 말이다. 자고로 가는 정이 있어야 오는 정도 있는 거니까.

066

말로는 뭘 못해

쉽고 빠른 초스피드 간단 모드로 사귀게 되는 사이버 커플. 이미 채팅과 이메일로 감정을 키울 대로 키웠기 때문인지 대화만 봐서는 한 3년은 사귄 오래된 연인 같다. '자기야' '내꼬야'를 연발하질 않나, 사랑한다는 고백도 인사하듯 쉽게 건넨다. 하지만 말만 가지고 상대의 전부를 판단하는 것은 위험하다. 채팅으로 이뤄진 대화의 대부분이 실제 감정보다 과장되어 있기 때문이다. 쓰여진 문자만으로는 상대방의 진실을 정확히 알 수 없단 얘기다. 원래 달콤한 말은 귀에 쏙쏙 들어오는 법. 쉽게 감정을 드러내는 사람을 신뢰하지 말자. 솔직히 말로는 뭘 못하겠는가.

207

실제로 자주 만나라

사이버 세상에서 만난 커플은 실제 데이트보다 컴미팅을 더 편안해하는 경향이 있다. 적당히 단점은 가려주고 좋은 점만 어필할 수 있는 사이버 공간이 익숙하기 때문이다. 사이버 공간이 주는 이런 환상적인 장치 때문인지 사이버 연인은 실제 데이트에 어색함을 느끼곤 한다. 하지만 그럴수록 직접 얼굴을 맞대는 리얼 데이트를 더 자주 해야 한다. 직접 만나 상대방의 진짜 모습이 어떤 것인지 현실을 제대로 파악하는 것이 중요하다. 대충 만나 연애만 하다 헤어질 게 아니라면 말이다.

투명하지 않으면 의심하라

그럴싸하게 자신을 포장할 수 있다는 장점(?)을 지닌 사이버 세상. 신분을 감추는 것은 식은 죽 먹기다. 유부남이 총각 행세를 하기도 하고 애인을 두고도 얼마든지 다른 이성과의 만남이 가능하단 말이다. 그러니 조금이라도 이상한 행동을 하면 심각하게 의심해볼 필요가 있다. 습관적으로 연락이 끊긴다거나 사업 핑계를 대며 돈을 꿔달라 하거나 어느 날 갑자기 병이 있다고 엄살을 피우는 것 등이 전형적인 사기꾼의 모습이다. 꼭 물질적인 피해를 주는 것만 나쁜 게 아니다. 아! 내가 받은 마음의 상처는 누가 보상해주냐고요.

사랑보다 정이 무서워

사랑보다 무서운 게 '정'이라고 했던가. 미우니 고우니 해도 한번 정이 들어 폭 빠지게 되면 물불 안 가리고 달려들게 되는 게 사랑 아 닌가. 그러니 사이버 공간에서 만나 잘 알지도 못하면서 너무 급하게 사귀지 마시라. 시간이 좀 걸려도 차근차근 단계를 밟아 진행시키는 게 여러 모로 뒤탈이 없단 말이다.

제발 자신의 몸과 마음을 아끼자. 떨이하듯 아무에게나 헐값에 넘 기지 말란 말이다. 그대 앞에 그 사람이 당장 없어지는 거 아니다. 평 소 느리다가 꼭 이럴 때만 속도 내더라고.

067

애인 있는 여자 공략법

고르는 여자마다 임자가 있다? 인정한다. 요즘 웬만한 여자들은 이미 결혼을 했고 조금 괜찮다 싶으면 모두 애인이 있다. 그렇다고 대충 골라 아무나하고 사귈 수도 없는 일. 할 수 없다. 골키퍼 무시하고 힘차게 차보는 수밖에. 볼만 잘 차면 역전승할 수도 있고, 간혹 운 좋으면 골키퍼가 교체될 수도 있으니 섣불리 포기하진 마시라.

있거나 말거나

맘에 드는 여잔데 애인이 있으시다? 그렇다고 깨끗하게 포기하면 그대에겐 영영 기회가 없다. 물론 치사하게 멀쩡한 남의 여자를 뺏으라는 이야기가 아니니 절대 오해하지 마라. 애인 있는 여자라고 연애 대상에서 아예 제외하진 말란 말이다. 남녀관계, 식장에 손 잡고 들어가기 전까지는 모르는 일 아닌가. 당장 결혼할 것처럼 유별 떨던 사이가 하루아침에 깨지기도 하고 어제의 커플이 오늘의 솔로가 되기도 하는 법. 그러니 애인 있는 여자라도 영양가 없다고 무시하지 말고 평소 친절과 좋은 매너로 점수를 따두자. 그녀가 홀로 될 때? 당연히 다음 타자는 그대가 될 것이니까.

강풍보다는 햇볕으로

누구나 연애하다 보면 냉전타임이 있다. 바로 이때가 그대가 역전할 수 있는 찬스. 그녀의 남친이 그녀에게 소홀할 때, 잦은 싸움과 권태 속에서 점점 지쳐갈 때, 그대의 작은 손길이 큰 힘을 발휘한다. 단, 노골적인 접근과 적극적인 대시는 그녀의 마음을 더 얼어붙게 할 수 있으니 조심하라. 강한 바람으로 억지로 옷을 벗게 하기보다는 따뜻한 햇볕을 쏟아부어 스스로 외투를 벗게 만들어야 한다 이거다. 다 잘될 것이라고 위로해주거나 편안한 이야기 상대가 되어주는 편이 오히려 여자 마음을 열게 하는 길이다. 그녀가 그대를 믿고 의지하기 시작하면 게임 끝. 그때부터는 시간 싸움이니 여유를 갖고 지켜보면 된다.

가랑비에 옷 적시기

애인이 있긴 한데, 왠지 나를 좋아하는 눈치라고? 이런 상황에서는 특히 처신을 잘해야 한다. 섣불리 대시하면 실없는 사람이 될 수 있으니 말이다. 문제는 어떻게 접근하는가인데, 일명 '가랑비에 옷 적시기' 작전을 추천하고 싶다. 언제 어떻게 녹아들었는지도 모르게 은근한 방법으로 접근하는 것 말이다. 사소한 것들을 기억했다가 챙겨주며 다정하게 대하거나 특별한 날 부담스럽지 않은 작은 선물을 건네는 것도 시선을 끄는 방법이다. 같은 모임에 나갈 기회가 있다면 조금 느끼한 추파를 던져보자. 의외로 그녀의 마음을 흔들 수 있을 것이다. 단, 이 작전은 은근과 끈기가 절대적으로 필요하며 장기전이 될 확률이 높으니 자신 없으면 아예 시도도 하지 마시라.

솔직히 내 이웃의 여자는 넘보지 않는 게 '정도'겠지만 정말 그녀가 운명의 상대인 것 같은 강한 필을 느낀다면 한번 최선을 다해 대시해보라고 말하고 싶다. 사랑은 저절로 내 손에 쥐어지는 게 아니며 거저 먹을 수 있는 게 아니니까 말이다. 하지만 죽도록 노력해도 안 될 땐? 깔끔하게 여자를 포기하는 법도 배우자. 자잘한 욕심을 버려야 훗날 더 큰 보물을 가질 수 있는 게 세상 이치거든. 안 믿겨? 좀더 살아봐….

흙 속의 진주 주변에 있다

주변을 둘러보자. 도대체 우리 학교, 회사에는 통 인물이 없다고? 그건 그대만의 착각. 흙 속에 진주를 찾아낸 행운의 인물이 있을진 대, 그들은 바로 캠퍼스커플 혹은 사내커플. 등교길, 출근길은 가볍 고 하교길, 퇴근길은 짜릿할 게 분명하다. 부러운가? 이제 그대가 외 면한 수많은 여자들 속에 진짜 괜찮은 퀸카가 섞여 있을 수도 있다는 생각, 솔로 경력 3년차 이상이라면 한번 진지하게 생각해봐야 한다. 화창한 봄날 더 이상 나 홀로 방콕하고 싶지 않다면 말이다.

내가 버린 똥카, 킹카 되어 나타난다

누굴 만나든 그렇게 한두 번 보고 영 아니라고 호언장담하지 마시 라. 그대의 눈은 그리 정확하지 않단 말이다. 그대가 제쳐놓은 수많

은 무리 가운데 미래의 동반자가 섞여 있을 가능성이 분명 있기 때문
이다. 치마만 두르면 다 좋다는 헤픈 남자도 문제지만 마음의 문을
꼭꼭 걸어 잠그고 칼같이 선을 긋는 식도 곤란하다 이거다. 수많은
커플들에게 물어봐라. 첫눈에 반해 혹은 나의 이상형이어서 사귄다
는 쪽이 많은지, 정말 이 사람하고 사귀게 될 줄은 몰랐다고 고백하
는 케이스가 많은지 말이다. 옛말에 '내가 버린 똥카, 킹카 되어 나
타난다' 라는 유명한 말이 있다. 버리기 전에 한번 더 검증을 거쳐보
는 지혜를 기르자.

진주가 되거라

사랑이란 어느 날 갑자기 찾아오는 법. 어느날 갑자기 편안하던 친
구가, 만만하던 동료가 한순간 멋져 보일 수도 있는 일이다. 뭐 특별
한 사건이 있어서가 아니다. 하지만 그들이 갑자기 튀어 보일 수 있
는 이유는 평소 이미지 관리를 제대로 해왔기 때문. 아무리 눈에 뭐
가 씐다 해도 사내에서 악평이 자자했다거나 인간성 지저분한 사람
으로 좋지 않은 소문이 나 있었다면 눈에 띌래야 띌 수가 없다. 그러
니 주변에 잘 보일 사람 없다고 그렇게 후진 모습으로 다니지 말자.
성질 팍팍 부리지 말고 친절하고 나이스하게 대하란 말이다. 누가 봐
도 괜찮은 사람으로 비춰질 필요가 있다. 나 자신이 흙 속의 진주가
되면 여자들이 알아서 캐낼 것이기 때문이다. 물론 어떤 여자가 찾아

낼지는 장담 못하지만.

별 여자, 남자 없는 법

그렇다. 세상에 별 여자, 별 남자 없다. 외모 따져봐야 나이 들면 다 똑같아지고 집안, 조건 따져봐야 사람 일은 한 치 앞을 모르는 법이다. 그러니 머리부터 발끝까지 조목조목 따져서 사람 만나지 마시라. 이건 이래서 안 되고 저건 저래서 맘에 안 든다고 하지 말고 이 사람은 이게 좋고, 저 사람은 저게 매력이라고 봐주는 오픈 마인드를 가지라 이거다. 특히 맞선으로 사람을 만날 경우 만나서 5분 만에 결론 딱 내리고 뻐딱하게 앉아 있는 여자분들! 사람이 그러는 게 아니지. 누구를 만나도 최선을 다하는 자세야말로 21세기가 요구하는 퀸카의 모습이란 말이다.

더 좋은 사람이 나타날지 몰라 계속 기다리고 있다고? 일단 내 앞의 그녀부터 사귀고 운명의 여자가 나타나면 그때 다시 생각하는 건 어떨까. 자고로 눈물 젖은 연애를 하지 않은 사람하고는 인생을 논하지 않는 법이거든.

069

연애 버릇 결혼까지

있는 그대로를 받아들이는 게 사랑이라지만 도저히 봐줄 수 없는 애인의 나쁜 버릇은 그냥 넘어가지 마시라. 참고 사는 게 미덕이 아니요, 사랑은 더더욱 아닐지니, 연인의 허물을 이해하고 덮어주는 것과 못되고 버릇없는 행동을 무조건 다 받아주는 것과는 엄연히 다르다는 걸 명심하라. 사랑한다고 너무 그렇게 봐주지 말란 말이다.

매일 이별하는 여자

혹시 애인이 걸핏하면 헤어지자고 말하는가? 쉽게 이별의 말을 꺼내는 그녀, 그대로 뒀다간 안하무인이 될 게 뻔하다. 물론 그 말이 그녀의 진심이 아니라는 것은 누가 봐도 다 안다. 자기에게 더 잘해달라는 투정이란 걸 말이다. 헤어지자는 말은 사귀면서 딱 한 번만 하

216

는 법(평생 안 하면 더 좋고). 눈물 쏙 빠지게 겁을 줘야 한다. 정말 헤어지는 것처럼 말이다. 이별이 얼마나 섬뜩한 일인지 체험하고 나면 함부로 헤어지자는 말 못할 것이다.

우리 남친은 잠수중

특히 남자들이 툭하면 잠수(연락 두절된 상태를 말함) 타는 경우가 많다. 조금만 화나면 전화기 꺼두고 아예 상대를 안 해버리니 여자들 속이 타들어갈 수밖에. 어디서 무엇을 하는지 도대체 알 방법이 없다. 이런 애인을 둔 사람들은 첨엔 화가 나다가도 혹시 정말 무슨 일 있는 건 아닌가 걱정이 되기 때문에 제대로 화도 못낸다. 잠수 탈 만큼 타고 나면 또 아무 일 없었다는 듯 헤헤거리는 그 남자. 그대로 두지 말자. 맞불작전으로 대응하란 말이다. 남친 속이 숯 검댕이가 되도록 꽁꽁 숨어버리는 거다. 아무리 궁금해도 연락하지 마시라. 휴대전화는 물론 집전화도 며칠 동안 차단해야 한다. 자기도 당해봐야 상대방 속 터지는 거 이해할 거다.

막무가내 그녀

예쁘고 싹싹하고 다 좋은데 일단 화만 나면 눈에 뵈는 게 없는 그녀. 어디서 배웠는지 독기 가득한 말만 골라 쏘아대는데 있던 정나미 다 떨어질 판이다. 한번 열받으면 막무가내로 변하는 그녀. 친구들이 있건 없건, 주변상황 따윈 전혀 신경쓰지 않는 애인이라면 만남 자체를 심각하게 생각해볼 필요가 있다. 이런 스타일들은 자기 기분 내킬 때 오버해서 잘해주다가도 한번 맘 상하면 있는 성질을 다 부리는 사람들이기 때문이다. 게다가 참을성이라곤 눈곱만큼도 없어 분이 풀릴 때까지 징징댄다 말이지. 달래고 얼러봐야 버릇만 나빠진다. 여자라고, 귀엽다고 다 받아주지 말고 아닌 건 아니라고 확실히 못박아두자.

못 말리는 술버릇

평소 멀쩡한데 술만 들어가면 뒤집어지는 남자들 여럿 봤다. 좀 취한다 싶으면 유난히 여자를 밝힌다거나, 욕을 한다거나, 심지어 폭력도 일삼는 그. 물론 술 깨면 언제 그랬냐는 듯 제정신이 된다. 이런 남자들의 특징은 평소 유난히 모범적이고 다정다감하다는 것. 만약 연애 초 이런 점을 발견한다면 남친 성격 고치려 들지 말고 일찌감치 헤어져라. 결혼을 약속한 사이라면? 식장에 들어가기 전 어떻게든 고쳐야 한다.

애인의 나쁜 버릇, 곧 나아지겠지…라는 어설픈 희망은 버리라고 충고하고 싶다. 세살 버릇 여든 가는 법이고, 연애 때 버릇 결혼해도 또옥~같더라고!

070

데이트 요령

맘에 드는 여자와 데이트 약속을 잡으셨나? 자, 이제 어떻게 그녀를 뿅가게 해줄 것인가. 영화? 레스토랑? 데이트에서 중요한 것은 무엇을 하느냐가 아니라 어떻게 해주느냐가 더 중요하다는 점 꼭 명심하라. 괜히 돈 쓰고, 시간 보내고 남는 거 하나 없는 장사 하지 말란 말이다.

마음은 주되 자존심은 지키자

결론부터 말하자면 데이트에 성공하려면 여자를 감동시키면 된다. 어떻게? 그녀를 이 세상 최고의 여자로 대접해주는 것이다. 감동을 느끼는 순간 게임은 다 끝난 거나 다름없다. 단! 그녀를 좋아하는 마음은 전달하되, 자존심은 가지도록 하자. 남녀를 막론하고 상대에게

219

만만히 보여 잘된 케이스를 본 적이 없기에 하는 말이다.

시간은 늦은 오후가 적당해

첫만남에서 대부분 결판이 난다고 봐도 과언이 아닐 만큼 첫인상
이 중요하다. 대충 만나 차 마시고 술이나 먹는 80년대 스타일로는
성공할 수 없다는 얘기다. 일단 만나기로 한 시간은 오후 5~6시께로
잡는다. 오후 2시, 뭐 이렇게 정해버리면 처음 만나 무엇을 하기도
애매하고 괜히 시간만 때우는 듯한 느낌을 줄 수 있기 때문이다.

게다가 여자에게 외출 준비할 수 있는 시간을 충분히 줄 수 있다는
면에서도 늦은 오후가 가장 적당하다.(푹 자야 화장도 잘 먹는다!) 결정
적으로 여자들은 꽤 친해진 연인 사이가 아니라면 대낮에 남자 만나
는 걸 그다지 좋아하지 않는다. 자연광에 적나라하게 비치는 얼굴보
다는 조명발의 힘을 빌리는 게 훨씬 효과적이기 때문이다.

약속 장소에 5분만 늦게

여자들이 분위기에 약하다고 누구이 말했던 것 기억하시나? 그래
서 일단 장소 선정이 가장 중요하다. 럭셔리한 그녀라면 두 말할 것
도 없이 청담동 카페나 전망 좋은 호텔 커피숍을, 소박하고 평범한
여자라면 대학로나 홍대 근처가 무난하다. 복잡하고 차 댈 곳도 애매
한 종로나 신촌은 첫만남 장소로는 불합격!

특히 여자들이 젤 싫어하는 것은 길에서 10분 넘게 기다리게 하는 것. 적어도 첫만남이라면 예약된 카페로 장소를 잡고 예정 시간보다 한 5분 정도만 늦게 가는 게 좋다. 먼저 가서 기다리는 게 예의 아니냐고? 모르는 소리. 여자들은 만남에 앞서 옷차림 및 메이크업 등을 한 번 더 손봐야 하기 때문에 그대가 너무 앞서 턱하니 버티고 있으면 솔직히 부담된다.

스케줄 착착, 선택권은 그녀에게

만나서 '자, 이제 뭐 할까요' 라고 말하는 남자처럼 무능력해 보이는 남자는 없다. 물론 데이트가 전적으로 남자 책임은 아니지만 적어도 초반부에는 남자의 역할이 확실히 크다. 특히 여자가 마음을 열기 전까지는 극진한 대접을 통해 그녀를 만족시켜야 한다. 무엇을 할지는 그대가 꾸미고 여자에게는 결정권만 쥐어주란 말이다. 두세 가지 정도를 제안해 선택의 폭을 넓혀주는 것도 센스 있어 보인다.

복잡해서 데이트 한번 제대로 하겠냐고? 열심히 씨를 뿌려야 거둘 날도 오는 법.

071

흔들리는 그녀에게 확신을

전지현이 나오는 모 음료 CF에서 그녀가 그런다. 여자에겐 김중배의 다이아몬드도 사랑이라고. 물론 돈이야 없는 것보다야 있는 게 백번 낫지. 남자들이 이왕이면 예쁜 여자를 찾는 것처럼 말이다. 하지만 다이아몬드 반지냐, 이수일이냐를 두고 갈등할 때 여자들이 꼭 다이아몬드만 보고 김중배를 선택하는 것은 아니라는 점을 남자들은 알아야 한다.

현실이냐 사랑이냐

많은 연인들이 현실(=돈)이냐 사랑이냐 문제를 놓고 갈등하다 결국 헤어진다. 잘 헤어진 거다. 둘 사이 그런 게 문제가 될 정도면 더 사귀어봤자 결론은 뻔하기 때문이다. 외적인 조건 때문에 그들이 헤어졌을까? 아니, 잘 들여다봐라. 돈이 문제가 아니라 마음이 예전 같지 않기 때문이다. 맘이 변하니까 현실도 짜증스럽게 느껴지기 시작한다.

요즘 세상에 돈 보고 남자 따라가는 여자는 없다. 내가 사랑하는 그가 돈도 잘 쓰고 여유 있으면 금상첨화겠지만 오로지 돈 때문에 마음이 흔들리는 건 아니라 이 말이다.

돈이 웬수가 아니라

여자 입장에서는 막상 결혼하려니 가진 것 하나 없는 남친이 초라해 보일 수 있다. 인정한다. 이왕이면 '뽀대나는' 집안에 빵빵한 능력까지 갖췄으면 하는 바람, 솔직히 한 번쯤 이런 생각 안 해본 사람 없다. 그렇지만 사귀던 여자친구 못생겼다고 버리지 않듯이 돈 없고 능력 없는 남친을 그런 이유로 차진 않는다. 게다가 그 동안 연인관계로 오래 지내왔다는 것은 처음부터 그런 조건을 개의치 않았다는 거다. 지금 와서 문제가 되는 건 돈이 아니라 오히려 그대의 자질 때문이다. 첨엔 그렇게 너그럽고 자상하던 남자가 상황이 좀 어렵다고 예민하게 굴지 않나, 어떻게 하든 열심히 살려고 애쓰는 여친 말은 죽어라 안 듣고 흥청망청 세월이나 보내고 있으니 어느 여자인들 맘이 안 뜨겠는가. 착각하지 마시라. 절대 그놈의 돈이 웬수가 아니다.

억울해하지 말고

그러니 돈 많은 놈, 잘 나가는 놈 원망하지 마시라. 돈으로 대부분 해결되는 슬픈 현실도 탓하지 말고. 그대가 억울할 이유는 없다. 그녀가 흔들린 것은 전적으로 그대가 제대로 관리를 못했기 때문이다. 가슴에 손을 얹고 생각해보라. 과연 그대가 그녀에게 경제적인 믿음은 고사하고, 뭔가 노력하고 있는 모습이라도 한 번 제대로 보여준 적 있나 말이다. 다 잘될 거라고 격려하는 그녀를 오히려 부담스러워하진 않았는지. 남자 자존심에 괜히 오해하고 시비걸진 않았는지 말이다. 그녀가 지칠 만도 하지 않은가?

보여줘~ 보여줘~

여자들이 정말 힘들어하는 것은 내 남자가 잘나고 못나고가 아니다. 이 남자가 어떤 상황에서도 꿋꿋하게 일어설 거라는 믿음, 대단한 부귀영화는 아니더라도 소박한 행복을 줄 거라는 확신이 든다면 그대 곁을 쉽게 떠나지 않을 것이다. 그대의 사랑과 의지만 확실히 느낄 수 있다면 다이아몬드가 아니라 다이아몬드 할아버지를 던져줘도 눈 하나 꿈적 안 할 거란 얘기다. 적어도 내가 아는 여자들은 다 그렇대도!

072

돈 안 쓰는 그녀 가르쳐야

연애엔 돈이 든다. 그것도 엄청 많이, 그것도 남자 쪽이 훨씬 더 부담된다. 가끔 남자에게 헌신적으로 돈을 쓰는 여자들을 보긴 하지만 보통은 남자가 주로 낸다. 물론 불 같은 사랑이 시작되는 마당에 그깟 돈 누가 내느냐는 대수로운 일도 아니지만 혹시 돈과 사랑에는 밀접한 관계가 있다는 걸 아나? 그대 애인은 돈 잘 쓰는 여자, 아님 10원 한 장도 아까워하는 여자?

돈 잘 쓰면 좋지

돈 잘 쓰는 것과 돈이 많다는 것과는 전혀 별개의 이야기다. 여자들에게 인기 많은 남자는 부자가 아니라 돈을 잘 쓰는 남자다. 시도 때도 없이 나서서 돈 자랑하는 게 아니라 쓸 때 멋지게 쓰는 남자 말이다. 제아무리 장동건이 와도 계산대 앞에서 지갑 들고 주춤거린다거나, 누가 내나 눈치 보는 남자는 매력 없다. 주저함 없이 먼저 계산대로 앞장서는 남자, 여자가 말려도 일단은 내겠노라고 강력히 주장(척)하는 남자가 듬직해 보임은 사실이다. 그래서 슬프지만 연애엔 돈이 든다. 작업할 때도 돈이 필수다.

돈과 애정은 비례한다

물론 여자들도 연애할 땐 돈이 많이 든다. 일단 몇 배로 더 꾸며야 하고 남친의 사소한 것까지 챙기려면 뒷돈(선물 및 품위유지비)이 많이 들어간다. 남자들이 알아둬야 할 것은 여자들은 정말 좋아하는 사람이 아니면 지갑을 잘 안 연다 이거다. 남자들은 단순한 호감과 1차적인 관심만으로도 척척 돈을 쓰지만 여자들의 지갑은 사랑하는 사람 앞에서만 활짝 열린다는 걸 알고 계시라. 이렇게 일단 한번 물꼬가 트이면 남자보다 더 통 크게 쏘는 게 바로 여자들 씀씀이기도 하다. 그녀가 나를 정말 사랑하는지 단적으로 검증할 수 있는 기준! 바로 돈 쓰는 데 주저함이 있는가 없는가를 보면 알 수 있다.

10원 한 장 안 쓰려는 그녀

과연 이런 여자들은 남자만 이용해먹는 여우일까? 아니다. 뭘 몰라서 그런 거다. 여자들이 돈 쓰면 무슨 큰일 나는 줄 알고 그런다는 거다. 곱게 자라 세상 물정 모르는 그녀들은 돈은 남자가 당연히 내는 거고, 데이트 신청을 받으면 일단 세 번은 튕기는 것이며, 만나면 으레 남자가 바래다주는 것으로 교육받았단 말이다. 이런 여자친구가 있다면 빨리 날 잡아 재교육시켜야 한다. 말로 해서 이해를 못하면 체험 교육에 들어가자. 친구 커플과 넷이 만나 친구의 여자친구가 계산하는 걸 지켜보게 한다든가, 네가 커피 사주면 내가 근사한 밥 사줄게(주의! 사는 순서가 바뀌면 기분 상한다) 하는 식으로 돈 쓰는 요령을 하나씩 가르치란 말이다.

자, 그녀를 유심히 보시라. 매사 계산하는 데 적극적이고 협조적인지, 늘 딴청 피우며 그대에게 떠넘기고 있는 건 아닌지. 후자의 경우라면 좀더 생각해봐야 한다. 돈 낼 때 그녀의 표정이 어떤지, 그대가 돈이 없다고 할 때 그녀의 실망스러운 표정을 놓치지 말란 말이다. 돈이 문제가 아니라 돈＝마음이기 때문이다. 애정 식어봐라, 줬던 거 다 뺏고 싶어진다니까!

073

독특한 취향따라 공략

여자들은 언제 섹스하고 싶을까. 충동적이고 개방적인 남자들의 성욕과 달리 여성의 성욕은 숨겨져 있는 편이다. 그대의 임무는 그녀의 성감대를 잘 개발해 최고의 만족을 느끼도록 도와주는 것. 하지만 여자마다 삘(feel)을 느끼는 부위(?)와 상황이 다 다르니 그 입맛을 맞추기란 여간 힘든 게 아닐 것이다. 그러니 '여자들은 이렇게 해주면 좋아한다더라…' 라는 근거없는 정보는 과감히 삭제하자. 바야흐로 내 여자에게 딱 맞는 1:1 맞춤 서비스(?)가 필요한 시대니까.

표정을 살펴라

어설픈 성지식은 이제 그만. 다른 여자들이 좋아한다고 해서 내 여자도 뿅갈 거라 착각하지 마시라. 생리 전후로 기분이 묘해진다는 여자, 과격하게 대하면 더 짜릿하다는 여자, 임신 중에 강한 욕망을 느꼈다는 여자 등등 자극을 받는 조건도 가지각색이니 말이다. 물론 선호하는 섹스 패턴도 다양하다. 그러니 고집스럽게 한 가지 방법으로 몇 년 동안 써먹지 말고 다양한 시도를 통해 체험하는 게 중요하다. 섹스 도중 자기 혼자 도취되지 말고 그녀의 표정을 살피자. 그녀가 어떤 것에 반응하는지를 캐치할 필요가 있다. 가끔 은밀한 목소리로 귓가에 속삭여보자. 노골적인 질문도 자극적일 수 있다. 그 산이 아닌데 무턱대고 자꾸 오르지 마시라. 숨만 가쁘다.

섹시 무드를 잡아줘

여자들은 분위기가 안 잡히면 섹스에 집중할 수가 없다. 갑자기 벌떡 성욕이 이는 게 아니라는 말이다. 포인트는 바로 섹시 무드. 남자들은 비싼 돈 주고 사먹는 쓴 커피가 아깝겠지만 여자들은 전혀 그렇지 않다. 바로 분위기가 중요하기 때문이다. 그러니 밤낮 조르기만 하지 말고 로맨틱한 환경을 만들어주자. 어떻게? 1:1 맞춤 섹스라니까. 술에 약한 여자, 돈에 약한 여자, 선물에 약한 여자, 다 다르니 취향따라 집중공격하시라. 그녀가 숨넘어가게 좋아하는 것 한 가지 정도는 확실하게 알고 있어야 한다.

다양한 식단을 준비

똑같은 밥도 나가서 먹으면 더 맛있게 느껴지는 경험, 누구나 해봤을 것이다. 그렇다고 맨날 외식만 하고 살 수도 없는 법. 집에서도 맛있게 먹는 법을 연구해야 한다. 오늘은 조림, 내일은 튀김, 그날 그날의 기분따라 입맛따라 조리법을 바꿔보란 말이다. 섹스도 마찬가지다. 땀냄새 풀풀 풍기면서 무식하게 덤비지 말고, 다양한 메뉴를 개발해달란 말이다. 꼭 침대에서 하란 법은 없다. 거실 소파에서, 주방 식탁에서, 같이 샤워를 하다가 등등 맘만 먹으면 얼마든지 여자를 즐겁게 할 수 있다. 혐오감을 주지 않을 정도의 야비됴(야한비디오)도 함께 보면 의외로 야릇한 느낌을 가질 수 있다. 그 동안 밋밋하고 뻔한 섹스에 지루해하던 그녀도 슬슬 발동 걸릴 게 분명하다.

여자에게 있어 섹스는 하나의 특별한 이벤트다. 매번 그녀만을 위한 맞춤 이벤트를 준비하는 게 쉬운 일은 아니겠지만, 가끔은 내 여자에게 버라이어티한 섹스를 보여주자. 노력하는 그대의 눈물겨운 모습만으로도 여자들은 한껏 오르가슴을 느낄 테니까.

074 사랑하면 지켜야지, 왜 도망가요

반대하는 부모보다 네가 더 나빠

둘이 죽도록 사랑한다 해도 결혼으로 가는 길은 정말 멀고도 험하다. 집안 반대로 결혼을 못하는 혹은 몰래 하고서도 인정받지 못하는 커플이 주변에 한둘이 아니기에 하는 말이다. 그러나 정작 더 심각한 문제는 부모의 반대라기보다 어려움에 대처하는 당사자의 태도에 있다. 애당초 문제의 초점은 부모와의 전쟁이었으나 시간이 흐를수록 엉뚱하게 서로를 원망하고 탓하게 된다는 거다. 특히 이런 문제에 있어 남자의 역할이 매우 중요하다. 남자가 중심을 잡고 있지 않으면 일이 될 수 없기 때문이다.

마마보이 스타일

나의 대학 동기 C양. 남자친구와 4년 동안 열애했으나 결국 남친 엄마의 극심한 반대로 따로따로 결혼하게 됐다. 뭐 흔한 케이스다. 그들이 깨진 이유를 보면 뜯어 말리는 극성스러운 남친 엄마의 기세 때문이기도 하지만 솔직히 당사자인 남자의 마마보이적인 성향 때문이라고 볼 수 있다. 차남인 그는 평소 부모는 자기가 모시겠다며 각별한 효심을 보여주기도 했는데 결국 그런 일이 터지자 착한 아들의 본분을 다하고 만 것. 남친만 믿은 C양은 이별을 통보받은 후 자신을 구박한 남친 엄마보다 줏대 없이 흔들린 애인이 더 미웠다고 고백했다.

우유부단 햄릿 스타일

매사 우유부단한 남자들이 이런 상황에서 꼬리를 살짝 내리는 모습을 많이 보여준다. 여자들은 오히려 극한 상황에서 다부진 결의—가출 혹은 도피—를 하기도 하는데 이런 류의 남자들은 자기 혼자 잠수를 타거나 심지어 일방적으로 이별을 선고하기도 한다. 이유는, 자기 때문에 여자가 힘들어하는 것을 더 이상 보지 못하겠다는 거다. 참, 말은 좋다. 여자가 누구 때문에 힘드는지 모르나. 바로 우유부단하고 결단력 없는 그대의 약한 모습 때문이다. 제발 여자를 위한다는 명목으로 전쟁터에서 물러나지 마시라. 총대를 메도 자기가 메야지, 여자가 누굴 믿고 싸우겠느냐 말이다. 못 하겠으면 가만히 있던가.

저지르고 보는 우격다짐 스타일

성격 급한 남자들 가운데 이런 우격다짐 스타일이 많다. 무조건 일(?)부터 저지르자는 거다. 저질렀는데도 안 되면? 심한 말로 여자만 신세 망치는 거다. 세게 밀어붙이는 것도 좋지만 머리를 좀 써가며 하시라 이 말이다. 일단 일보 후퇴한 후 전략을 잘 써서 재협상에 들어가야지, 무조건 빗나가버리면 실패할 경우 출혈이 심하게 된다. 특히 여자 입장은 더 그렇다. 하나 더! 이런 남자의 추진력이 처음에는 든든하고 멋져 보이지만 결과적으로 달라지는 게 없을 때 여자들의 실망은 더 커지게 된다는 점도 꼭 명심하라.

위에 나열한 남자들의 유형 때문에 반대하는 부모보다 협조하지 않는 애인이 더 밉다는 말이 나오는 거다. 일단 둘의 호흡이 딱딱 맞아야 제3의 공격을 막든 말든 할 거 아니겠는가. 한번 내분이 일기 시작하면 싸움에 지는 것은 물론 서로에게 돌이킬 수 없는 상처도 남기니 각별히 주의해야 한다. 남자들은 어떤 상황에서도 여자를 지키겠다는 각오로 소신껏 행동할 것이며 마찬가지로 여자들은 순간적인 감정에 징징대며 닦달하지 말고 인내심을 가지고 힘을 실어주도록 한다. 알겠나? 실시~!

075

내 여자 노리면 대책을 세워라

　세상 만사 1:1로 딱딱 제자리 찾아가면 무슨 문제가 있을까마는 바야흐로 지금은 치열한 경쟁시대. 골키퍼 있어도 골만 잘 들어가고 한 골대에도 이 골, 저 골이 들어오는 법이니, 매사에 긴장을 늦추어선 안 될 일이다. 혹시 제3의 인물이 껴들어 그대의 애정전선을 흐리고 있지는 않는가? 그렇다면 재빨리 손을 쓰자. 까딱하다간 애써 키워 남 좋은 일 시키는 꼴이 될 수 있다.

정의 탈을 쓴 그놈

　언제부턴가 그녀의 주변을 맴도는 그놈. 정말 맘에 안 든다. 정식으로 도전장을 내미는 것도 아닌 것이, 선배와 친구를 가장해 그녀를 살살 꼬신다 말이지. 여친도 꽤 그놈을 믿는 눈치니 원. 이처럼 우정을 가장해 접근하는 상대를 대할 때는 행동을 더 조심스럽게 해야 한다. 자칫 어설픈 질투심을 드러냈다가는 애인에게 '속 좁고 답답한 남자'로 찍힐 수 있다. 싫은 티를 낸다거나 억지로 못 만나게 하면 반발심에 그놈을 더 자주 만날 수 있다는 사실도 꼭 명심하라. 그대가 구속하면 할수록 뭐든 다 이해해줄 것 같은 그놈만 점수가 더 올라간단 말이다. 이럴 땐 그대가 더 그놈을 좋아해버리면 된다. 뭔 소린고 하니, 외려 그놈을 더 칭찬하고 같이 만나자고 부추기란 거다. 그래서 단둘이 만날 시간을 완전 차단해야 한다.

일 핑계로 접근하는 그놈

학교나 직장에서 보면, 꼭 부탁하지 않아도 먼저 도움의 손길을 뻗치는 이들이 있다. 천사표 남자들 말이다. 일 핑계 대고 어쩌나 자주 건수를 만드는지. 제 여자도 아니면서 친오빠처럼, 아빠처럼 사사건건 애인을 도와주는 그놈 덕(?)에 여친은 편하겠지만 그대 속은 타들어갈 것이다. 옛말에 가랑비에 옷 젖는다고 그대로 뒀다간 정분나기 딱 좋은 케이스다. 주중엔 그대보다 여친과 더 많은 시간을 보내는 그놈이 아니던가. 그러니 그대가 그녀의 업무에 좀더 관심을 갖고 나서야 한다. 그녀가 무슨 일을 하는지, 어떤 일로 애를 먹고 있는지 정도는 꿰고 있으란 말이다. 곤란한 일이 생기면 그놈이 아니라 그대부터 찾도록 평소 믿음을 심어줘야 한다.

작정하고 덤비는 그놈

아예 작정하고 덤비는 훼방꾼이 생기면 정말 골치 아파진다. 엄연히 공식 커플임을 알고도 접근하는 경우이기 때문에 만만히 볼 상대가 아니다. 아마 모르긴 해도 그대만큼 그녀에게 잘해주는 것은 기본이고, 심한 경우 그대보다 훨씬 멋진 상대일 수도 있으니 말이다. 남자들은 이런 상황에서 두 가지 반응을 보인다. 도대체 행동을 어떻게 했냐며 여자에게 덮어씌우는 경우와, 좀더 바싹 긴장해 여자를 보호하는 스타일. 당연히 전자처럼 했다간 낙동강 오리알 신세가 됨은 자명하다. 짜증이 좀 나더라도 여자의 마음이 동요치 않게끔 그놈보다 멋진 모습만 보여줘야 하는 게 우선. 자칫 방심한 틈에 그녀의 마음이 기울기라도 한다면? 어렵게 쌓은 탑 무너지는 건 시간문제다.

요즘 열 번 찍어 안 넘어가는 나무는 없다. 열 번이 뭐야, 두세 번만 해도 마음이 혹한다니까. 멀쩡한 킹카가 나 좋다는데 마다할 이유가 없으니까. 그러니 좀 치사한 맘이 들어도 내 여자 노리는 그놈으로부터 그녀를 보호해야 한다. 지구는 그 다음에 지켜라.

076

'섹스했으니까 내 여자'는 착각

남녀관계, 마음이 통하면 자연스레 스킨십이 오가는 법. 묘한 것은 스킨십의 정도에 따라 그들이 어느 정도 깊은 사이냐를 말하기도 한다는 거다. 손만 잡으면 우정이고, 키스까지 허락하면 연인 사이? 그렇다면 좋아하는 여자가 스킨십을 허락한다는 건 어떤 의미일까. 잠자리까지 갔으면 내 여자라고 봐도 되는 걸까? 결론부터 말하면, 노. 착각하면 안 되는 스킨십의 정도와 애정의 상관관계에 대해 알아보자.

키스면 다냐고

일단 키스만 하고 나면 오버하는 남자들이 많다. 물론 키스는 사랑하는 남녀의 전유물이긴 하지만 그것만으로 사랑이냐 아니냐를 측정할 수는 없다. 키스만 허락하고 그 이상 절대 진전이 없는 여자도 많거니와, 키스 후 사이가 더 서먹해진 경우도 얼마든지 있기 때문이다. 쉬운 예로 헤어진 옛 애인을 만났다 치자. 분위기에 취해 키스 정도 한 걸 가지고 다시 잘해보잔 의미로 해석하면 안 된다는 거다. 그때 그 상황에서 나눈 스킨십을 그 다음날까지 확대 해석하진 말자.

섹스 빼고 다 돼

섹스만 빼고 다 허용한 경우? 이 정도라면 여자가 상당히 그대를 믿는다고 봐도 좋다. 하지만 아직 잠자리를 허용 안 했다는 것을 보아 속단하면 안 될 단계다. 그녀는 왜 다 봐주면서 유독 섹스만은 안 된다는 것일까? 이유는 두 가지. 하나는 깊은 사이가 되면 피곤해질 것 같기 때문이거나(흔히 부적절한 관계) 아니면 연애는 좋은데 결혼까지는 좀 곤란하다고 생각하기 때문이다. 다시 말해 은밀한 스킨십을 즐기기는 하되, 책임지고 싶진 않다는 이중심리라고 보면 된다.

잠자리도 했는데?

물론 보통의 연인 사이에서 순서를 밟아 잠자리까지 간 것이라면 꽤 깊은 사이라고 봐도 무방하다. 이젠 내 사람이라고 확신해도 좋다는 얘기다. 하지만 그 만남이 원나잇스탠드였거나, 우발적인 상황(술김, 홧김에)에서 어쩌다 이뤄진 일이었다면 너무 앞서 생각하지 마시라. 섹스까지 했는데 대시하면 넘어오지 않을까. 이쯤 되면 본격적으로 사귈 수 있는 거 아닐까 등등 혼자 설레지 말란 거다. 혹시라도 부담스러워하는 기미가 보이면 절대 압박을 가하지 마라. 하룻밤에 만리장성을 쌓았다고 그 성이 그대 것이 되는 건 절대 아니니까.

기타 헷갈리는 경우

남자가 속기 쉬운 헷갈리는 스킨십이 몇 가지 있다. 안 그러던 여자가 어느 날 귀엽게 웃으며 팔짱끼는 것, 술 먹고 어지럽다며 살포시 기대는 것, 오늘 밤 같이 있을까?라며 손 잡아 끄는 행동 등은 즉흥적인 감정에서 비롯된 것일 확률이 크니 너무 진지하게 생각하지 말 것. 그 밖에 안을 땐 아무 말 없다가 자고 나면 짐승 취급하거나 먼저 꼬셔놓고는 결정적인 순간에 밀쳐내는 것도 남자를 정말 황당하게 하는 경우다.

자, 스킨십과 사랑이 꼭 정비례하는 건 아니라는 점을 연애센스로 알아두시라. 배워서 남 주는 거 아니다.

077

만남의 횟수 줄면 비상사태

애인이 예전 같지 않다? 사랑이 식은 게로군. 어느날 갑자기 이게 웬 날벼락이냐고? 무슨 소리, 그 동안 이별을 예고하는 사인들이 계속 날아왔을 거다. 그대만 눈치 못 챘을 뿐. 그렇다면 회복 방법은? 결론부터 말하자면 이미 변질된 사랑을 돌이킬 수 있는 방법은 없다. 그러나 사랑이 변해가고 있음을 알 수 있는 몇몇 단서는 미리 파악할 수 있다. 아직 헤어지자는 말을 듣지 않았다면 제발 더 늦기 전에 원상복구시켜라. 사랑이 떠날 채비를 하고 있다.

지루한 만남

얼마나 자주 만나느냐가 애정도를 측정하는 가장 결정적인 단서임은 틀림없다. 그러나 정작 따져봐야 할 것은 만남의 횟수가 아니라

데이트의 질이다. 언제부터인가 먼저 만나자는 소리는 죽어도 안 하는 데다가 겨우 만나기는 하는데 태도가 영 불량하단 말이지. 부쩍 말수가 줄고 자꾸 시계를 쳐다본다거나 심지어 피곤하다며 일찍 들어가겠다면? 마음이 엄한 데 가 있는 게 분명하다. 그러다 만남의 횟수마저 급격히 줄어든다면 그때는 이별을 예감해야 한다. 물론 지루하고 형식적인 만남이 꼭 딴 사람이 생겼다는 뜻은 아니다. 하지만 그대에게 싫증났음은 확실하다.

못 보던 물건

애인에게서 전에 못 보던 물건이 자꾸 눈에 띈다면 필시 제삼자가 있음을 눈치채야 한다. 아마 그리 눈에 띄지 않는 소품들이 많을 것이다. 명함지갑, 휴대전화 줄, 새로운 향수 등 당신의 취향이 아닌 물건들이 많아진다는 것은 불길한 징조다. 아는 사람이 그냥 줬다거나 예전부터 있던 것이라는 말은 100% 거짓말. 의심스러우면 한번 달라고 해보시라. 순순히 주면 그나마 다행인 거고 선물로 받은 걸 어떻게 주냐고 몸 사리면 이건 그냥 넘어갈 일이 아니다.

잦은 심리테스트

이건 여자들이 자주 쓰는 방식이다. 그대에게 '만약에 내가 말야…'라는 질문을 자주 한다면 정신 바짝 차리라. 재미로 그냥 하는 심리테스트가 아니기 때문이다. 모든 게 만족스러운 상황이라면 이런 바보 같은 질문을 누가 하겠는가. 여자는 지금 그대를 떠보는 것이다. 편한 사이라고 무심하게 대답했다간 큰코 다친다. 어쩌면 그 대답이 바로 이별의 이유가 될지도 모른다는 거다. 그렇다면 어떤 답을? 간단하다 그녀가 원하는 대답을 해주면 된다. 질문의 의도를 한 번 더 생각하고 대답하라.

뭘 해도 무덤덤

차라리 자주 싸우면 상황이 그나마 나은 거다. 치열하게 싸울 마음이 있다는 건 아직 애정이 있다는 거니까. 솔직히 헤어지면 그만인데 싸워 무엇 하겠는가. 그대가 잘못을 해도 어떤 간섭도, 화도 내지 않는 애인이라면 마냥 좋아하지 마시라. 무덤덤한 상대방의 태도는 바로 머지않아 다가올 이별을 말해주는 것이니까.

사랑은 내버려두면 제 맘대로 갈 길 간다. 이별이 다가오고 있음을 눈치 챘다면 재빨리 손을 써야 큰 화를 막을 수 있다. 그나마 불씨가 살아 있을 때 확실하게 당겨두란 말이지.

078

나만 바라보는 여자는 피곤

흔히 여자는 자신을 더 많이 사랑해주는 남자와 결혼해야 행복하고 남자는 자신이 정말 사랑하는 여자를 만나야 한다고 말한다. 경험에 의하면 아주 근거 없는 말도 아니다. 특히 남자들은 반드시, 기필코, 평생 사랑할 자신이 있는 여자를 택해야 뒤탈이 없다. 만약, 내가 좋아하는 그녀와 나를 좋아하는 그녀 사이에서 갈등하는 분이 있다면, 지금 결정하라. 내가 죽도록 사랑하는 그녀가 바로 정답이다.

해바라기 그녀

물론 가장 이상적인 것은 서로 똑같이 사랑하고 사랑받는 사이겠지만 이왕이면 나를 더 좋아하는 여자는 만나지 마라. 뭔 소리냐고? 내 말이라면 껌벅 죽는 여자, 내가 원하는 건 다 들어주는 여자는 위험하다는 거다. 너무 그렇게 참고 이해하며 100% 그대만 바라보는 해바라기는 그대를 숨막히게 할 것이며 그럴수록 그대는 도망갈 구실만 찾게 될 게 뻔하다. 남자라는 특성상 다가오면 더 멀리 떨어지고 싶어진다 이거다. 그러다 보면 아무리 노력해도 딴 생각이 들게 될 테고, 본의 아니게 나쁜 놈 되기 쉽다. 착한 여자나 울리는 못난 놈 말이다.

정이 무서워서

여자가 쫓아다녀 사귀게 된 경우를 보면 정에 이끌려서 시작된 게 대부분이다. 그렇게 내가 좋다는데 매몰차게 할 수 없다는 거다. 솔직히 남자 입장에서 손해볼 것도 없고 하니 일단 사귀어보자는 거다. 아시겠지만 이런 커플은 그리 오래 못 간다. 대부분 남자가 바람을 피거나 여자가 남자를 달달 볶아 피곤한 사이가 되기 쉽다. 뭐 그러다 완전히 코 꿰여서 결혼까지 이어진 경우도 종종 보긴 했지만 과연 그는 행복할까? 또 그녀는?

나를 움직이는 그녀

그러니 남자는 내 말에 순종하는 여자보다는 나를 꼼짝 못하게 하는 능력을 지닌 여자를 만나야 한다. 남자는 정말 사랑하는 여자를 만나면 완전히 새 사람이 되기 때문이다. 보통 남자들이 말하는 현명한 여자란, 바로 남자 스스로 움직이게 만드는 여자다. 어쩔 수 없이 강압에 의해 하는 게 아니라 자발적으로 변하게 만든다 이거다. 이런 기적 같은 일은 남자가 여자를 더 사랑할 때만 가능하다. 그 동안의 모든 방황과 갈등에 종지부를 찍게 되는 순간 말이다. 따라서 사랑받는 그녀는 물론, 남자 자신에게도 여러 모로 플러스가 된다.

나를 사랑하는 남자

그럼 여자의 경우라면? 여자는 자신을 죽도록 사랑하는 남자를 만나야 인생이 편해진다. 여자가 대시하고 쫓아다녀 성사된 커플을 보라. 차마 눈 뜨고 못 볼 정도로 처량하다. 남자의 거만함은 둘째 치고 여자는 늘 노심초사, 전전긍긍한다. 그 여자가 부족하고 모자라서가 아니다. 남자가 특별히 못돼서도 아니다. 그저 여자가 남자를 더 사랑한다는 이유 하나 때문이다.

이 생명 다 바쳐 충성할 만한 가치가 있는 여자를 만난다면? 절대 놓치지 말고 꽉 잡아야 한다. 나 좋다는 사람은 많아도 정말 내 맘에 드는 여자는 흔치 않기 때문이다. 근데 문제는 꼭 찍은 여자는 이미 임자가 있거나, 유부녀란 말이지….

079

정직? 긁어 부스럼

CF 속 조인성의 말대로 거짓말하는 것들은 정말 사랑할 자격도 없을까? 솔직히 좋아서 거짓말하는 사람이 어디 있겠는가. 부득이한 경우 애인에게 거짓말을 할 일이 생기면 식은땀이 나고 내내 미안한 마음이 드는 게 사실이다. 그럼에도 꼭 거짓말을 해야 할 때가 있는 법이니 이는 아무 죄 없는 애인에게 돌이킬 수 없는 상처를 남겨서는 안 되기 때문이다.

둘이 얼마나 깊은 사이였어?

철딱서니 없는 커플들, 이런 바보 같은 질문을 많이 한다. 상대방의 과거를 캐묻는 일 말이다. 물어보는 여자도 딱하지만 곧이곧대로 다 털어놓는 남자도 제정신인가 싶다. 물론 거짓 없는 솔직한 태도가 나쁜 건 아니지만 연인 관계에서는 시시콜콜 다 말하는 게 반드시 미덕은 아니다. 그대가 과거 사귄 연인에 대해 정직하게 털어놓는 사이, 불이 나고 속이 뒤집힐 상대의 마음을 한번 헤아려보라. 모르면 약인 것을 긁어 부스럼 만드는 꼴이 되는 거다. 숨기기로 한 거면 끝까지 숨겨라.

자기도 거기 가봤어?

여자친구가 그런(?) 곳에 자주 가냐고 물어보면 무조건 잡아떼라. 아무리 '요즘 그런 데 안 가는 남자가 어디 있어' 라며 옆구리 콕콕 찔러도 이실직고하면 큰일난다. 사실대로 말한다면 그 후의 상황은 불 보듯 뻔하다. 찬바람 쌩쌩 불고 일순간 천하에 둘도 없는 호색가로 전락하게 된다. 손만 잡아도 불결하니 어쩌니 하며 호들갑을 떠는 통에 작업하기도 다 글렀다. 그러게 왜! 그게 뭔 자랑이라고 털어놓냐고요…. 목에 칼이 들어와도 일단 부인해라. 아니, 그런 데 좀 이제 그만 가시라.

거짓말이라도 듣기 좋으련만

솔직히 뭐 대단한 부탁도 아니다. 결혼하면 1년에 한 번씩 해외여행을 가자, 가사는 반씩 나눠서 하자, 시댁과 싸우면 항상 내편을 들어달라 등 얼마든지 그러마 약속할 수 있는 정도다. 하지만 꼭 분위기 못 맞추는 남자들이 있다. '난 지키지 못할 약속은 하지 않는 남자야!' 라며 대쪽 같은 기상을 과시하는 스타일. 물론 밥먹듯 거짓말을 늘어놓는 남자도 한심하지만 듣기 달콤한 거짓말 한 번쯤 못하는 꽉 막힌 남자도 그리 멋져 보이진 않는다. 설령 지키지 못하더라도 자신 있게 대답해주면 좀 고맙냐. 제발 다른 데서 정직하시고 듣기 좋은 귀여운 거짓말은 자주 하시라. 아껴서 뭐하려고?

헤어질 작정 아니면 말하지 마

애인을 두고 바람을 피거나 소개팅을 하는 치사한 행동은 하지 말아야겠지만 만약 순간적인 실수로 이런 일이 있었다면 굳이 털어놓지 않는 게 서로를 위해 더 좋다. 헤어질 작정이 아니라면 말이다. 결과적으로 그대의 솔직함은 상대방을 위한다기보다는 본인 스스로 마음 편하고자 함이 아니던가. 말해서 뭘 어쩌자는 것인가. 그렇게 미안하면 헤어지든가, 만약 깊이 반성한다면 앞으로 다시 안 그러면 될 일이다.

정직이 최선이지만 종종 하얀 거짓말이 붉은 진실보다 필요할 때가 있으니 솔직한 것 너무 좋아하지 마시라. 무심코 던진 돌에 개구리 맞아 죽게 됐다 이 말씀이다.

080 자주 싸우는 연인들을 위하여

사귀다 보면 다툴 수도 있고 삐질 수도 있지만 해도 해도 너무한 커플을 보면 차라리 헤어지지 왜 붙어 있을까 하는 생각이 든다. 보기만 하면 으르렁거리는 연인들을 주변에서 어렵지 않게 볼 수 있기에 하는 말이다. 싸우면서 정든다지만 싸움이 반복되는 커플들이라면 한번쯤 심각하게 생각해보자. 우리는 왜 그렇게 싸우는 걸까.

양보 못하는 한 가지

정말 내겐 딱 맞는 완벽한 상대자인데 어떤 한 문제에만 부딪치면 싸움이 커지는 경우가 있다. 이런 커플들의 특징은 평소에는 못 말리는 닭살커플이란 점이다. 웬만한 실수나 잘못은 바다 같은 마음으로 다 넘어가준다. 또 어찌나 끔찍이 서로를 챙기며 호들갑을 떠는지.

249

그러나 그들이 한번 싸우게 되면? 한치의 양보도 없이 팽팽하게 맞서게 된다. 이유는 단 한 가지. 다른 건 다 참아도 양보 못하는 어느 한 부분 때문이다. 그게 무엇이건 간에 해결 안 되면 만날 때마다 싸우게 돼 있다.

이유는 여러 가지

서로 죽도록 사랑하는데도 그렇게 자주 싸우게 되는 이유를 꼽아 보면 크게 다섯 가지로 좁혀진다. 첫째, 종교. 둘째, 집안(어머니). 셋째는 바람기. 넷째는 돈. 다섯째는 성격차이가 있을 수 있다. 솔직히 이 중 하나라도 안 맞으면 결혼까지 성공하기 정말 힘들다. 뭣 하나 양보할 수 있는 부분이 아니란 말이다. 종교는 그 사람의 가치관을 말하는 것이고 집안은 사람이 자라온 환경을 알 수 있는 부분이며 바람기란 두고두고 상처가 될 수도 있는 민감한 부분이다. 또 돈은 바로 현실의 문제가 아니겠는가. 성격차이? 근본적으로 사고의 구조가 다른 사람들은 잘 살아보려고 해도 부딪치기 마련이다.

헤어져야 마땅하나

이처럼 결정적인 부분에서 해결점을 못 찾는 커플들은 헤어져 마땅하다. 선물하고 약속하고 반지 줘봤자, 밑 빠진 독에 물 붓기란 말이다. 물론 몇 번이고 헤어질 결심도 해봤을 것이다. 하지만 헤어지면 또 이만한 사람 못 만날 것 같은 두려움이 우선 밀려들게 되고, 그 동안 쌓은 정이 주마등처럼 스쳐 지나간다 말이지. 어느덧 조르르 또 달려가 다시 만나는 그들. 결국 헤어져 마땅하나 헤어질 수도 없는 심란한 사이가 되는 거다.

일단 결혼부터 하자?

이들의 해결책은 별것 없다. 결혼은 최대한 보류시켜놓고 연애만 하는 방법. 아니면 이를 악물고 헤어지는 것. 죽이 되든 밥이 되든 일 단 결혼부터 하기. 세 번째 경우가 제일 위험하다. 대부분 이런 커플 들은 싸우다 지쳐 일단 결혼부터 하자고 잠정 결론을 내리기 쉽다. 완 벽한 배우자는 없는 법이라며 '누굴 만나도 다 이 정도의 문제점은 있겠지…' 라고 자위하면서 말이다. 하지만 매우 위험한 발상이다. 차 라리 헤어지는 고통을 감수하는 편이 지혜롭다. 결혼이 모든 문제를 해결하는 것은 아니다. 오늘 해결 못한 문제는 두고두고 둘 사이를 괴 롭힐 것이며 결국 서로에게 상처만 남기게 된다는 점을 명심하라.

사랑은 그저 붙어 있고 싶은 연애감정이 아니다. 연애감정만으로 결혼생활을 유지하기엔 인생이 너무 길고 감정은 너무 빨리 변한다 는 사실. 죽도록 싸워도 붙어 살거라고? 아, 예~.

권태로우면 바람나요

여자는 언제 바람이 나는가. 정말 운명 같은 남자가 나타났을 때? 애인이 소홀하게 대할 때? 물론 가능성이 아예 없는 것은 아니지만 정답은 아니다. 여자들의 바람은 일상이 권태로울 때 난다. 아주 불행하거나, 너무 행복한 순간에는 딴생각이 날래야 날 수가 없는 법. 그렇다면 애인의 바람, 어떻게 잠재울 것인가.

그렇게 잘해줬는데

여자들이 바람이 나는 것은 그대가 부족해서가 아니다. 솔직히 그대가 그녀에게 얼마나 잘해줬는가. 그녀의 짜증도 그녀의 투정도 군소리 하나 안 하고 다 받아줬다. 그녀가 갖고 싶다면 허리띠를 졸라서 사줬고 깨질세라, 다칠세라 지극 정성으로 돌봐주지 않았던가. 그렇다. 바로 그게 문제였다. 뭐 하나 부족함 없이 채워줬던 것이 바로 실수였단 말이다. 100% 완벽한 환경에서는 묘한 허전함이 느껴지는 게 인간의 본성. 슬슬 감정이 해이해지면 급기야 다른 사람에게 눈이 돌아가는 거다. 아, 뭐 다 그렇다는 건 아니고.

습관성 바람이 문제

애인이 바람을 피울 때는 두 가지 경우가 있을 수 있다. 정말 그대가 싫어져서 작정하고 딴 짓을 하거나, 아님 그저 습관성 바람일 수도 있다. 여기서 정작 더 심각한 케이스는 후자의 경우다. 마음이 변한 것이라면 막말로 헤어지면 그만이지만 습관적인 바람일 경우, 살면서 두고두고 속 썩인단 말이다. 헤어지자고 해도 죽기살기로 달라붙는다. 이런 스타일은 워낙 이성이 많이 꼬이고 또 그걸 즐기는 성격이라 웬만해선 고쳐지지 않는다는 것을 꼭 명심하시라. 막말로 들키지만 않으면 갈 때까지 다 갈 사람들이다. 그러니 내버려뒀다간 정말 큰일 낼 수도 있다.

극적인 충격을 주자

이들에겐 충격요법이 절대적으로 필요하다. 그대가 늘 다 받아주니까 별다른 두려움 없이 바람을 피우는 것 아니겠는가. 모질게 마음먹고 한동안 잠수를 타거나 충격으로 시름시름 앓다 입원을 하거나 친구들을 통해 당신의 괴로운 상황을 살짝 흘려봐라. 여기서 포인트! 절대 직접적으로 화를 내서는 안 된다. 이건 정말 아무런 효과가 없다. 중요한 것은 그들 스스로 양심의 가책에 몸부림치도록 만들어야 한다는 점이다. 그들이 배신한 그대가 얼마나 좋은 사람이며 소중한 사람인지 절절히 느끼게 해주란 말이다. 경험보다 좋은 스승은 없다. 배신이 불러온 엄청난 대가를 체험하게 해야 다신 다른 사람 떠올릴 생각도 못 한다 이 말씀.

예방이 최고

모든 사고는 예방이 최고다. 그 누구도 사랑이 영원불변하다고 자부할 수는 없는 거 아니겠는가. 쿨~한 척? 서로의 자유를 부르짖다가 오히려 바람날 기회만 만들어주고 있는 건 아닌지, 사랑은 믿음이라며 너~무 믿고 방심하고 있는 건 아닌지 점검해보자. 원래 바람이란 게 처음 한 번이 어렵지, 그 다음은 일사천리로 진행되는 법. 요령도 생기고 수습할 방법도 터득하게 되는 것이니까.

그저 자나깨나 바람 조심. 꺼진 바람 다시 점검해보는 수밖에.

082

내가 전화할게요=넌 영 아니야

　　남자들은 정말 눈치가 없다. 하긴 여자들 마음이 좀 이랬다 저랬다 해야 말이지. 속으로는 좋으면서 한번 튕기는 건지, 정말 싫어서 싫다는 건지 웬만한 선수 아니고서야 헷갈릴 수밖에. 자, 헌터에게 물어보시라. 여자들의 속마음은 도대체 무엇인지. 뭘 어떻게 해달라는 건지. 눈치코치 없는 분들, 잘 보고 작업에 실수 없기 바란다. 배워서 남 주남?

친한 오빠 동생으로 지내

　　애인이 있거나 딱 잘라 네가 싫다고 말하기 좀 그럴 때 부드럽게 거절하는 표현이다. 이건 보통 남 주긴 아깝고 나 갖긴 좀 아쉽다 싶을 때 일정한 거리를 두고 보겠다는 거다. 중요한 것은 이 말이 거절

255

의 의미임은 확실하지만 시기만 잘 타면 사귐으로 진전될 가능성이 아예 없는 것도 아니라는 점이다. 그러니 너무 좌절하고 포기하진 마시라. 그녀 주변이 허술할 때, 그녀가 어려움에 처했을 때, 얼마든지 그대는 훌륭한 대타 연인이 될 수 있다. 좀 치사하긴 해도 더 좋아하는 사람이 참을 수밖에.

묻지 말고 알아서 해

연애를 하다 보면 여자들이 시큰둥할 때가 있다. 딱히 원하는 것도 없으면서 뭘 하자고 하면 다 싫다고 할 때 말이다. 피곤하다며 응석을 부리거나 졸린 눈으로 노곤한 표정을 지으면 그건 바로 단둘이 편안한 곳에 있고 싶다는 뜻. 괜히 눈치 없이 집에 일찍 들어가라며 등 떼밀면 그대는 정말 둔한 남자 되는 거다. 그럴 땐 차 안이나 비디오방, 아니 더 아늑한 곳으로 슬쩍 데리고 가라. 직접적으로 "거기 갈래?"라고 묻지 말고 조용히 어디로든 모셔가라. 회심의 미소를 짓는 그녀를 보게 될 것이다.

제가 전화 드릴게요

기본적으로 여자들은 전화하는 것보다 받는 걸 훨씬 좋아한다는 걸 알고 계시라. 그런 그녀가 "내가 전화할게요"라고 말한다면? 두말할 것도 없다. 그대가 영 아니라는 뜻이다. 느낌이 좋았는데? 왠지 잘될 것 같았는데? 그대 생각이 틀린 거다. 전화한다 했다고 정말 전화기 붙들고 있으면 팔만 아플 것이다. 아마 전화해도 받지 않을 것이다. 그래도 그녀의 속마음이 정말 궁금하다면 문자를 보내보시라. 차마 못한 싸늘한 말이 또렷하게 찍혀 돌아올 것이다. '죄송해요, 연락하지 마세요.' 자, 이런 소리 듣기 전에 알아서 물러나주자.

나 약속 있는데

막 작업에 들어갔을 때 여자들이 이런 반응을 보인다면 100% 거절의 의미로 보면 된다. 천하의 중요한 약속이 있더라도 상대가 맘에 들면 시간 있다고 말하는 법이다. 두 번 이상 다른 약속으로 핑계를 댄다면 앞으로도 영원히 그대를 만나고 싶지 않다는 뜻이므로 알아서 행동하시라. 이렇게까지 말을 해줘도 꼭 여러 번 물어보면서 여자를 질리게 만드는 남자들이 있다. 그나마 남아 있던 좋은 이미지마저 까먹고 싶지 않다면 상대방의 입장도 고려하면서 대시하도록.

도움이 되셨는가? 듣고 보니 더 헷갈린다고? 연애하기 쪼까 힘들겠구마이~.

083

사랑했던 그녀를 잊는 방법

목숨을 줘도 아깝지 않을 만큼 사랑했던 그녀를 떠나보내기란 말처럼 쉬운 일이 아니다. 특히 원치 않았던 이별일 경우 남자가 겪는 고통은 그야말로 상상초월. 이별의 쓰라림으로 몸부림치는 이별남을 위해 헌터가 몇 가지 마인드컨트롤 비법을 공개하겠다. 단 개인 상황에 따라 효과는 천차만별일 수 있으니 무리하지 말고 형편껏 하시라.

놓친 여자 아까워 말자

헤어진 여자에게 미련이 남는 이유는 그 동안의 정 때문도 그렇지만 다시는 이런 여자 못 만날 것 같은 착각 때문이다. 왠지 그녀보다 그대를 잘 아는 사람도 없을 것 같고 돌아보니 그만한 여자도 없다는 생각이 드는가? 원래 놓친 고기가 더 커 보이는 법. 실상 그녀는 뭐 그리 대단한 여자는 아니었다. 그렇게 생각되지 않는다면 친구에게 조용히 물어보라. 솔직히 그다지 미인도 아니었고 성격도 만만하지 않았음을 떠올리게 될 것이다. 아깝다는 생각, 즉 욕심을 버려야 마음이 편해진다는 점 꼭 명심하라.

추억을 미화하지 말자

누구나 지나간 과거는 다 아름다워 보이기 마련이다. 절대로 사진이나 편지, 메시지를 확인하면서 추억에 빠지지 마시라. 엄밀히 말해 좋았던 기억만큼 다투고 짜증냈던 날들도 많지 않았던가. 오히려 헤어져 잘된 점부터 나열해보시라. 잔소리 엄청 많고 공주병에 특별히 착하지도 않았던 그녀. 게다가 친구도 제대로 못 만나게 징징대던 그녀 아니었던가? 아닌 말로 잘돼서 결혼해도 문제 많았을 게 확실하다. 어떻게 장담하냐고? 아 뭔가 안 맞으니까 헤어졌을 것 아니오!

나 자신에게 투자

이별 뒤 여자들은 쇼핑을 많이 하고 남자들은 주로 술을 마신다. 여자들은 돈 쓰면서 스트레스 푸는 것이고 남자들은 술이나 왕창 먹고 잊어보겠다는 거다. 이런 초보적인 이별 극복법은 21세기에 어울리지 않다. 물론 한두 번은 마음의 평화를 위해 할 수도 있겠지만 반복되면 아예 습관이 되니 조심하라. 술 마셔봐야 돈만 깨지고 나중엔 친구들도 짜증낸다. 차라리 일을 하라. 그 동안 소홀했던 업무에 빠져본다거나 미뤄둔 어학공부, 운동 등을 시작해보자. 그대가 자신에게 투자하면 할수록 매력은 점점 더 커지게 될 것이고 어느 새 훨씬 멋진 여자들이 줄을 설지도 모른다.

귀찮아도 자주 만나라

사람에게 받은 상처는 사람만이 치료할 수 있다. 다시는 사랑따윈 안 하겠다는 유치한 결심은 하지도 마시라. 오히려 이런 저런 모임에 더 자주 참석하고 다양한 사람들을 만나보라. 물론 처음엔 그 어떤 여자도 그녀보다 못해 보일 것이 분명하다. 오히려 그녀에 대한 그리움이 증폭될 수도 있다. 포인트는 요 단계에서 멈추지 말고 더욱더 잦은 만남을 가져야 한다는 거다. 당신이 터널 속에서 혼자 울고 지낼 동안 아까운 여자 다 놓치게 된다는 걸 꼭 기억하라. 억지로라도 나가라. 나가서 냉정한 외로움에 정면으로 도전해야 한다. 투자하지 않으면 결국 얻는 것도 없다. 그냥 하는 말이 아니라 정말 세상은 넓고 여자는 무지하게 많다고요.

084 떠나간 그녀를 돌아오게 하려면

떠난 그녀를 다시 돌아오게 하고 싶다고? 차라리 새로 작업에 들어가는 게 백 번 쉬우니 웬만하면 그냥 잊고 편히 사시라. 도저히 못 잊겠다? 제대로 빠지셨군. 좋습니다. 좋구요, 지금부터 시키는 대로 잘 따라해보시길. 단, 헤어진 그녀를 돌아오게 하는 길은 멀고도 정말 험하다는 점을 미리 말해두겠다.

왜 헤어졌나

모든 사건에는 원인이 있기 마련이다. 이별도 엄연히 인생의 중요한 사건이니 왜 헤어졌는지 원인 분석을 꼼꼼히 해야 한다. 다른 남자와 눈 맞아 도망간 것이라면 붙잡아봐야 또 도망갈 테니 깨끗이 잊으시라.

하지만 그대의 불찰과 무관심, 실수로 인해 그녀가 돌아선 것이라면 재도전해볼 만하다. 그녀가 떠난 이유가 바로 그대에게 있었으니 그대만 변하면 된다. 그러나 완전히 새 사람이 돼야겠지?

차나 한잔 할래?

100% 변화된 모습에 자신 있다면 전화를 걸어 만나자고 하자. 누누이 말했지만 애걸복걸하는 식으론 먹히지 않으니 담담하고 편안하게 그저 차나 한잔 마시자고 접근해야 한다. 웬만큼 정나미 떨어지지 않은 상태에서 헤어진 경우라면, 여자 쪽에서도 옛 남자 얼굴이 한 번 보고 싶어지는 게 인지상정. 단, 부담감과 긴장감을 주는 것은 절대 금물이다. 그녀 스스로 편안한 느낌이 들도록 최대한 격한 감정을 자제하라.

성급하게 대시하지 말 것

그토록 보고 싶던 그녀를 만난다면 옛 감정이 새록새록 솟을 것이다. 아니 혹시, 두 손을 부여잡고 다시 한번 기회를 달라고 간곡하게 매달릴 생각이신가? 그렇다면 두 번 다시 그녀를 볼 수 없을 것이다. 성급하게 대시하지 말란 뜻이다. 이미 그녀는 그대가 이별을 후회하고 꼬리 내렸음을 알고 있다. 굳이 말로 하지 않아도 그대의 진심은 안다 이거다.

절대 말부터 앞세우지 말고, 대신 외모나 좀 신경써라. 속으로 놓친 게 아깝다 생각 들 만큼 말끔하고 댄디한 차림으로 나가야 한다.

순순히 잘못만 시인하라

남자들은 보통 무턱대고 "그래 내가 다 잘못했다"라고 말하는 경우가 많은데 이런 성의 없는 대답은 사건을 해결하는 데 전혀 도움이 되질 않는다. 대충 둘러대는 변명이 아닌, 정확하고 분명하게 잘못을 시인하는 것이 훨씬 좋은 점수를 받을 수 있다는 것을 명심하라. 또한 그대의 참회에는 다른 어떤 흑심도 없다는 것도 꼭 강조하라. 순수한 의도가 아니라면 사과하나마나, 조르나마나일 테니까.

절박한 심정이 들도록

그대의 입장만 밝혔다고 다가 아니다. 여자에게 충분히 생각할 시간을 줘야 한다. 급하게 보채고 조르면 될 것도 안 된다. 너무 부담스러운 긴 메일이나, 과도한 선물공세도 일종의 쇼(show)로 보일 수 있으니 상황에 따라 센스 있게 대처하라. 포인트는 그녀의 상처가 아물 수 있게 여유를 주되, 무작정 기한을 줘도 안 된다는 점이다. 이번 기회를 놓치면 영영 이런 사랑은 없을 것 같은 절박한 마음이 들도록 멋지고 당당한 모습을 보여주자. 아, 그렇다고 너무 뻔뻔하게 나오면 안 되고!

085

가까운 친구부터 경계

생판 모르는 남에게 뺏겨도 핏대가 설 판인데 애인이 가장 가까운 친구나 동료와 바람이 난다면? 가장 친한 친구가 내 애인과 뜨거운 밤을 보냈다면? 지금 당장 죽고 싶은 심정이 들 것이다. 하지만 땅을 치고 후회해본들, 주먹을 날려본들, 이미 엎질러진 물. 그러니 제발 평소에 애인 간수 좀 잘하시라. 어떻게?

가까운 친구부터 경계

'커플＋솔로 친구' 이런 삼각구도가 은근히 위험하다는 걸 아시나? 오래된 커플은 괜히 솔로 친구들을 껴서 만나는 경우가 많은데 이거 조심해야 한다. 둘이 만나는 것보다 여럿이 어울려 만나는 게 좋다는 거 자체가 이미 애정전선에 적신호가 들어왔다는 뜻. 오늘의

든직한 친구가 내일의 원수가 되는 거 한순간이다. 오버 아니냐고?
몰라서 그렇지 비일비재하다고요. 자 보시라.

친구의 친구와 섹스했네

남자와 섹스에 일가견이 있는 이모양. 평소 친분이 두터운 친구커
플과 만났는데 그만 술이 들어가자 친구의 애인에게 발동이 걸려버
린 것. 마침 이모양 친구는 피곤하다며 먼저 귀가하게 됐고 그 틈을
타 이모양이 친구 애인을 자빠뜨리고 만 것이다. 또 다른 케이스. 활
발하고 의리 많은 조모군은 항상 예쁜 여자친구를 자랑 삼아 모임에
데리고 다녔는데 글쎄 어느 날 애인과 서클 선배가 키스하는 장면을
목격했다. 소문이 금세 퍼져 애인은 둘째 치고 이제 쪽팔려 서클도
못 나가게 되었다지 아마.

눈 맞았단 신호

그러니 평소 애인 간수를 잘했어야 했다. 그들이 텔레파시를 주고
받기 전에 차단했어야 한다는 말이다. 애인이 괜히 건수 만들어 제
삼자를 불러내려 한다든지 필요 이상으로 그 사람 말에 호응해준다
거나 하면 일단 의심해도 좋다. 무의식 중 그 사람에 대해 자주 이야
기를 꺼내는 것도 불길한 신호다. 남녀관계에 호감이 있다는 것은 얼
마든지 부적절한 관계로 발전할 수도 있다는 것이므로. 뭣하러 일부

러 기회를 줘 싹을 키우냐 말이다.

누구도 장담 못해

내 애인은, 내 친구는 그럴 사람이 아니라고? 믿을 만하다고? 허허, 애정 문제만큼은 그렇게 큰소리치는 게 아니라니깐. 평생 한 사람만 바라볼 것 같은 순진무구 스타일도 아차 하는 순간 마음 뺏기게 돼 있다. 매력적인 상대가 적절한 기회에 손을 내미는 것은 누구에게나 뿌리치기 힘든 유혹이란 말이다. 특히 연인 사이가 소원해졌을 때 제삼자가 비집고 들어올 확률이 커진다. 애정 문제를 상담하다가, 애인에게 말 못할 고민을 털어놓다가, 엉뚱한 사람과 정분 나는 경우가 많지 않던가.

그러니 조금 멀리 떨어져 주변을 살펴보시라. 내 애인의 시선이 어디에 자주 꽂히는지, 아님 그대에게 던지는 또 다른 눈빛은 없는지 말이다. 애인을 의심하라는 건 아니지만 너무 그렇게 넋놓고 있으면 위험하다 이거다. "정말 그럴 줄 몰랐다"며 울고불고 하는 사람을 어디 한두 번 봤어야지.

086

멀리 떨어진 애인 관리법

눈에서 멀어지면 마음에서 멀어진다? 백 번 옳으신 말씀이다. 전화와 채팅, 이메일이 제아무리 발달했다 해도 내 눈에 당장 그녀가 보이지 않고, 손에 잡히지 않으면 무슨 소용. 한마디로 남녀관계 스킨십이 빠지면 약발이 안 서게 된다 이 말씀이다. 믿고 싶지 않지만 몸이 멀리 떨어져 있다 보면 지고지순한 사랑도 물거품이 되는 건 시간문제. 자, 그럼 어쩐다?

우리 사랑 폰섹으로 이어가요

폰섹을 하라굽쇼? 민망스럽게시리…. 하지만 뭐 거창하고 변태스러운 그런 상상은 하지 마시라. 원거리 커플을 그나마 가장 가깝게 이어주는 게 바로 전화 아니겠는가. 그러나 통화도 잠깐, 공통의 화제가 없다 보니 습관적으로 안부나 묻게 되고, 그나마 그것도 시간이 지나면 귀찮아지는 법이다. 이럴 때 폰섹을 간간이 해주면 정말 효과 짱이다. 공식적인 연인인데 법에 걸리는 것도 아니고 사랑을 돈독히 하자는 건전한 취지니 주저할 것 무어랴. 게다가 당분간 얼굴 볼 일 없으니 민망할 일도 없다. 폰섹의 좋은 점은 농도 짙은 대화만으로도 마치 직접 사랑을 나눈 듯한 충만한 느낌에 젖어들 수 있다는 거다. 어이, 애들은 가라.

선물, 선물, 선물

그대가 아무리 편지와 메일, 전화로 사랑한다 떠들어대도 그녀의 눈에 보이는 것 하나 없다면 울리는 메아리에 지나지 않는 법. 그러니 정기적, 비정기적으로 선물공세를 해야 한다. 물건의 종류와 값은 상관 없지만 시의 적절한 선물을 고르는 안목을 길러야 한다. 즉 만날 꽃과 초콜릿만 보낸다거나 쇼핑몰에서 주문한 평범한 선물로 대충 때운다면 돈만 쓰고 효과는 제로가 될 거다. 그녀의 바이오리듬을 체크하여 감성을 자극시키는 선물을 골라야 한다. 때론 야시시한 속옷, 가끔은 소박한 국화꽃 한 다발, 뒤로 자빠질 만큼 비싼 시계…. 물론 돈이 엄청 들겠지만 천하를 얻고도 내 애인을 잃으면 무슨 소용이겠는가.

가족, 친구 협공작전

곁에 없다 보니 그녀를 자빠뜨리려는 악의 무리가 침공하는 것을 막을 방법이 없다. 이때 주변에 그대를 도와 협공을 펼칠 지원군이 있는 것과 없는 것은 하늘과 땅 차이. 평소 공식, 비공식적으로든 그녀 집안에 확실한 사윗감으로 각인시켜놓는 것이 중요하다. 원거리 커플은 필수적으로 애인에게 쏟는 애정의 반, 아니 그 이상을 가족과 주변 친구에게 아낌없이 베풀어둠이 현명하다. 혹 그녀가 딴 남자를 만나려 할 때 주변에서 다 같이 말리고 몰아세울 수 있을 테니 말이다. 만약 그녀가 해외에 있다면 적어도 1년에 3번 정도는 그녀 있는 곳으로 날아가라. 가서 학교든 직장이든 찾아가 그대가 두 눈 시퍼렇게 살아 있음을 그녀 주변에 알려야 한다. 애인이 있다는 것을 말로 듣는 것과 직접 보는 것과는 엄청난 차이니까.

사랑은 서로 굳게 믿는 것이라며 아무런 노력도 안 하는 그대는 아직 사랑의 아마추어. 떨어져 있을수록 그 거리가 무색해질 만큼 초강력 에너지를 보내야 할지니 한순간 방심으로 몇 년간 쌓아온 공든 탑이 무너진다는 사실을 잊지 말자. 그렇게까지 해서 붙잡을 생각은 없다고? 이별의 쓴맛을 못 봤군 못 봤어….

087

여자들 해법을 익히자

남자와 여자는 많이 다르다. 화성과 금성에서 다르게 자라온 탓도 있지만 생각하는 구조 자체가 아예 다르다는 걸 이해해야 한다. 따라서 남녀 사이 일단 트러블이 생기면 내가 그 동안 문제를 풀어왔던 공식은 싹 다 잊어버려야 한다. 먹히지도 않을 뿐더러 골치만 아플 뿐이다. 여자들이 주로 쓰는 해법을 빨리 익히자.

뭐든 다 알려는 그녀

남자들은 문제가 생기면 십중팔구 입을 다문다. 그리고 물어보면 아무 일도 없다고 한다. 육감이 발달한 여자들이 그것을 모를 리 있나. 무조건 시치미를 떼는 통에 여자들은 애간장이 타게 되고 배신감과 섭섭함을 느끼게 되는 것이다. 왜? 여자들은 뭐든 100% 공유하는 걸 좋아하는 성향이 있기 때문에, 남자들의 이런 독자노선이 영 마음에 안 드는 것이다. 남자 입장에서야 좋은 일도 아닌데 굳이 알려서 뭐하나 싶어 그런 것이겠지만 여자들은 단 한 명도 그렇게 생각 안 한다. 나를 무시하는구나, 다른 여자가 생긴 게 분명해, 내가 싫어진 걸까? 등등 혼자 소설을 쓰기 시작한다 이거다. 여친이 이러면 안 그래도 힘든데 정말 골치 아파진다.

말하란 말야

그러니 죽기보다 싫더라도 오해를 안 사려면 일단 문제를 솔직히 털어놓도록 하자. 물론 쪽팔린 거 잘 안다. 혼자 해결하고 싶어하는 심정도 이해하는 바이고, 말해봤자 아무런 도움도 안 된다는 것도 안다. 오히려 그녀의 걱정만 사게 될 거라는 것도 뻔하다. 하지만 말해야 한다. 일단 그녀를 안심시켜야 한단 말이다. 그래야 시시콜콜 캐묻고 삐지고 하는 일련의 행동들을 미연에 방지할 수 있다. 아마 그대의 고민을 들은 그녀는 전에 없던 모성애를 발휘하려고 애쓸지도 모른다. 그것도 남자 입장에서는 부담이 될 뿐이겠지만, 그녀는 당신의 모든 것을 알았다는 충만한 기쁨과 마치 가족이 된 듯한 끈끈한 정을 느낄 것이 분명하다. 아, 그녀가 행복해진다는데 것도 못해주남?

여자들의 해법을 배우자

반대로 여자들은 문제가 생기면 남자를 의지하게 된다. 여기서 의지한다는 것은 그대에게 해결책을 바란다는 뜻이 절대 아니다. 그저 귀를 열고, 넓은 어깨와 튼튼한 가슴만 빌려줘라(펑펑 울 때를 대비해서). 포인트는 바로 그녀의 고민을 인내심을 가지고 충분히 들어주라는 점이다. 그녀가 이야기를 늘어놓는 것은 그대에게 해결해달라고 압박을 하는 것이 아니라, 일종의 분풀이요 하소연이란 걸 기억하라. 그러니 어설프게 문제의 심각성에 대해 판단한다거나 조언을 하지는 말자. 정 뭘 하고 싶다면 차라리 맛있는 밥이나 사주고 옷 몇 벌 사주는 게 훨씬 효과적이다.

엉뚱한 데 불똥 튀기지 않으려면

여자들은 남자가 솔직히 상황을 털어놓기만 하면 그대를 무시하거나 원망하지 않는다. 오히려 감추고 숨기려고만 하면 엉뚱한 곳에 불똥이 튀겨, 어느 날 이별을 선고받을지도 모르는 일이다. 그러니 일단 말하자. 그리고 곧 극복하겠다는 강력한 의지를 보여주자. 여자들이 믿고 꼭 안아주고 싶은 남자는 바로 이런 남자다. 호기는 다음에 다른 데서 부려라.

088

나쁜 여자

세상엔 두 종류의 여자가 있다. 착하고 따뜻한 여자와 이기적이고 나쁜 여자. 요즘 부쩍 독자들의 문의 메일을 보면 나쁜 여자 때문에 맘 고생하는 남자들이 많아졌다. 나쁜 여자가 어떤 여자냐고? 꼭 폭력과 사기를 쳐야 나쁜 여잔가? 순수한 남자 마음에 지울 수 없는 상처를 남긴 그녀가 바로 나쁜 여자지. 사랑 갖고 장난치는 여자들 말이다.

정이 고파 매달리는 여자

죽고 못 살 것 같은 사랑보다는 외로움과 정이 고파서 남자를 사귄 경우를 말한다. 이별 뒤 심란한 마음을 기댈 곳을 찾다가 주변에 고만고만한 사람을 택해 연애를 하는 여자들 말이다. 이렇게 사귀게 된 여자는 백발백중 더 좋은 사람이 나타나면 바로 배신 때린다. 첨엔 우수에 찬 그윽한 눈빛으로 그대의 부성애를 자극하겠지만 상처를 딛고 살 만해지면 정신차렸다며 휙 돌아설 그런 여자다. 맞죠?

과시용으로 연애하는 여자

콤플렉스 많은 여자 중에 이처럼 과시용 연애를 밥 먹듯 하는 케이스가 많다. 보통 이런 경우는 여자들이 남자를 죽도록 쫓아다녀 성사되는 경우가 많다. 보통 남자들은 여자의 순정에 약한 법. 특별한 관심이 없다가도 지고지순한 사랑에 감동해 한순간 넘어가는 것이다. 일단 과시용 애인을 구하는 데 성공한 그녀는 자신의 허영심을 채울 때까지 사랑을 퍼붓고, 또 그 이상을 달라고 강요한다. 하지만 더 나은 과시용이 나타나게 되면 전날의 킹카도 찬밥 되는 건 시간 문제겠지.

거짓말을 생활화하는 여자

항상 모든 일에 변명과 이유를 달고 사는 여자는 그 말이 대부분 거짓말일 경우가 많다. 하나를 감추기 위해 다른 것을 거짓말하다 보면 나중엔 자기가 무슨 말을 했었는지도 기억 못하는 여자들. 양다리를 걸칠 때 이런 경우가 많다. 더블 데이트를 무사히 즐기려면 꽤 완벽한 거짓말을 구사해야 하는데, 진실이 밝혀지는 순간 무너지는 남자의 가슴을 나쁜 여자들이 알랑가 모르겠다. 모 음료 CF에서 조인

성이 그러잖는가. 거짓말하는 것들은 사랑할 자격도 없다고.

오는 남자 마다않는 여자

여기에는 두 가지 경우가 있을 수 있다. 정말 순해빠져서 남자들의 작업을 거절 못하는 여자일 수도 있고, 전략적으로 천사표를 가장해 오는 남자 다 받아들이는 여자일 수도 있다. 둘 다 나쁘다. 괜히 순진한 남자 가슴에 헛된 바람만 넣어놓는 꼴 만드는 것도 그렇고, 옆에 있는 애인에게도 정말 못할 짓이다(당해본 분들은 알 거다) 자기가 무슨 박애주의자냐고…. 이런 헤픈 끼는 평생 고쳐지지 않는다는 점을 꼭 명심하라. 결혼하고 애를 낳아도 그녀의 입가에 배시시 흐르는 묘한 미소가 멀쩡한 그대를 의부증 환자로 만들 것이니까.

애당초 그런 여자를 왜 사귀었냐고? 글쎄 그 사랑이라는 게 교통사고와 같아서 누가 언제 내 차를 받을지, 어디서 누구와 접촉사고가 날지 아무도 모를 일이란 말이지. 그러니 누구도 장담하지 마시라. 오늘의 천사표 내 애인이 어느 날 세상에서 가장 나쁜 여자가 될 수도 있는 법. 지금 내 여자가 그런 기미가 보인다면? 빨리 정리하시라. 여러 모로 신상에 좋다.

연인을 슬프게 만드는 것들

089

사랑받는다는 이유로 우리는 애인에게 얼마나 많은 잘못을 저지르고 사는지. 작게는 습관적으로 약속시간에 늦는 것부터, 크게는 애인 몰래 딴 여자를 만나는 것까지. 문제는 이런 실수가 반복되다 보면 애인에게 지울 수 없는 상처를 남기게 된다는 점이다. 내 애인을 힘들게 만드는 그대의 치명적인 실수들.

비교천하

도무지 칭찬이라곤 인색한 사람들이 비교는 어쩌면 그렇게 잘하는지.

첨엔 안 그렇더니 아예 대놓고 비교를 한다. 누구 애인은 애교가 넘친다는 둥, 여우하곤 살아도 곰 같은 여자는 안 된다는 둥, 정말 얄미운 말만 골라서 하는 그. 여자도 마찬가지다. 친구 미숙이가 생일 날 무슨 선물을 받았다느니, 누군 여자친구를 공주 대접한다느니 비교가 끝이 없다. 속마음이야 내 애인이 더 잘해줬음 하는 맘에서 한 소리겠지만, 비교당하는 당사자 마음은 좌절 그 자체일 밖에. 더 잘하긴커녕 반항심리가 생긴다는 사실을 모르시나? 공부 못하는 애 구박해봐라, 성적이 오르냐고.

과거를 잊지 못해

사귄 지 몇 해가 지났건만 아직도 지나간 사랑 때문에 힘들어하는 사람이 많다. 물론 첨엔 안쓰럽게 보이지만 나중엔 화가 나게 된다. 과거의 연인과 주고받은 이메일, 선물, 편지 등을 무슨 보물처럼 끌어안고 사는 남자들. 아니 그럴 거면 왜 다른 사람을 만나냐고요…. 술만 먹으면 옛 여자 이름을 부르는 뻔뻔한 남자들, 헤어진 오빠랑 아직도 연락을 못 끊는 철부지 여자들이여! 추억이라는 이름으로 뭐든지 용서받으려는 그대들의 이기심에 애꿎은 연인만 가슴앓이한다는 사실을 꼭 기억해주라.

심각한 잔소리

치마가 왜 그렇게 짧냐, 화장이 너무 진하지 않냐 등 잔소리를 입에 달고 사는 남자들이 많다. 다른 사람에게는 관대하면서 유독 여자

친구에게만은 보수적인 그들. 물론 여자들도 만만치 않다. 어떤 친구
는 만나지 말라는 명령부터, 급여가 많네 적네 등등 마치 엄마라도
된 듯 일일이 체크하니 말이다. 잔소리란 상대를 믿지 못하는 데서
시작되는 법이다. 애인보다 자신이 낫다고 생각하는 그대의 오만불
손함부터 없애시길. 객관적으로 봤을 때 그대도 썩 잘난 것만은 아니
거든.

무분별한 밝힘증

애인이 있으면서 여기저기 색(色)을 남발하고 다니는 것이 상대에
게 얼마나 큰 상처가 되는지 모르는 사람이 많다. 버젓이 애인을 두
고도 좀 괜찮다 싶은 상대가 나타나면 일단 껄떡대고 보는 남자들.
한 사람에게만 잘 보이려는 게 아니라 뭇 남성들의 사랑을 받아야 직
성이 풀리는 여자들이 자고로 문제다. 더 웃긴 건 혹 상대가 이런 자
신의 행동에 불만이라도 드러내게 되면 오히려 의처증이니, 구속이
니 하며 적반하장 격으로 나온다는 거다.

아무에게나 눈웃음 흘리는 그대의 넉넉한(?) 인심에, 가장 빈곤함
을 느끼는 사람은 바로 다름아닌 그대의 애인이란 걸 알고나 계시
나? 티나 안 나게 밝히든가!

090

내 거다 싶으면 올인하라

　'올인(all-in)'이란 도박에서 쓰는 말로 모든 것을 다 거는 최후의 단판 승부를 일컫는 말이란다. 그렇다. 사랑에도 이런 올인정신이 반드시 필요하다. 대충 사귀다 말거나, 하룻밤 즉흥적으로 섹스를 즐기는 사람들이야 진정한 사랑의 무게를 알 수 없겠지만 사랑에 목숨 걸고 한 번이라도 지독한 사랑의 열병을 앓았던 사람들이라면 필자의 말에 공감할 것이다.

애인 없어도 섹스한다?

　애인 없이 섹스를 한다? 허허… 워낙 개방된 성문화를 모르는 바 아니지만 전혀 그럴 것같이 생기지 않은 여자 후배가 이런 말을 하니 적잖이 충격이었다. 애인 없이 지낸 지 1년이 넘었는데 충분히 즐거운 섹스라이프를 영위하고 있다는 거다. 그녀의 문제는 프리섹스라 기보다 이젠 더 이상 한 남자에게 만족을 못 느낀다는 것이다. 낯선 남자를 만나 섹스하기까지도 그리 많은 시간이 걸리진 않는다고 한다. 그저 꽤 괜찮다 싶으면 만나자마자 바로 '고(go)' 할 수 있다나?

애인 두고 섹스한다?

이번엔 애인 있는 남자들 경우다. 멀쩡한 여자친구를 두고 술만 먹으면 꼭 거기를 간다는 거다. 회식 후 동료들과 어울려 가기도 하고 오랜만에 친구들 만나면 꼭 마무리를 그곳에서 한단다. 그저 습관처럼 말이다. 이 사실을 안 여자친구가 이런 남자를 믿고 계속 사귀어야겠느냐며 상담을 해왔다. 불결해서 참을 수 없다는 거다. 그 남자는 왜 사랑하는 사람을 두고 낯선 여자와 몸을 섞을까.

엄청 재밌거던

왜? 이유는 하나다. 재밌거던. 매번 새로운 상대를 만나 부담 없이 섹스하고 헤어지는 것, 이 얼마나 쿨~하고 신선한 재미인가. 남자도 마찬가지다. 대한민국 미녀들이 다 모여 있다는 곳에서 '업빠~' 소리 들으며 잠깐 즐기는 것, 삶의 활력소가 된다 말이지. 그래, 밥도 먹고 빵도 먹고 때론 파스타도 먹을 수 있는 그 재미를 누가 모르냐고.

임자 만나봐라

그런데 더 큰 이유는 그들 모두 진짜 사랑을 경험하지 못해서 그렇다는 것이다. 그냥 좋은 사람 말고 내 전부를 걸고 싶은 절실한 상대를 아직 못 만났다는 거다. 보통 이런 걸 '임자 만났다'고 하지 않던가. 천하의 바람둥이가 맘잡고 착실하게 사는 거나, 매일 밤 나이트 부킹에 2차를 서슴지 않던 신사동 그녀가 잠잠해진 이유, 숨막히도록 소중한 사랑을 만났을 때 가능한 얘기다.

사랑에 올인!

그러니 우리 이제 내 앞의 그와 그녀에게 목숨을 걸어보자. 이건 이래서 좋고, 저건 저래서 좋은 것 말고 정말 이 사람 없으면 죽을 거 같은 절실한 사랑 말이다. 매번 가슴이 콩당콩당 뛸 순 없겠지만 적어도 애인을 두고 아무렇지도 않게 딴짓을 하는 그런 무례함을 저지르진 말자 이거다. 제발 아무하고나 만나 아무렇지도 않게 하룻밤을 뚝딱 치르진 말자고.

오늘 밤 또 새로운 걸 만날 거라고? 그대를 구제불능으로 임명합니다~.

091

감동 주는 선물에 무너진다

하네, 마네 그래도 기념일 그냥 넘어가면 한 달 내내 괴롭다는 걸 남자들은 잘 알 거다. 하지만 매번 뻔한 선물로 대충 때우는 성의 없는 태도는 더 나쁘다. 그대는 화이트데이에 매번 사탕만 가득 담은 촌스러운 바구니를 들이미는가? 아서라. 여성포털사이트 리서치에 의하면 화이트데이에 여자들이 가장 받기 싫은 선물이 바로 사탕 바구니라는데?

선물에 목숨 거는 이유

그렇다. 식상한 선물은 이제 그만 하라는 거다. 조금만 머리 쓰면 생색나고 폼나는 선물이 수두룩하다. 중요한 건 여자들의 심리를 간파해야 한다는 거다. 왜 여자들은 선물에 목숨 거는가. 이유는 단 하

282

나. 여자들은 보여지는 것에 민감하기 때문이다. 화이트데이에 내가 뭘 받았는지 친구들에게 자랑해야 한다 이거다.

럭셔리 소품

선물할 때의 핵심은 뭔가 이야깃거리가 되는 선물을 해야 한다는 것이다. 주변에서 물어봤을 때 주저 없이 말을 꺼낼 수 있을 정도로 말이다. 돈이 좀 있는 분들이라면 명품 지갑이나, 특이한 주얼리를 선택하라. 고급스러운 소품은 생각만큼 비싸지 않으면서도 여자들의 기분을 최고로 높여주는 아이템이다. 술값, 게임비를 조금만 아껴서 여자친구 명품 하나 갖게 하면 일년 내내 심신이 편할 것이다. 서비스는 또 어떻고.

감동이 끝내줘요

내 처지에 웬 명품? 하며 반감을 갖는 분들이라면 소박한 이벤트성 감동 쪽으로 채널을 돌리시라. 자, 감동은 어디에서 오는가? 바로 정성에서 나온다. 작은 목걸이 하나를 선물하더라도 그럴싸한 이유가 있어야 한다는 거다. 남자친구가 담뱃값 아껴 사준 은 귀고리를 결혼반지보다 더 소중히 여기는 게 바로 여자들이다. 돈만 주면 살 수 있는 선물과는 비할 수 없는 진한 감동의 물결이 밀려온다.

이런 선물 욕먹는다

가장 최악의 선물이 바로 돈은 돈대로 쓰고 실속도, 폼도 안나는 것들이다. 내용도 없이 크기만 큰 비싼 사탕 바구니(데이트 직전에 길에서 산), 누가 봐도 알 수 있는 '짝퉁' 시계나 가방. 그녀의 취향과 전혀 상관없는 아줌마 스타일 주얼리, 거래처에서 받고는 산 것처럼 주는 상품권 등 말이다. 괜히 주고도 욕먹을 수 있으니 각별히 주의하자.

섹스 은근히 기대

혹시 선물만 덜렁 던지고 밥만 먹고 헤어질 생각은 아니시겠지? 여자들도 이런 날은 은근히 기대하고 나온다는 걸 아나? 혹시 모를 불시의 사건(?)에 대비해 몸가짐을 달리한다 말이다. 평소 장미여관을 즐겨 찾던 커플이라도 오늘만큼은 호텔로 향해보자. 비싸다고? 누가 룸 잡으래요? 넓고 한적한 호텔 주차장이나 엘리베이터 안, 비상구 계단 등에서도 얼마든지 짜릿함을 만끽할 수 있다는 사실, 에잉 알면서~.

그러다 불 붙으면? 흐흐 오늘 같은 날은 호텔에서 한번 쏘시죠!

092 애걸복걸 매달리지 말고 냅둬라

프러포즈나 첫 섹스 후 서먹해진 관계 때문에 괴로워하는 남자들이 많다. 그 동안 꽤 괜찮은 사이였는데 그런 일이 있은 후 그녀가 헤어지자고 한다는 거다. 남자들이 당황하는 게 당연하다. 특별히 잘못한 일도 없는데 돌변하는 그녀를 이해하기가 어려울 것이다. 갑자기 차가워진 이유는 무엇일까. 다시 그대 품에 오게 하는 방법은.

흥미가 사라질 때쯤

보통 사귀고 반년 정도 흐를 때 이런 일이 발생할 수 있다. 갑자기 충격 고백을 한다거나 뜬금없이 헤어지자고 한다거나 하는 일 말이다. 사귀고 백 일 정도까지는 연애의 달콤함에 빠져 그녀도 그대에게 폭 빠져 있겠지만 6개월째로 접어들기 시작하면 슬슬 배째라 식으로 나오게 된다. 미안한 말이지만 이때부터는 사랑의 속삭임보다 현실적인 문제가 더 크게 다가오기 때문이다.

그녀에게 남자가 있다

보통 섹스 후 급격히 친해지면 친해졌지 서먹해지는 일은 거의 없다. 그러니 그녀가 돌변하는 이유는 바로 다른 남자 때문이다. 그녀가 양다리를 걸쳐왔을 수도 있고 아니면 전에 헤어진 남자친구와 깨끗이 끝나지 않아서일 수도 있다. 어쨌든 그대 아닌 다른 남자가 있다는 것은 확실하다. 물론 작정하고 그대를 속이려 했다고는 생각지 마시라. 그대가 싫지 않아서 만난 것임은 분명하니까. 하지만 결정적으로 섹스에 돌입한다거나 정식 프러포즈를 받게 되면 여자들은 현실로 돌아오게 된다.

사랑만 갖고는 사랑이 안 돼

툭 터놓고 말해 그대는 연애 상대지 결혼감은 아니라는 거다. 좋은 감정이 있고 끌리기는 하는데 그녀 인생을 결정할 만큼 결정적이진 않다는 것이다. 게다가 그녀에겐 다른 남자가 있으니 더 이상 주저할 시간적 여유도 없을 것이다. 그대가 아깝긴 해도 차갑게 돌아설 밖에. 여자들이 갑자기 잠수를 타거나 매몰차게 대한다면 십중팔구 이런 이유라고 보면 된다. 사랑만 갖고는 사랑이 안 된다 이거지.

냅둬유~

이럴 땐 당황하지 말고 침착해지자. 어설프게 문자나 메일 등을 날렸다가 그녀를 더 멀리 내몰 수 있으니 조심해야 한다. 조급하게 다가가면 더 숨게 돼 있다. 혹시나 둘 사이에 있던 일들을 심각하게 문제 삼을까 노심초사하기도 한다. 그러니 이 상태에서 가장 좋은 방법은 그녀를 그저 냅두는 거다. 연락을 끊건 도망을 가건, 그러거나 말거나 내버려두란 말이다.

자연스럽게 정리돼

이쯤 되면 배신을 때리고 나서 어느 정도의 반격을 기대했던 그녀도 허탈해질 것이다. 그래도 잠자리까지 했던 사인데 잡는 시늉이라도 해야 하는 거 아닌가 하면서 말이다. 그대를 떠난 그녀는 나머지 한쪽마저 정리할 확률이 크다. 양쪽에서 팽팽하게 줄을 잡고 있을 때 한쪽에서 끈을 놓는다면 나머지 한쪽도 의미가 없어지는 원리와 마찬가지다.

연애 초짜들에게 이런 선수용 마인드컨트롤이 쉽지 않음은 안다. 그러나 조금만 지켜봐라. 다시 만나자는 희소식이 날아올 테니. 그때 말해줘라. '나가 있어, 천한 것!' 이라고

093

백발백중 작업노트

겪어본 분들은 알겠지만 연애란, 감정만 앞세워서 되는 게 절대 아니다. 저 여자다 생각되는 사람이 나타났다면 다음과 같은 절차를 밟아 제대로 작업에 착수하도록 한다. 지피지기면 백전백승이라 했겠다. 만날 헛다리만 짚는 이 땅의 젊은이들이여, 기본부터 차근히 배워 솔로 딱지 제대로 떼보자.

돈? 외모? 능력?

연애야말로 고도의 두뇌 싸움이다. 정말 사귀고 싶은 여자가 나타났다면 우선 그녀의 가치관과 스타일부터 분석하자. 그녀가 어디에 뻴이 꽂혀 있는지를 알아내란 말이다. 돈인지, 외모인지, 집안인지 아니면 능력인지 등을 정확하게 분석해야 한다. 겉모습을 중시하는 여자라면 볼품없는 못난 변호사보다는 훤칠하게 잘 빠진 샐러리맨이 나을 것이고, 돈에 목숨 거는 여자라면 외모 불문, 얼마나 멋지게 돈을 잘 쓰는지에 초점을 맞출 것이 분명하기 때문이다.

돌쇠를 찾는 이유

상대방의 취향을 파악했다면 그녀의 아킬레스건을 반드시 꼬집어내야 한다. 여자의 치명적인 약점 말이다. 예를 들자면, 화려하고 허영기 많은 미녀들이 고학력의 전문직 남자와 많이 사귀는 이유는 그들이 그녀의 지적 콤플렉스를 보상해주기 때문이다. 또 변덕이 심하고 감정기복이 심한 여자들은 보통 충성심 많은 머슴 스타일과 사귀게 되어 있는데, 그건 뭐든지 다 받아주는 돌쇠 같은 남자가 그녀 맘대로 부리기에 제격이기 때문이다.

괜찮게 보이기

자, 이제 조건을 갖췄으니 그녀의 레이더에 들어가기만 하면 게임 끝이다. 1차 서류심사를 통과했으니 면접을 잘 봐야 한다 이거다. 이 단계에서는 이성보다는 감정에 포커스를 맞추자. 무엇보다 그녀에게 썩 괜찮은 남자로 보이는 게 중요하다. 그러기 위해서는 주변 모든 사람에게 높은 점수를 따두어야 한다. 누차 이야기했지만 여자들은 다른 사람의 눈에 민감하다. 일단 주변의 평이 좋다면 별로라고 생각

했다가도 마음이 동하게 된다 이 말이다. TV 홈쇼핑이 여자들에게 먹히는 이유도 그것과 다르지 않다. '너도 나도 다 사는데 나도 사볼까?' 하는 그런 심리 말이다.

매너성 스킨십으로 접근

그녀에게 어느 정도 호감을 주었다면 주저 말고 바로 스킨십을 날려야 한다. 그러나 무턱대고 손부터 잡았다간 성희롱으로 몰릴 수도 있으니 기회를 노리자. 가장 자연스러운 것은 매너성 스킨십을 발휘하는 것이다. 명분도 서고, 목적도 달성할 수 있겠다. 차가 지나갈 때 슬며시 어깨를 당겨준다거나(절대 위험하지 않더라도 말이다) 등이나 허리 등에 손을 대면서 그녀를 보살펴주는 액션은 믿음직스러움을 줄 수 있는 적절한 행동이므로 적극 추천한다. 하지만 안정권에 접어들 때까지 그 이상의 행동은 자제하자. 남녀관계란, 손을 잡는 것까지가 문제지, 일단 손이 허락되면 그 후는 일사천리로 진행되니 염려 마시길.

맘에 드는 여자를 점찍어두고 계신가? 우연히 딱 눈이 맞는 행운을 누릴 수 있는 사람은 그리 많지 않다는 걸 기억하자. 여자건 남자건 둘 중 한 명은 분명히 인고(忍苦)의 물밑작업을 해왔다는 사실을 알랑가 모를랑가.

094

잠자리까지 떠벌리진 말자

헤어지자는 말을 들었을 때 하늘이 캄캄해지고 다리에 힘이 풀린 경험 다 해봤을 것이다. 남자는 안 그렇다고? 좀 솔직해지자. 누구라도 붙잡고 하소연하고 싶은 심정, 헌터는 다 아니까. 그러나 이 바닥의 진정한 선수가 되려면 실연 후 더 멋진 모습으로 남는 게 중요하다는 걸 기억하자. 자, 이제 그대의 선택은 하나다. 헤어지고도 멋진 남자로 오래오래 기억에 남을 것인가, 아니면 내가 미쳤지 저런 놈을 왜 사귀었을까 두고두고 욕하게 만들 것인가!

꼬장은 시간이 흐른 뒤

술만 먹으면 모든 게 허용된다고 믿는 남자들, 큰 오해다. 한두 번은 여자들도 이해한다. 얼마나 마음이 아프면 저럴까, 미안한 마음

그지없다. 그러나 횟수가 늘어나기 시작하면 이해는커녕, 목소리만 들어도 몸서리가 쳐지게 된다. 그녀와 다시 잘되고 싶다면 아무리 궁금해도 얼마간은 꾹 참자. 극적 반전을 기대한다면 말이다. 일반적으로 헤어지고 한 달 후면 1차 고비가 온다. 한 달도 채 되기 전에 술 먹고 꼬장 부리면 그나마 남아 있던 정도 다 샌다. 여자가 미련을 가질래야 가질 수가 없게 된다는 것. 잊혀졌다 싶을 즈음에 약간 취한 듯한 목소리로 전화해보라. 설령 먼저 찬 쪽이 그녀일지라도 옛정이 솟아오르게 돼 있다. 단, 너무 길게 말하지 말 것. 여지를 남겨줘야 다시 전화를 기다리게 된다.

모성애 공략법

남자들은 몰라도 여자가 작정하고 헤어지면 정말 끝인 거다. 그러니 괜히 분위기 파악 못하고 어설프게 매달렸다간 이미지 구기기 딱좋다. 보통 집 앞에서 무작정 기다리기, 선물 배달 등으로 마음을 돌이키려 애쓰지만 그녀의 콧대만 더 높아지게 만드는 꼴이니 제발 시간과 돈을 아끼라. 정 매달리고 싶다면 모성애 공략법을 한번 시도해보라. 이별 후 많이 아프다거나, 밥도 잘 안 챙겨 먹는다는 말이 그녀 귀에 흘러 들어가게 만드는 것이다(절대 직접 나서지 말 것). 한동안 당신 생각으로 마음이 꽤 아플 것이며 부쩍 야윈 그대의 모습도 폼나게 보일 수 있다. 여자들은 자신을 죽어라 못 잊는 순정파 남자 앞에서 흔들리게 돼 있다. 특히 결혼적령기 여자들은 이런 남자에게 다시 돌아올 공산이 크다.

과거는 과거일 뿐

사람 속 모르는 거라고, 그렇게 매너 좋던 남자가 이별 후 순식간에 망가지는 모습도 적잖이 봐왔다. 여기저기 헤어진 이야기를 자랑처럼 떠벌리질 않나, 그녀와 있었던 시시콜콜한 이야기(심지어 잠자리 사건까지도!)를 미주알 고주알 늘어놓는 무식한 남자는 되지 말자. 여자들의 입소문이 얼마나 빠른지 당해보면 안다. 그대가 홧김에 뱉은 말 한마디가 그녀 귀에라도 들어가면 그 동안 들인 공이 무너지는 건 기본이고 재결합의 가능성도 희박해진다. 쓰리겠지만 그녀와의 추억은 가슴에만 묻어두라.

실연 후 멋진 남자로 기억되려면 구질구질한 뒷모습을 보여선 안된다는 거다. 비록 속으로는 그녀 욕을 해대고 싶을지라도 겉으론 담담하고 절제된 모습을 보이라는 것이다. 행여 그녀의 전화가 와도 흔들리는 티를 내지 마시라. 원래 사람 심리가 붙잡으면 도망가고 싶고 확 놔주면 되게 허전한 거거든. 너무 계획적인 것 아니냐고? 그렇게 생각이 없으니 만날 차이지!

095

여자의 불평을 없애는 방법

아무리 잘해줘도 늘 불만에 가득찬 그녀, 도대체 언제까지 참고 달래야 할까? 그대가 정말 그렇게 부족한 걸까? 아니다. 그녀가 불평하는 이유는 그대가 나쁘다거나 큰 실수를 해서가 아니다. 그대가 무심코 했던 말 몇 마디와 행동만 고쳐도 문제는 생각보다 쉽게 해결될 수 있다. 도대체 그녀가 투덜거리는 진짜 이유는 무엇인지, 또 불만을 확 줄일 수 있는 방법은 어떤 것인지 알려주겠다.

자존심을 살려주는 옷차림

둘이 있을 땐 그래도 좀 낫다. 눈 질끈 감고 넘어가면 되니까. 그러나 여러 사람이 모이는 자리에 함께 가게 된다면 각별히 옷차림에 신경쓰자. 꼭 그녀의 친구 모임이 있는 날 유난히 더 지저분해 보이는 당신, 여자가 화를 안 낼래야 안 낼 수가 없다. 다른 사람들의 평가에 민감한 여자들은 내 남자가 초라해 보이는 꼴은 참을 수 없는 일이다. 차라리 안 데려갔으면 하는 마음마저 든다는 걸 아나? 설마 하겠지만 여자의 자존심을 죽이는 촌스러운 그대의 차림이 불만의 불씨가 되는 경우가 많다는 걸 기억하라.

제발 말조심하자

상냥하던 그녀가 뜬금없이 톡톡 쏘아붙인다면 잠시 기억을 더듬어 보라. 아무 생각 없이 내뱉은 그대의 말 중에 혹시 심경을 건드리는 말은 없었는지. 남자 입장에서는 아무렇지도 않은 말들 즉 '치마가 너무 짧지 않아?' '통통한 달덩이 같네' 같은 말도 화근이 될 수 있다. 여자들은 딱 꼬집어 화를 내기엔 유치한 그런 말을 들었을 때 공격적인 대화로 불만을 표현한다. 애꿎은 데서 투정을 부린다는 거다. 뭘 해도 시큰둥해하고, 살살 애교를 펴도 분위기 썰렁하다. 남자들은 이것을 여자들의 변덕이라 하지만, 엄밀히 따지면 원인제공은 그대들이 한 거다. 아 글쎄, 왜 쓸데없는 말은 꺼내가지고….

쇼핑할 땐 묵묵하게

쇼핑 와서 싸우는 커플이 생각보다 많다. 기분 좋게 들어왔다가 얼굴 벌개져서 따로 나가는 경험 한 번쯤 해봤을 것이다. 싸움의 발단은 솔직히 별것 아니다. 살 것만 사고 나가자는 남자와 이왕 왔으니 천천히 구경도 하고 즐기자는 여자의 입장 차이 때문. 처음 한 30분 정도는 남자들도 기쁜 맘으로 따라다닌다. 하지만 2시간이 지나도 지칠 줄 모르는 그녀, 게다가 산 거라곤 티셔츠 한 장이다. 여기서 주의! 절대 성의 없는 태도를 보여서는 안 된다. 따라다니기 정 괴로우면 그녀 혼자 마음껏 돌아다니도록 놔둬라. 혼자서도 정말 잘 다닌다. 괜히 말 한마디 잘못해서 이기적이고 재미없는 남자가 되는 우를 범하지 말기를. 잔소리? 아마 헤어질 때까지 계속될걸?

뻔한 데이트는 그만

항상 만나서 뭐 할지 결정하는 남자, 정말 여자 속이 타들어간다. 아무 생각 없이 그대만 바라보는 여자도 문제지만 매일같이 호프집만 끌고 가는 남자, 진짜 무능해 보인다. 물론 사귀다 보면 딱히 할 일도 없고 뭘 해도 식상한 것은 사실이지만, 아무런 대책도 없는 남자를 보고 짜증 안 낼 여자 누구랴. 영화—밥—술—여관 이런 식상한 코스 말고 신선한 제안을 해보라. 고궁 산책, 도서관에서 책 읽기, 농구관람 등 늘 활기찬 모습을 보이는 그에게 불만이 생길 수 없다. 틈만 나면 그저 자자고 조르지 말고, 아이디어를 내시라. 일단 여자가 감동을 먹으면 저절로 자빠지게 돼 있다는데도 그러네.

096

신 연애 처세술

남녀관계라는 것이 잔머리 굴려서 될 일은 아니지만 요령이 없어 사랑에 실패한 청춘남녀를 보면 정말이지 도시락 싸 가지고 다니면서 가르쳐주고 싶다. 남녀관계의 기본은 인간관계가 아니던가. 주변에 보시라. 연애 똑부러지게 잘하는 애들이 회사에서 일도 잘하고 제 앞가림도 척척 해낸다. 매일 싸우고 지지고 볶는 사람을 보면 주변정리도 깔끔하지 않고 매사에 허둥거리지 않던가? 자, 알면 이득이요 모르면 손해, 21세기 신 연애 처세술을 공개한다.

문자메시지 철저 관리

요즘 이 문자메시지 때문에 싸우고 헤어지는 커플을 많이 봤다. 특히 휴대전화와 친하지 않은 386세대 남자분들, 모르는 게 자랑이 아니다. 제발 기본적인 매뉴얼이라도 익혀 애꿎은 애인에게 상처주지 마시길. 오는 문자메시지까지는 어쩔 수 없다 해도, 봤으면 지우는 미덕은 있어야 할 것 아닌가. 남의 휴대전화 훔쳐보는 여자들 탓이라고? 여자들은 원래 남의 소지품에 관심이 많다. 하물며 내 남자 것인데 관심이 안 가겠는가. 받은 메시지는 물론 보낸 메시지, 보류함까지도 샅샅이 보고 싶은 게 여자 심리다. 덜컥 낯선 여자의 낯간지러운 문자라도 발견된다면, 그 동안 쌓았던 만리장성이 무너지는 건 시간문제니 조심하라. 아예 핸드폰에 잠금잠치를 하는 건 어떠냐고? 일부러 오해를 사려고 작정을 하셨구먼. 그럼 더 의심만 사지~. 절대 안 됩니다.

전화통화 시시각각

연애할 때 남자들이 가장 힘들어하는 게 바로 전화다. 연애 초창기에는 제시간에 맞춰 딱딱 잘도 하더니만 안정권에 접어들었다 싶으면 일단 전화 횟수가 준다. 물론 여자도 시도 때도 없이 감시하듯 체크하길 원하는 건 아니다. 하지만 평일은 그렇다 해도 주말에는 미리 전화해서 스케줄을 잡아줘야 할 것 아닌가. 토요일 오후가 다 가도록 전화 없는 남자친구, 벼르고 벼르다가 전화했더니 집에서 뒹굴고 있을 때의 그 배신감이라니. 손가락이 부러졌냐고… 전화 한 통만 해줬어도 화를 막을 수 있었을 것을. 이런 무신경이 쌓이고 쌓이다 보면 이별 이야기까지 나오는 거다. 이별? 이혼? 다 사소한 것부터 시작된단 걸 체험한 사람은 뼈저리게 공감할 것이다.

잠자리, 매너 우선

흔히 말하는 속궁합, 잠자리 팀워크를 말하는 거다. 알겠지만 침실 만족도는 테크닉이 40%요, 매너가 60%다. 적어도 여자들은 그렇게 느낀다. 제아무리 변강쇠가 꼬신다 해도 이기적이고 제멋대로인 남자는 인기 없다 이거다. 여자들의 흥분은 자신이 사랑받고 있다는 기분에서 출발하기 때문. 그래서 본 게임 이전에 충분한 물밑작업이 필요한 거다. 테크닉이 좀 달려도 위트 있고 자상한 잠자리 매너가 있다면 웬만한 연애트러블은 가뿐하게 넘길 수 있다. 오버한다 싶을 정도로 촉촉하고 나긋나긋하게 대한다면 낮에 있었던 자잘한 오해와 다툼은 한방에 해결할 수 있다. 부부싸움 칼로 물 베기란 말이 괜히 나왔겠어요?

들켰을 땐 백배사죄

가끔 재미로 다른 여자 만나다 들키면 그것처럼 곤란할 때가 없다. 솔직히 헤어질 작정으로 만났다면 좋은 기회겠지만 현재 애인과 깨지고 싶은 마음 전혀 없다면? 방법은 딱 하나, 결정적인 장면(?)이 아니라면 무조건 발뺌하고 보는 거다. 보통 남자들은 몇 번 잘못을 빌다가 슬슬 적반하장 격으로 으름장을 놓는 식으로 나오는데, 요즘 그런 거 안 통한다. 괘씸죄까지 덤터기 씌워져 금세 이 바닥에 소문 난다. 요즘 인터넷 게시판 무서운 거 알지요?

097

사소한 것 챙길 때 접근하라

여자의 러브콜을 눈치 채지 못해 꽤 괜찮은 여자를 놓친 남자의 하소연을 들은 적 있다. 자기도 좋아하던 학교 후배였는데 졸업 후 한참이 지나 사랑고백을 하더라나? 이미 자기에겐 결혼할 여자가 있어 더 안타까웠다는 거다. 그렇다. 눈치가 없어 다 잡은 고기 놓친 꼴이다. 아무리 신호를 보내도 엉뚱한 반응만 보이고, 타이밍 하나 딱딱 못 맞히다 보면 다른 놈 좋은(?) 일 시키는 거다. 자, 이제 헌터에게 배워보자. 그녀가 나를 원할 때는 과연 언제?

부모님이 개방적이세요~

여자들의 집안 분위기는 남자에 따라 달라진다. 뭔 소린고 하니 맘에 안 드는 남자 앞에선 아버지가 엄격해서 빨리 들어가야 한다고 하고,

킹카 앞에선 부모님이 개방적이라 이해심이 많다고 말한다는 거다.

싫은 남자와는 단 5분도 못견뎌하는 게 여자들. 일단 10시가 넘었는데도 일어날 생각이 없는 여인이라면 그녀가 어느 정도 그대에게 호감이 있다고 해석해도 무방하다. 더 같이 있고 싶다는 거니까, 괜히 택시 태워 빨리 들여보낼 생각일랑 하지 마시라.

여자 입장에선 거절당했다고 오해하기 딱 좋은 상황이다. 이럴 땐 일단 한 번 잡고 보자. 몇 번 졸라서 먹히면 그날 땡 잡은 거고 극구 사양한다면 일찌감치 그녀를 포기하라. 정말 맘이 없다는 것이니까.

티 안 나게 선물공세

여자가 사랑에 빠졌을 때 제일 먼저 눈에 띄는 태도는 쇼핑을 자주 한다는 거다. 자기자신을 위한 쇼핑도 있지만 보통은 사랑하는 그를 위해 해주고 싶은 게 많아진다는 것이다. 만약 여자가 그대에게 이것저것 챙겨주기 시작한다면 대충 눈치 채시라. 맘에 안 드는 남자에게는 콩 한 알도 주기 아까워하는 게 여자 심리니까 말이다. 물론 남들 앞에서 표나게 선물하는 여자는 제외다. 그녀는 그저 선물하는 게 취미인 거니까 착각하지 마시길.

대신 알게 모르게 사소한 것을 챙겨주는 여자라면 주의깊게 관찰해봐라. 그대가 가는 모임마다 공교롭게도 그녀가 끼어 있을 거고 그대 옆자리보다는 앞, 옆 쪽에 주로 앉을 테니. 그녀 마음을 90% 이상 확신한다면? 그대 역시 은근한 방법으로 데이트 신청을 하라. 주의 사항! 너무 단도직입적으로 나 좋아하냐고 물어보면 그녀가 엄청 화를 낼 수도 있다. 왜? 들켜서 쪽팔리니까.

농담 속 진담 찾기

사랑을 쟁취하기 위해서라면 여자들이 더 노골적이다. 그런데 문제는 진심인 듯 농담인 듯 사람 헷갈리게 한다는 것. 그녀의 말이 진담인지 농담인지 판단하고 싶을 때 제일 확실한 방법은 말 그대로 실행에 옮겨보는 것이다. 예를 들어 "여행이나 갔음 좋겠다"라고 말한다면 "이번 주말에 갈래? 내가 표 예매할게"라는 식으로 적극적으로 나서보라. "됐다"며 일축해버리면 그대 들으라고 한 말이 아닐 테니 꿈 깨시고, 좋아라 입이 귀에 걸릴 정도로 수선을 피운다면 그녀도 내심 그대와 떠나고 싶었다는 신호로 받아들이면 될 것이다.

이제 언제 그녀를 공략해야 할지 감이 오시는가? 헛다리 짚지만 않아도 작업의 반은 성공한 셈이다. 글쎄, 톡 건드리면 자빠지게 돼 있다니까. 상대만 잘 고르면 말야.

098

싫은 여자 떼어내는 방법

남자에 대한 오해와 편견 중 하나가 바로 남자들은 열 여자 마다하지 않는다는 근거 없는 말이다. 정확히 말해 남자들은 여자를 거절하는 데 익숙지 않을 뿐이다. 남자도 맘에 안 드는 여자가 덤비면 솔직히 무섭다. 요즘은 또 어찌나 여자들이 적극적인지 농담 삼아 말했다가 돈 쓰고 몸 버리는 경우가 있으니 조심해야 한다. 남자라는 이유로 모진 말도 못하고 스토킹에 시달렸던 분들. 자, 이제 헌터와 상담하라. 골치 아픈 여자 떼어내는 방법이 여기 있다.

직접적인 표현이 기본

남자들은 본능적으로 여자 울리는 것에 상당히 민감한 편이다. 괜히 애꿎은 방법으로 이것저것 하다 보면 인간성 나쁘다고 소문나기 딱 좋다. 바람둥이 작전, 냉혈인간 작전 등 어설프게 연기하다간 오히려 여자들이 더 좋아할 수도 있다. 가장 쉬우면서도 기본적인 방법은 바로 노골적인 표현을 하는 것이다. 이 단계에서 웬만한 여자들은 한풀 꺾이게 돼 있다. 예의 갖춘답시고 우회적으로 말하는 것은 절대 금물이다. '저기, 네가 싫어서가 아니라…' '나보다 더 좋은 남자 만나'라고 돌려 말하는 것은 상처만 주고 문제해결은 못하는 꼴이 되니 주의하라.

홀딱 깨는구마이~

무조건 연락 끊고 잠수 탄다고 쉽게 물러날 여자가 아니라면 각오 단단히 하시라. 일단 만나자고 할 때 기다렸다는 듯이 순순히 만나줘라. 괜히 비싼 척 튕기면 몸값만 올라가고 결국 그대를 더 귀찮게 만들 게 분명하다. 만나긴 만나되, 확실하게 환상을 없애줘야 한다. 일단 그대의 매력이 뭔가 잘 분석해보자. 외모? 능력? 매너? 아니면 유머감각? 뭐든 그녀가 가장 좋아하는 그 부분이 큰 착각이었음을 보여줘라. 한마디로 홀딱 깨게 해주라는 것. 만약 그대가 돈 많은 남자라면 그녀에게 빈대붙어 한 달만 지내보라. 상당한 액수의 돈을 꿔달라고 해보는 것도 효과 좋다. 능력 없고 돈 관계 희미한 남자에게 기대할 게 뭐 있으랴.

고단수 놀아줘 작전

이건 위험부담이 따르긴 하지만 가장 확실하게 떼어내는 방법이라 추천한다. 팽팽하게 맞서 여자의 정복욕을 자극하지 말고 너무도 쉽게 무너져버리라는 거다. 그대가 별것 아닌 상대였음을 파악하는 순간 스토커들은 허무감에 빠지게 된다. 그 틈을 타서 아예 더 적극적으로 성큼 다가가버려라. 이제부터는 상황 역전. 그대가 먼저 집요하게 놀아달라고 해야 한다. 하룻밤 자는 건 기본이고 아예 결혼하자고 덤벼봐라. 틈틈이 전화해서 스케줄 체크하고 매일 만나자고 조르는 것. 물론 앞서 말한 신비감을 없애고 작업에 들어가면 더 효과적이다. 단 쫓아다니는 여자가 결혼적령기를 훨씬 넘어버렸거나 외모가 정말 아닐 경우라면 이 작전도 쉽진 않을 것이다. 웬 떡이냐 달려들어 일을 치르고 나면 정말로 인생 꼬이게 된다.

결론적으로 말해 싫은 여자를 떼어내고 싶으면 그렇게 도망가지만 말고 오히려 확 돌아서서 상대를 지겹게 쫓아다니라는 거다. 그토록 원했던 것을 너무도 손쉽게 얻은 그녀는 실망감과 권태로움에 곧 빠지게 될 것이고 새로운 이상형을 찾아 곧 그대를 놔줄 테니 말이다.

099

발렌타인 고백

밸런타인데이 분위기를 틈타 고백하겠노라고 용기를 내는 짝사랑 전문 청춘남녀에게 고한다. "제발 감정 따위에 치우쳐 거사를 그르치지 말라"고 말이다. 그리 짧지 않은 내 평생 밸런타인데이 초콜릿 때문에 사랑이 이루어진 커플을 본 기억이 없다. 오히려 잘못 건넨 초콜릿 덕에 그나마 좋았던 인간관계마저 서먹해졌다는 사람들의 술주정을 더 많이 들어줬던 거 같다. 아니라고? 그녀도 내가 싫지 않은 눈치라고? 여자들의 애매모호한 행동 때문에 그런 착각에 빠지셨나 보군. 자, 마침 고백하기 전 이 책을 펼친 남자분들! 오늘 잘 읽으신 거다. 섣불리 고백해서 이미지 구기는 누를 범하지 말기를.

채팅과 문자메시지가 대수냐

채팅에 문자메시지만 가지고 덤비시겠다? 그녀의 채팅 리스트에 올라와 있는 수많은 남자들의 대화명을 봐야 정신을 차리시겠군. 야밤에 그녀와 게임이나 채팅 좀 즐겼다고 특별한 사이가 아닐까 생각한다면 그대는 아직 사랑의 초보. 못 믿으신다면 이참에 고백 한번 해봐라. 그 동안 주고받았던 다정한 문자메시지가 무색할 정도로 싸늘해진 그녀를 발견하곤 놀랄 것이다. 장담하건대 그녀는 채팅과 문자메시지를 즐기는 발랄하고 성격 좋은 여자일 뿐이다. 사이버 세상에서는 대부분 감정이 과장되기 쉽다는 걸 기억하자. '나 안 보고 싶었어?' '같이 영화 볼까?' 등 애인끼리나 주고받을 만한 대화를 나눴다고? 그 다음날 수습을 못하니까 문제지 이 사람아.

친한 오빠 동생 사이였잖아

많은 남성분들이 이 단계에서 좌절을 한다. 자신을 잘 따르는 여자 후배를 이성으로 느끼면서 말이다. 그녀의 헷갈리는 애교에 넘어간 거다. '업빠'를 연신 외치며 졸졸 따라다니는 그녀. 가끔 술 먹으면 어깨에 살짝 기대기도 하고 추운 겨울날 손도 잡아주었던 사랑스러운 그녀. 공식화되진 않았지만 나름대로 뜨거운 관계였다고? 헤헤 농담도 잘하십니다. 여자들은 친한 오빠와 얼마든지 손도 잡고 술도 자주 마신다는 걸 모르나? 아마 그녀가 전화도 자주 했을걸? 보아하니 그녀는 애인과 헤어진 지 얼마 안 됐다. 애인의 빈자리를 채우기 위해 그대를 만나고 있는 거다. 아! 그렇다고 그녀가 당신을 이용한다거나 꼬실 생각으로 그러는 건 아니니 흥분하지 마시라. 그저 따뜻하게 대해주는 마음 넓은 오빠가 필요했던 거니까. 새로운 애인이 나타나면? 연락 뚝 끊고 나몰라라할 스타일이다.

그놈의 술이 웬수여

술만 마시면 과감해지는 그녀. 온몸을 던지는 그녀의 액션에 몸둘 바를 몰라 혼자 좋아했던 기억을 떠올려보라. '얘가 왜 이러지' 라면서, '에라 모르겠다!' 며 사고쳤던(?) 분들이라면 확실하게 공감하실 거다. 그렇다. 그녀는 그 후로 연락조차 없다. 만리장성만 쌓은 후 홀연히 사라진 거다. 행여 학교나 회사에서 만난다 해도 어설픈 인사따윈 건네지 마라. 모르긴 해도 지금 그녀는 벽에 머리를 박고 싶은 심정일 것이다. 물론 그날 밤 이후 그녀가 먼저 연락을 해왔다면 그대가 맘에 들었다는 신호니 잽싸게 다가가라. 하지만 행방을 모른다? 그저 하룻밤 추억으로 깨끗이 잊어줘라.

자, 그래도 초콜릿과 장미를 건네실 텐가? 초콜릿은 여동생 주고, 장미는 어머니께 드려라. 오랜만에 효자 소리 들으실 거다.

100

대화의 기술

보통 남녀관계 싸움은 대부분 사소한 말 한마디에서 시작된다. 연애 경험이 있는 분들, 지금 끄덕끄덕하실 거다. 특히 남자분들, 여자들의 민감한 부분을 잘못 건드려서 본전도 못 찾고 기분만 상한 경험, 내 말 안 해도 짐작이 가는 바이다. 도대체 여자들은 어떤 말을 좋아하고 반대로 어떤 때 꼭지가 돌아버릴까? 부디 헌터가 말하는 대화의 기술을 잘 익혀 올해는 꼭 사랑받는 남자가 되길 바란다.

맞습니다, 맞고요

여자들은 종알종알 이야기하는 걸 좋아한다. 그게 그들이 친밀감을 나타내는 방식이기 때문이다. 특히 다른 사람과 트러블이 생겼을 때 그녀는 당신을 찾아와 온갖 하소연을 늘어놓을 것이다. 일단 그대의 입은 틀어막고 귀는 크게 열어라. 여자가 속상한 일을 남자에게 털어놓을 때는 무조건 '그래, 그래'라고 맞장구를 쳐야 한다는 거다. 물론 연애 초에는 남자들도 인내심을 갖고 잘 들어준다. 그러나 설렘보다 편안함이 앞서기 시작하는 연애 중반기에 접어들면 여자보다 말이 더 많아진다. 여자들은 잘잘못을 가려주는 재판관을 원하는 게 아니다. 여자가 갖고 있는 문제를 해결해주려고 애쓰지 말고 '어떤 상황에서도 나는 네 편이야'라고 거들어주는 편이 훨씬 낫다.

네 이웃의 여자를 칭찬하면 죽~어

인간관계에 있어 칭찬보다 좋은 윤활유는 없겠지만, 여자친구 외에 다른 여자를 칭찬하는 것은 온몸에 휘발유를 뿌리고 불로 뛰어드는 것과 다름이 없으니 제발 조심해주길 바란다. 설령 그대의 말이, 있는 그대로의 사실을 말했을 뿐이더라도, 때에 따라 여자 가슴에 비수가 되어 꽂힐 수가 있으니 말이다. '예쁘다' 혹은 '매력 있다'라는 말은 고사하고 분위기 있거나 지적(知的)으로 보인다는 평범한 말도 최대한 자제하라. 특히 그녀 주변의 친한 여자들에 대해서 말할 때 외모만큼 칭찬하지 않는 것이 현명하다. 그건 마치 그대의 애인이 당신의 잘나가는 친구를 가리켜 '어머, 자기 친구 정말 능력 있는 거 같아'라고 말하는 것과 똑같다. 그때 당신이 느끼는 그 초라한 느낌을 떠올려보라. 쉽게 말해서 '자기가 최고야'라는 말을 듣고 싶다면

'네가 세상에서 제일 예뻐' 라고 말하면 된다. 간단하지 않은가?

우리 엄마한테 좀 잘해줘

남녀관계에 이 말처럼 즉각적으로 여자들의 화를 불러일으키는 말은 없다. 아무리 다정스럽게 말해도 여자들의 귀에는 곱게 들리지 않는다는 걸 기억하라. 이런 말을 듣는 대부분 여자들은 '아니, 이보다 더 어떻게 잘해' 라고 생각한다. 아, 정말 남자들이 이 말만 하지 않는다면 이 세상 많은 여자들이 시어머니(혹은 되실 분)에게 더 잘할 수 있을 텐데…. 이제 막 공부하려고 책상에 앉았을 때 엄마가 "제발 공부 좀 해라!"라는 말을 들을 때의 그 억울함, 그것과 매우 비슷하다. 그러니 정 그 말이 하고 싶다면 반대로 말해보라. "우리 엄마한테 잘해줘서 고맙다, 난 여자 정말 잘 고른 것 같아"라고 말이다. 모르긴 해도 지금까지 해왔던 것보다 몇 배는 더 힘을 내어 그대 어머니께 충성을 다할 테니 두고 보라.

너나 잘해

가만히 보면 의외로 잔소리 많은 남자들이 많다. 여자들이 수다스럽다고 하지만 남자들의 수다, 그건 상상을 초월한다. 여자들은 돈 없는 남자는 용서해도 잔소리 많은 남자는 절대 못 견뎌한다. 옷 입는 것, 화장하는 것, 친구 만나는 것까지 어쩌면 그리도 관심이 지나

친지. 심지어 남자 잔소리가 지겨워 이별을 생각하는 여자도 상당수다. 숨막혀 사느니 차라리 솔로의 길을 자처하겠다는 여성들이 많다는 사실을 명심하라.

아무리 그래도 할말은 하셔야겠다? 아직 이별의 쓴맛을 못 보셨구만.

101

포르노 보는 여자

포르노는 남자만 본다? 무슨 소리, 여자들도 얼마나 자주 보는데.
너무 밝히는 거 아니냐고? 요즘 포르노 안 보고 살 수 있는 세상이
아니지 않은가.

노루표를 아세요?

뭔 소린고 하니 성인광고 메일이 하도 많이 쏟아져서 볼 거 안볼
거 다 보게 됐다는 거다. 어찌나 적나라하던지 필자도 공부(?) 많이
한다. 참, 남자들은 포르노 테이프를 '노루표' 라고 부른다지 아마?
거꾸로 발음하면 포르노와 비슷해서 그렇다나. 실은 얼마 전 아파트
단지 내 쓰레기 수거하는 곳에서 노루표로 판단되는 물건을 하나 건
졌다. 아시다시피 제목은 그럴싸하다. 이름하여 〈제국의 비밀〉. 오,

정말 기대되는걸?

야한 비디오까지는 좋지만

봐서 알겠지만 대부분 포르노 테이프를 보면 줄거리는 무척 심플하다. 또 주인공들은 늘 말보다 행동(?)이 앞선다. 스토리보다는 비주얼에 주력해야 하는 장르므로 구성이 엉성할 수밖에. 사실 개인적으로 포르노 테이프를 즐겨 보는 편은 아니다. 주변의 대부분 여자들도 비슷한 반응을 보인다. 징그럽다, 불쾌하다, 재미없다 등이 공통적인 반응. 솔직히 여자들은 포르노 테이프보다는 야한 에로 비디오를 더 선호한다. 비정상적인 장면이나 과장된 성기를 구경하는 것보다는 매력적인 섹시남이 펼치는 에로틱한 정사 장면이 훨씬 짜릿하다는 거다.

포르노 마니아

물론 몇몇 여자 후배들 중에는 포르노 마니아도 꽤 있다. 이상한 여자들 아니냐고? 웬걸, 다들 반듯하게 잘 자란 '바른생활 걸' 들이다. 이렇게까지 설명을 붙이는 이유는 아직도 많은 남성들이 여자들의 밝힘증에 상당히 예민하기 때문이다. 성에 대해 조금만 개방적이면 '헤헤, 저 여자 좀 놀아봤구만' 이라고 내심 생각한다는 거다.

315

색녀라…굽쇼?

최근 가장 인상 깊었던 내용은 애인이 너무 그것을 밝혀서 걱정이라는 남자의 푸념이다. 처음엔 적극적인 여자친구가 섹시해 보이더니 갈수록 찝찝한 기분이 든다나? 그녀의 과거까지 의심스럽다고 한다. 한마디로 성을 밝히는 그녀가 솔직히 부담스럽다는 것. 그뿐이 아니다. 아직도 처녀막 신화에 사로잡힌 남성들이 그것에 집착하고 있다. 처녀막이 없으니 내 여자는 처녀가 아니라는 것이고, 즉 다른 남자와 뒹굴었던 경험은 용서할 수 없다는 거다. 아무리 좋아도 그게 일단 없으면 무효라나 뭐라나. 아니, 좋다고 달려들 땐 언제고. 죽도록 사랑한다며~?

진짜로 원하는 게 뭐야

겪어봐서 아시겠지만 아직도 대부분 남자들은 애인이나 아내의 섹스 스타일에 대해서는 꽤 보수적이다. 밖의 여자라면 몰라도 내 품의 여자는 조신했으면 하는 바람을 가지고 있다. 그런데 헷갈리는 것은 또 너무 얌전해도 침대에서 감점 처리된다는 거다. 좀 자제하고 가만히 있으면 '원, 나무토막도 너보단 낫겠다'며 시큰둥해하고, 반대로 적극적으로 덤비면 경험 많은 색녀 취급한다. 그래서인지 여자들도 애인 눈치를 슬슬 본다. 남자가 자신의 과거를 알면 어떡하나 전전긍긍하기도 하고 심지어 불쌍한 소심녀들은 처녀막 재생수술을 받기도 한다. 왜? 몇몇 남자들에겐 사랑보다 더 중요한 게 그놈의 처녀막이니까. 그러니 여자들은 알아도 모른 척 좋아도 싫은 척 내숭떨 수밖에 없다. 그러니까 밤에는 섹시한 요부가 되었다가 평소에는 아무것도 모르는 순진녀가 되어야 하며, 그러면서도 또 어떻게든 처녀막은 만들어서 갖고 있어야 한다는 얘기?

쯧쯧, 이 사람아, 그대 거나 잘 간수하시게. 아무때나 꺼내지 말고!

102

섹스의 노하우

연애를 막 시작한 커플이 처음으로 싸우는 이유 중 하나가 바로 섹스에 대한 의견 차이 때문이다. '딱 한 번만 하자'는 남자와 '다음에 하자'라는 여자 사이의 실갱이가 말이다. 사랑하는 애인과의 성공적인 섹스를 꿈꾼다면 이 정도쯤은 알고 덤비는 게 좋을걸?

하긴 하는데

사실 여자들이 섹스 자체를 혐오하는 것은 아니다. 남자보다 섹스에 의미를 많이 두기 때문에 쉽게 결정하기 힘들 뿐이다. 아니 뭐, 남자들이 섹스를 가볍게 한다는 얘기는 아니니까 흥분하지 마시라. 단지 여자들은 섹스를 원할 때와 피하고 싶을 때가 따로 정해져 있으니 적절한 타이밍을 잘 맞춰 계획에 차질 없으시라 이거다.

우물 가서 숭늉 찾아서야

만난 지 얼마나 됐다고 벌써부터 졸라대는 남자, 솔직히 믿음이 안 간다. 사귄 시간이 뭐 대수냐 하겠지만 여자 눈엔 신중하지 못한 남자로 보일 수 있으니 조심해야 한다. 남자들은 일단 키스 단계를 통과하면 바로 여관으로 향하고 싶어한다. 급한 마음 충분히 이해하지만 서둘러서 될 일이 따로 있지. 연애경험이 없는 여자들은 '이 남자가 오직 섹스만을 위해 나를 만나는 게 아닐까' 라는 오해를 하기도 하니 인내심을 기르자. 아, 때가 되면 어련히 알아서 잘할까.

절제의 미(美)라고나 할까

일단 마음의 결정을 하고 나면 여자들이 섹스에 대해 어느 정도 너그러워지는 것은 사실이다. 하지만 아직 연애 초기라면 아무데서나 영화 속 한 장면을 연출하지는 말자. 보통 차 있는 남자들은 카섹스를 즐겨 하는데, 물론 잘되면 스릴 만점이지만 들키면 집안망신이니 판단 잘하시라. 특히 비디오방이나 노래방 같은 공공장소에서는 키스 정도로 가볍게 끝내는 게 좋다. 오히려 절제된 그대의 매너 넘치는 태도에 매력을 더 느끼게 될 테니까. 불룩 솟아오른 민망한 그곳은 어쩌냐고? 허벅지를 꼬집어서라도 죽여야지.

배란기엔 가능성 커져

개인차가 있겠지만 보통의 여자들은 생리 전 배란기가 되면 성욕이 갑자기 일곤 한다. 하지만 여자들의 성욕이 꼭 섹스를 원하는 것이라고 생각하면 큰 착각이다. 안타깝게도(?) 여자들은 키스나 애무, 페팅 등만으로도 성욕을 해소할 수 있으니 말이다. 그대들의 목적과 일치하지 않는다고 너무 실망하지 마시라. 분위기만 잘 타면 기대하지 않았던 횡재를 할 수도 있는 일 아니겠는가.

정말 모른다

그는 뭘 모르는가? 넘치는 애정을 주체할 수 없어 생리 중에도 관계를 요구하는 남자들, 정말 뭘 몰라도 한참 모른다. 우선 그날은 여자들의 컨디션이 정상이 아니다. 빈혈, 복통은 물론 감정상 극도로 예민한 상태가 된다는 것을 익히 보아 잘 알지 않는가.

물론 통계에 의하면 생리 기간에 성욕이 솟구치는 여성들도 많다고 하는데, 가급적 생리 중 섹스는 피해주시라. 남녀 모두 위생상으로도 좋을 것 없으니 말이다. 코피 쏟아지는데 코 후비면 이상하잖아.

조금씩 자주 해줘

사랑 없이도 섹스가 가능한 남자들에 비해 여자들의 섹스관은 조금 다르다. 아직 서로 간의 신뢰가 쌓이지 않은 상태라면 그녀와의 섹스를 조금 미뤄두는 편이 낫다. 여자에게 믿음을 심어주는 가장 좋은 방법은 최대한 애정표현을 많이 하는 것이다. 단, 한 번에 쏟아 붓는 것보다, 조금씩이라도 자주 보여주고 들려주는 것이 요령이다. 전화통화만 해도 그렇다. 시시각각 전화로 수다 떨기 좋아하는 그녀의 속내는 바로 매순간 사랑을 확인하고 싶다는 것.

103

오! 섹스트러블

'잠자리를 거부하면 나를 싫어하지 않을까요?' 혹은 '그녀의 과거가 의심스러워요' 등등 누구나 한 번쯤 경험하는 섹스트러블, 과연어떻게 해결할까.

'아니오' 라고 말하는 여자

연애 초 남녀의 고민은 바로 잠자리 문제다. 졸라대는 남자와 거부하는 여자. 심지어 남친 등살에 귀찮아서(?) 자고 말았다는 여인도있다. 어떤 순진녀들은 거절하면 남친이 자신을 싫어하지나 않을까걱정하기도 한다. 그러나 걱정 마시라. 고지를 탈환하지 않고 돌아서는 병사는 없을 테니. 적어도 그날까지는 그의 애정과 관심은 계속된다. 마음의 준비가 안 됐을 땐 '아니오' 라고 말하자.

혹시… 변태?

야릇한 성적 판타지를 꿈꾸는 남성들에게 늘 같은 방식의 섹스는 밋밋하다. 포르노처럼은 아니더라도 가끔 도발적인 섹스를 하고픈 그들. 아이스크림을 그곳(?)에 바르질 않나, 뒤로, 옆으로, 고난도 체위도 마다 않는다. 이런 남자들의 돌발행동이 첨엔 당황스러울 수 있다. 하지만 그는 실험정신이 앞설 뿐이지 변태는 아니다. 안심하고 즐겁게 사랑하자.

선수면 안 돼? 돼!

섹스할 때 혹시나 선수로 오해 사면 어쩌나 염려하는 사람들이 많다. 자신의 현란한 테크닉에 애인이 과거를 의심한다고 말이다. 특히 감정을 숨겨가며 일부러 소극적인 모습을 보이는 여자들을 보면 정말 안타깝다. 이게 다 남성들의 이중잣대 때문. 사랑에 있어 중요한 것은 솔직한 자신을 보여주는 것이다. 아 잘하면 좋지, 왜 시비야!

불감증이 아닐까

오래된 연인들은 이제 이성이 만져도 아무런 감흥이 없다고 하소연한다. 그들의 문제는 불감증과 권태. 만날 똑같은 만남, 형식적인 섹스에 도무지 자극이 있을 리 없다. 잡힐듯 말듯, 할듯 말듯한 적당한 긴장감이야말로 스릴 있는 섹스를 위한 촉진제가 된다. 때론 섹스

없는 만남을 가져보고, 키스와 애무만으로 끝내기도 하라. 짜여진 순서대로 움직이는 것처럼 지루한 건 없다.

뻔한 스토리에 극적 반전마저 없는 영화, 당신이라면 보겠는가?

104 파티에서 눈에 띄는 남자 되기

파티와 모임이 많은 요즘, 솔로들에겐 절호의 찬스가 될 수 있다.
그 동안 흐트러진 몸과 마음을 가다듬고 연애의 바다에 헤엄쳐보자.

너무 잘생겨도 마이너스

외모가 다냐, 어쩌냐 해도 첫만남에서 외모만큼 중요한 건 없다.
정확히 말하면 겉으로 보이는 이미지를 말한다. 너무 잘생겨도 오히
려 작업에 방해가 된다. 그저 말끔한 차림에 웃는 인상이면 OK. 구
석에서 혼자 술잔만 기울이는 행동도 삼가라. 그런 고독한 남자가 매
력적으로 비치던 시대는 지났다.

325

타이 없는 수트 차림

옷 잘 입는 남자가 여자들의 레이더에 걸리기는 정말 쉽다. 하지만 나름대로 멋을 냈다간 양아치 소리 듣기 십상. 패션감각이 없는 남자라면 단정한 양복을 입는 게 제일 안전하다. 어설프게 타이를 매면 촌스러워 보일 수도 있다. 노 타이에 고급스러운 화이트 셔츠가 좋다. 옷 입는 데 자신이 있는 편이라면 단정한 블랙 니트에 정장용 팬츠, 같은 색깔 구두로 매치해보자.

능력 있는 남자로 보이기

결혼정보회사 S노블에 의하면 여자들이 남자를 볼 때 가장 중시하는 항목이 바로 '능력'이라고 한다. 처음 보는 자리에서 남자의 능력을 눈치 채는 방법은 한 가지. 대화를 통해서다. 은근 슬쩍 자기자랑과 허풍을 늘어놓을 것이라면 아예 2차 작업은 꿈도 꾸지 마라. 연예계 뒷얘기나 주식, 여자에 관한 영웅담도 위험하다. 대신 여행이나 취미, 자기 업무 등에 관해 진솔하게 이야기한다면 여자들의 귀가 분명 솔깃해질 것이다.

숨어서 지켜보는 눈 조심

매너 좋은 남자는 어디서든 일단 눈에 띈다. 물론 느끼하지 않을 정도여야 할 것. 파티장에 들어선 여자들이 그날의 물(?)을 파악하는

데는 그리 오랜 시간이 걸리지 않는다. 당신과 대화를 하면서도 모든 감각기관을 동원해 다른 남자들을 스캔하고 있다면 믿겠는가? 물론 멀리 당신을 지켜보고 있는 눈도 많다. 그러니 긴장을 풀지 말고 친절과 관용을 베풀자. 단! 먹이를 노리는 듯한 노골적인 태도는 금물. 순수한 눈빛과 해맑은 미소만이 다음 만남을 기약할 수 있다.

이번주에 혹시 파티가 있으신가? 앞서 말한 주의사항만 챙긴다면 당신이 퀸카를 차지할 수도 있다. 잘되면? 한턱 쏴!

섹스보다 좋은 것

남녀관계를 급진전시키는 데 섹스만큼 빠른 것도 없다. 소개로 만나 서먹하던 관계가 키스 한 방에 '자기야~'로 돌변하는 커플을 얼마나 많이 보아왔던가. 확실히 섹스 후 깊은 친밀감을 느끼게 되는 건 사실이다. 하지만 오래된 청춘남녀의 사랑에는 섹스가 다가 아니다. 오래된 연인을 위한 몇 가지 러브 지침.

섹스가 질릴 때

연애 초반의 그 달아오름이 식으면 누구에게나 권태기가 오기 마련이다. 애정이 특별히 식은 것도 아닌데 그 사람과의 섹스가 시들해진다. 그래서 오래된 연인 가운데는 섹스파트너를 따로 두고 몰래 데이트를 즐기는 사람도 많다. 새로운 상대가 주는 묘한 짜릿함과 긴장감이 삶의 활력을 주기 때문이다.

욕조에서 대화를

하지만 언제까지 상대를 갈아치우며 만날 수도 없는 일. 섹스가 귀찮다면 같이 한 욕조에 들어가보라. 물속에 들어가면 침대 위 섹스 때와는 다른 순수한 친밀감이 생기게 된다. 장희빈과 숙종도 같이 목욕을 했고, 영화 〈베터 댄 섹스〉와 〈죽어도 좋아〉에도 유명한 욕조신이 나온다. 거리낌 없이 오픈된 자세(?)로 대화를 나누는 것. 단조로운 사랑을 다이나믹하게 하는 방법이다.

섹스 강박증 탈피

가끔 딴 사람과의 불꽃 같은 로맨스가 그리워지기도 할 것이다. 하루에 몇 번씩 생각나던 그 사람과의 섹스도 세월 앞에선 장사 없다. 살다 보면 섹스보다 드라마나 스포츠가 더 짜릿할 때도 있다 이거다. 그럴 땐 오히려 섹스보다 다른 취미를 함께 즐겨라. 친구처럼 밤늦도록 수다도 떨어보고, 가끔 각자의 생활을 즐겨보라. 조금 떨어져서 상대를 보다 보면 새로운 매력이 보이게 된다.

말이 잘 통해

그렇게 오래 사귀고도 서로 죽지 못하는 커플을 보면 다 이유가 있다. 가만히 보면 그들은 손발이 척척 맞는다는 것. 별로 웃기지도 않는 이야긴데 숨넘어갈 듯 호들갑을 떤다. 말 잘 통하는 애인이 되려면 상대의 얘기를 잘 들어주면 된다. 반대로 대부분 위기에 처한 오래된 연인들은 서로 자기 얘기 하기 바쁘다. 맞장구? 면박이나 안 주면 고맙다.

아직 섹스보다 좋은 게 없다고? 이제 막 사랑에 빠지셨군.

106

유부남이 왜 좋을까

유부남(녀)을 사귀는 게 무슨 유행처럼 번지더니 이제 내 주변에서도 쉽게 볼 수 있는 연애 풍속도가 된 거 같다. 여성 사이트 연애상담 게시판에 올라온 많은 고민 중 하나가 바로 유부남을 사귄다는 것. 둘은 죽도록 사랑하는데 주변이 문제라나 뭐라나…. 도대체 유부남이 어디가 좋은 걸까.

멋지기도 하여라

동네 슈퍼 주인처럼 평범한 아저씨는 물론 예외다. 위험부담을 안고서라도 사랑에 빠질 만큼 특별한 매력이 있는 남자라야 한다. 우선 스타일이 깔끔해야 하고, 어느 정도 경제적인 안정감도 있어야 한다. 게다가 젠틀한 매너까지 갖추어야 얘기가 된다. 아니 이런 남자가 관

331

심을 보이는데 거부할 여자 누구랴. 둘 다 처음 몇 번은 그냥 한번 만나보자는 심산이었을 것이다. 하지만 어느 새 팔짱을 끼고 걷는 자연스러운 그녀를 보라.

아, 푸근하여라

유부남에게 끌리게 되는 결정적 포인트는 바로 뭐든 다 감싸줄 것 같은 푸근함이다. 내 또래에게서 볼 수 없는 배려와 여유로움이 그들 마음의 빗장을 스르르 열게 하는 것. 화를 내도 받아주고, 토라지면 감싸주니 응석부리기도 그만이다. 하지만 그가 부인에게도 그렇게 너그러운 남자인지는 두고 볼 일이다. 다른 여자에게만 친절한 것은 아닌지.

다 받아주기까지

미인이라는 말보다 귀엽다는 말을 더 좋아하는 여자들. 특별히 애교를 부리지 않아도 행동 하나 하나가 귀여워 죽겠다고 하니 그야말로 기분 짱이다. 티격태격 싸우게 되는 또래 남자에게 눈이 갈 리가 없다. 하지만 사랑은 기브 앤 테이크. 세상에 공짜란 없다. 그가 원하는 그 무엇인가(?)를 채워주지 못한다면 그의 시선이 당신 친구에게 갈지도 모를 일이다.

이 한 몸 바치리라

유부남에게 빠진 여자들은 자신도 모르게 상당히 맹목적이 된다. 사랑을 위해서라면 무엇이든 감행할 준비가 되어 있다는 자세다. 한 마디로 오버하기 시작한다는 것. 그에게 나와 가정 둘 중 하나를 택하라고 다그치기 시작하면서 그들의 불꽃 같은 사랑도 내리막길로 향하게 된다. 자식과 가정을 그리 쉽게 포기할 남자는 없으니까 말이다.

나이도 국경도 다 좋지만 임자 있는 사람은 제발 피해주시라. 아, 내것 빼앗기기 싫으면 남의 것도 건드리지 말아야지.

107

여자가 결혼을 망설이게 될 때

연애할 때 죽고 못살 것 같던 여자가 결혼은 정작 다른 사람과 하는 경우를 종종 보곤 한다. 소위 '연애 따로 결혼 따로' 라는 식이다. 따지고 보면 그건 여자만의 탓은 아니다. 좋아서 사귀고 결혼까지 심각하게 고려했지만 자격미달인 걸 어쩌라고. 남자의 이런 면을 볼 때 여자들은 결혼을 망설이게 된다.

줏대 없고 우유부단한 그

평소 일 잘하고 똑똑하던 사람이 결정적인 순간에 우유부단한 모습을 보이는 경우가 많다. 연애 때야 착하고 정 많은 남자로 보일 수도 있지만 결혼상대자로 볼 때는 줏대 없는 남자로 찍히기 십상이다. 특히 부모 앞에서 결혼할 여자를 감싸고 보호해주지 못하는 남자는 아무리 능력 있고 멋지다 해도 탈락 1순위라는 사실.

일관적인 모습을 보여줘

남자들은 보통 연애 초반에 신나게 열을 올리다가 내 사람이다 싶으면 소홀하게 대한다. '이만큼 잘해줬으니 이제 됐겠지' 하는 생각을 하는 남자들. 기껏 공들이다가 중요한 순간에 다른 사람에게 여자 뺏기기 딱 좋은 스타일이다. 적어도 결혼하는 그 순간까지는 인내를 가지고 시종일관 잘해줘야 한다.

긴장을 풀지 마라

연애 1년쯤 지나면 한 10년은 같이 산 부부처럼 행동하는 남자들이 많다. 향수는 고사하고 스킨 냄새도 안 나는 그. 안 믿겠지만 여자들은 사소한 것 때문에도 이별할 수 있다. 무릎 나온 바지나 입냄새 등 별것 아닌 모습에도 정나미가 뚝 떨어진다 이 말씀. 다시 강조하지만 여자들은 보이는 것에 상당히 민감하다. 내 남자가 동네 아저씨로 보이는 순간, 결혼은 물론 연애도 하기 싫어진다.

게으르고 한심해 보일 때

휴일이면 종일 집에서 뒹굴거리는 남자들. 나오라면 귀찮아하고 만화책에 비디오가 유일한 취미인 그. 소박하고 털털한 모습이 어느 순간 한심하고 게으르게 보이기 시작한다. 연인 사이에 존경심이 사라졌을 때 문제는 심각해진다. 사랑하는 마음에는 상대를 존경하는 마음도 포함되어 있는데 그게 무너지면 관계는 정말 회복하기 힘들어진다.

결혼? 싸우지나 않으면 다행이게!

108

솔로들을 위한 연애학 개론

여자들끼리 모여 남자 이야기를 하다 보면 공통적인 점이 많다. 좋아하고 싫어하는 남자 스타일이 비슷하다는 것. 솔로 남성분들 귀가 확 뜨이지 않으시는가? 여자들이 끌리는 남자 스타일 ABC.

아는 것도 많지~

잘 알겠지만 이 시대 매력남의 첫번째 덕목이다. 취향에 따라 돈이나 외모보다 훨씬 앞설 때도 많다. 중요한 것은 지적(知的) 유머감각이 동반되어야 한다는 것이다. 단순히 말 잘하고 웃기는 재주가 있는 사람은 연인으로 이어질 확률이 드물다. 미팅에서 가장 주목받던 코믹한 남자가 정작 짝짓기 순간에는 외로이 술잔만 들이키는 상황은 그리 낯설지 않은 풍경이다. 품위를 잃지 않으면서 끊임없이 대화를 주도해나가는 남자, 외모나 실력이 조금 딸려도 여자들이 줄을 선다.

평범한 옷에 고급스러운 소품

여자들은 누구에게 '보이는' 것에 상당히 민감한 편이라는 사실을 유념하라. 확실히 남자보다 여자들이 외모를 더 따진다. 키나 덩치도 솔직히 나중 문제다. 스타일이 사는 비결은 평범하고 베이직한 옷을 단정하게 입으면 된다. 안타까운 점은 이 기본적인 항목도 못 받쳐주는 남자들이 부지기수라는 것. 단 시계나, 구두, 가방 등 소품은 조금 고급스러운 것을 선택해야 한다. 여자들의 눈은 당신의 손목과 바지 아래(?)를 순식간에 훑고 지나간다는 사실.

충성! = 귀여움

여자들이 첫만남에서 가장 점수를 주는 것이 바로 호감을 주는 귀여운 인상이다. 아 물론 귀여운 행동을 하라는 뜻은 절대 아니니 오해 마시라. 정말 귀여운 행동은 오히려 역효과다. 여자들 세계에서 남자가 귀여워 보일 때는 여자에게 잘해주려고 애쓰는 모습을 볼 때. 차가워 보이는 인상의 남자가 사소한 것에 다 기억을 하고 신경을 써 준다던가 무뚝뚝한 남자가 자상하게 챙기는 깜찍한 모습이라니. 몸과 마음을 다 바쳐 충성하는 것이 고로 귀여움이다.

섹시한 느낌

주변에 잘생긴 남자들이 솔로인 경우를 많이 봤을 것이다. 그들의 맹점은 바로 섹시함이 없다는 것. 수려한 외모에도 불구하고 끌리는 그 느낌이 없기 때문에 소개팅만 많고 정작 찐한 연애는 못한다. 여자들이 좋아하는 섹시함을 갖추려면 풋풋한 비누 향이나 후레시한 향수가 늘 나야 하고, 느끼하지 않은 범위에서 자연스러운 스킨십(차가운 손을 잠깐 잡아주거나, 볼을 살짝 꼬집는 행동 등)을 세련되게 구사해야 한다.

어렵다고? 이 사람아 그러니까 당신이 혼잔 거야!

109

여자를 감동시키는 러브 테크닉

영화 〈스위트 홈 알라바마〉를 보면 여자를 뿅가게 하는 명장면(?) 들이 많다. 방안을 가득 메운 꽃 세례도 가슴 설레지만 값비싼 티파니를 맘대로 고르라는 프러포즈는 정말 환상적이다. 같은 여자로서 침 흘리지 않을 수 없다. 내가 속물이라고? 무슨 소리! 여자를 감동시키는 러브 테크닉을 배워보시라.

오직 너 하나뿐

'내게 여자는 너 하나뿐이야.' 이 말보다 여자를 안심시키는 말은 없다. 진심일 수도 있고 아닐 수도 있겠지만 확실히 '사랑해'라는 말보다 몇 배 효과적이다. 보통 여자들이 결혼을 결심할 때 가장 심각하게 생각하는 것 중 하나가 바로 남자의 바람기다. 어쩔 땐 능력이

나 성격, 외모보다 이러한 충성도를 높이 쳐줄 때도 있다. 주의할 것은 어떤 궤도에 오를 때까지는 이 말을 반복해야 한다는 것. 왜? 여자는 늘 들어도 처음이라고 생각하니까.

아낌없이 주는 나무

너무한다 싶을 정도로 아낌없이 베풀어야 한다. 그것이 시간이든, 선물이든(선물이 더 좋겠지?), 마음 씀씀이든 말이다. 이 정도면 됐겠지…라는 생각이 들 때 더 분발하라. 여자 입장에서는 아직 간에 기별도 안 갔을 테니 말이다. 그래서 남자에게 필요한 건 순발력이 아니라 오래 버티는(?) 지구력이란 말도 있지 않던가. 특히 연애 초반부에 이러한 입지를 다져놓으면 진전이 빨라진다는 사실.

정말 대단한 여자야

평범한 여자를 섹시녀로 만드는 것은 바로 당신에게 달렸다는 사실. '넌 정말 대단한 여자야' 혹은 '네가 나를 미치게 해' 같은 다소 낯간지러운 이야기라도 서슴지 말고 해보라. 특히 몸매에 대한 구체적인 칭찬은 많이 할수록 좋다. 통통한 여성에게는 육감적인 몸매라고, 마른 여성에게는 모델 같다고 말이다. 적극적인 자세로 바뀌는 그녀의 뜨거운 변화를 체험해보시길.

배려하는 미덕

섹스를 하면 사람 성격 금방 알 수 있다. 평소 순한 양 같던 남자가 괴팍한 폭군이 되기도 하고, 내성적이던 남자가 저돌적인 카리스마를 보이기도 한다. 물론 힘과 기술도 중요하지만 여자를 감동시키는 결정적인 테크닉이란, 내 상태에 맞춰서 움직여주는 따뜻한 배려다. 불도 안 붙었는데 자기 볼일만 다 보고 돌아누워 자는 남자! 등짝을 한대 갈겨주고 싶다는 거, 아는가 모르는가.

110

바람 피우는 애인 때려잡기

한마디로 이 바람이라는 것은 고질병과도 같다. 고쳤다 싶으면 재발하고 잠잠하다 싶으면 또 도지니 말이다. 물론 순애보 사랑을 꽃피우는 분들이야 강 건너 불구경이겠지만 한 번이라도 애인의 바람을 체험(?)한 불쌍한 청춘이라면 솔깃할 얘기다.

갈수록 대범해져

바람 피우는 사람 백이면 백 다 물어봐라. 작정하고 바람나는 사람이 어디 있겠는가. '이러면 안 되는데…'로 시작한 외도, 돌이키자니 세월이 아깝다. 처음에 전화벨 소리만 울려도 벌렁벌렁하던 가슴이 이제 제법 둘러대는 레퍼토리도 다양해졌다. 찔리는 양심이야 순간이지만 짜릿한 스릴은 이 얼마나 흥분되는가.

343

싫증났다 이거지

그럼 바람은 왜 피울까? 옛 애인이 싫어져서? 다른 사람이 더 예쁘고 멋져 보여서? 타고난 바람둥이가 아닌 이상 그것만이 이유는 아닐 것이다. 닭살커플로 불리던 연인이 깨지는 경우도 심심찮고, 완벽해 보이는 남녀가 서로 등을 돌리기도 하니 말이다. 바람의 원인은 바로 싫증이다. 천하의 미남 미녀라도 연애 초기에는 눈에 들어오지 않는다. 하지만 알 거 다 알고 해볼 거(?) 다 해본 식상해진 상태가 되면 새로운 연인이 숏다리, 못난이라도 얼마든지 매력남 매력녀로 느껴지기도 한다 이 말씀.

바람의 징후

동료, 거래처 등 자주 보게 되는 사람을 주의하라. 칼퇴근하던 사람이 갑자기 일에 목숨을 건다든지, 안 가던 출장이 잦아졌다든지 뭔가 이런 냄새가 나면 이미 상황은 한참 진행중이라고 보면 된다. 밥 먹다 중요한 전화라며 밖으로 나가는 그, 부쩍 동창 모임이 잦아지고 외모에 신경 쓰는 그녀를 보라. 예전과 달리 활기가 느껴지지는 않는가? 안타깝게도 그 생기는 당신이 주는 게 아니라는 게 비극이다.

있을 때 잘해

바람이나 외도는 습관이다. 처음 한 번이 어렵지 그 다음부터는 카운트하는 것 자체가 무의미할 정도로 쉽게 빠져든다는 것이다. 하지만 새로운 애인이 주는 상큼함이 식으면 또 다시 권태는 반복된다. 남녀관계라는 게 원래 그렇지 않던가. 호기심을 못 참고 당신이 여기저기 기웃거리는 사이 그대 연인이 먼저 바람날 수도 있으니 뒤통수 조심하시라.

111

가장 섹시한 신체 부위는?

여자들은 남자의 어디를 유심히 살필까? 보통 첫만남에서 남자들은 가슴-얼굴-다리를 중심으로 본다고 하는데 과연 여자들은? 여성 포탈사이트의 리서치에 의하면 〈남성의 신체 중 가장 섹시한 부분은 어디?〉라는 질문에 약 40%가 탄탄한 가슴이라고 답했다. 지금 한번 아래(?)를 내려다보시라. 혹시 가슴보다 배가 더 나온 건 아니신지.

남자의 생명 탄탄한 가슴

남성의 신체 가운데 가장 섹시한 부분으로 꼽힌 가슴. 포옹할 때 탄탄한 가슴 대신 내 남자의 물렁물렁한 가슴이 느껴진다면 그야말로 대실망이다. 적당히 근육이 붙어 단단해 보이는 넓은 가슴을 보거나 만지게 되면 한번쯤 안겨봤으면 하는 기분을 느끼게 된다는데. 여기서 탄탄한 가슴이란 보디빌더들의 울퉁불퉁한 그것을 말하는 것이 아니다. 여자들은 오히려 이런 근육을 부담스러워한다. 까무잡잡한 피부에 살짝 마른 듯 근육진 몸매, 여기에 화이트 셔츠와 청바지를 입은 당신, 확고부동 섹시남 1위다.

착 올라붙은 엉덩이

영화 속 정사 장면에는 여자의 가슴만큼이나 자주 남자들의 엉덩이가 클로즈업된다. 그만큼 섹시한 남성의 심벌로 꼽힌다는 얘기. 보통 여자들 대부분은 처진 엉덩이로 고민한다. 그러니 착 올라붙은 남자들의 조그마한 엉덩이는 부러움의 대상일 수밖에. 아무리 멋진 남자라 해도 펑퍼짐한 큰 엉덩이를 보고 매력을 느낄 여자는 없다.

힘줄 솟은 굵은 팔뚝

굵은 허리라도 터프하게 휘감아줄 수 있을 거 같은 굵은 팔뚝은 또 하나의 섹시 포인트. 마른 듯한 남자였는데 재킷을 벗고 보니 튼튼한 팔뚝이 넘 멋지다 말이지. 특히 반팔 티셔츠를 입었을 때 셔츠에 딱 맞는 굵은 팔뚝은 묘한 흥분을 일으킨다. 여자보다 더 가는 남자의 팔뚝은 동정심만 살 뿐이란 걸 기억하라. 물론 포동포동 통통한 아기 다리 같은 팔도 절대 노우!

목소리와 체취

이 밖에 섹시한 부분(신체는 아니지만)으로 가장 많이 꼽힌 것이 바로 목소리다. 특히 전화 목소리가 중요한데 저음의 굵고 다정한 목소리에 여자들은 쉽게 매료된다. 실제로 만나는 것보다 전화통화로만 데이트하는 게 즐겁다는 여자들의 이야기는, 목소리만으로도 섹시함을 전달할 수 있다는 단적인 예일 것이다. 또 하나 바로 남성의 체취. 꼭 진한 향수가 아니더라도 비누와 스킨 로션 정도의 가벼운 향이 나는 남자는 상당히 매력적이다. 깔끔한 이미지는 섹시함을 떠나 여성들이 기본적으로 선호하는 항목 중 하나다.

섹스와 말, 말, 말

말 한마디에 천냥 빚을 갚는다 했던가. 남녀의 진솔한 사랑을 확인하는 자리, 침대 속에서도 해야 할 말과 참아야 할 말이 따로 있다. 말만 잘해도 멋진 남자, 섹시한 여자로 오래오래(?) 사랑받는 반면 썰렁한 말 한마디에 고지가 바로 저긴데 돌아 누어야 하는 경우도 있다. 침대 속 해서는 안 될 말, 말, 말.

좀 잘해봐~

연애 혹은 신혼 초에 여자들이 남자에게 저지르기 쉬운 실수 중 하나가 '잘해봐' 라는 말. 농담 삼아 무심코 뱉은 여자의 말에 남자들은 상처받는다. 누군들 못하고 싶냐고…. 잘하고 싶은 심정은 남정네들이 더하다. 섹스 테크닉이야말로 남자의 자존심을 올려주는 결정적인 능력이 아니던가(실제로 여자들은 그렇게 생각하지 않지만). 가뜩이나 잘 안 돼 나름대로 애쓰고 있는 남자에게 던져진 이 한마디가 바로 '고개 숙인 남자'를 만드는 지름길임을 명심하라.

이건 어디서 배웠어?

이건 속 좁은 남자들이 여자들에게 자주 하는 말이기도 하다. 배우긴 뭘 배워. 아니 밥 먹는 법, 잠자는 법 따로 배운 사람 있나. 보통 남다른 실력(^^)을 과시하는 여자들을 만나면 남자들은 궁금해한다. 이 여자가 경험이 많은 건 아닐까라는 상상부터 과거 그녀의 연애편력까지 말이다. 잘하면 좋지, 도대체 칭찬은 못해줄 망정 상대방을 의심하는 쫀쫀한 태도라니. 이런 말을 들은 여자(남자도 마찬가지겠지만)들은 뻣뻣하고 수동적인 여성으로 변하고 만다. 작정하고 헤어질 맘 먹은 것 아니라면 이런 말은 절대 해서는 안 된다.

누가 더 잘해?

자신감에 넘친 남자들이 이런 무례한 말을 아무 생각 없이 내뱉곤 한다. 여자로부터 '자기가 최고'라는 말을 듣고 싶은 것이리라. 아니, 누가 더 잘하든 그게 지금 뭐가 중요하단 말인가. 대부분 여자들은 헤어진 남자와의 기억을 오래 갖지 않는다(물론 새로운 상대가 생겼을 경우에 해당함). 현재 내 앞에 있는 남자에게 최선을 다하고 싶은 것이 여자의 마음. 따라서 과거의 남자가 어떠했는지 물어보는 것만큼 어리석은 질문은 없다. 괜히 잊고 있던 옛 애인을 추억하게 만드는 꼴이니까.

그때 왜 그랬어?

가장 로맨틱하고 섹시한 순간에 과거의 사건을 들추고 싶을까? 참을성 없는 사람들이 꼭 침대에서 요런 이야기로 분위기를 깬다. 섹스에 집중하지 못하고 있다는 증거다. 침대에서는 돈이나 다른 이성 이야기(특히 연예인 애기), 상대의 단점 등에 대해서 거론하지 않는 게 현명하다. 아무리 궁금한 이야기가 있더라도 섹스 후로 다 미루자. 꼭 공부 못하는 사람이 남들 놀 때 공부한다고 난리더라고.

113

선수에겐
뭔가 특별한 것이 있다

여자를 사로잡는 선수들에게는 뭔가 특별한 것이 있다. 그가 유독 멋진 외모의 소유자라거나 남다른 능력이 있는 것도 아닌데 주변에는 끊임없이 여자들이 꼬인다. 여자들이 홀딱 빠지는 매력적인 남자, 바로 이점이 다르다. 헌터의 믿거나 말거나 선수 감별법.

관심 VS 호기심

그 혹은 그녀가 특별히 자신의 이상형이 아니다 하더라도 일단 누군가의 관심의 대상이 되었다는 것은 꽤 흥미진진한 일이 아닐 수 없다. 선수들은 절대 노골적으로 집적대지 않는다. 약간의 관심을 보이는 것만으로 상대를 자극시키는 현명한 방법을 쓴다는 사실. 일단 여자의 시선을 잡게 되면 그는 순수한 면과 무서운 면을 자주 보여줄 것이다. 아기나 동물을 유난히 예뻐하는 따뜻한 남자처럼 보이다가도 일할 때는 매섭게 돌진하는 리더십을 보여 여성의 호기심을 유발시키는 것.

다정 VS 썰렁

약간의 관심으로 상대의 마음을 안심시킨 후에는 빠른 속도로 다정다감함을 과시한다. 식당에서 반찬을 슬며시 내 앞으로 챙겨준다거나 감기약을 챙겨주는 정도의 소프트한 배려만으로도 여자들은 그를 착한 남자로 믿게 된다. 특히 선수들일수록 '바른생활 맨'임을 가장하는데 여자들이 외모나 돈보다는 신뢰감이 드는 남자에게 우선 마음을 연다는 사실을 알기 때문. 그러다 어느 순간 이 다정함이 썰렁함으로 변하게 되는 시점이 있다. 이것은 정말 싫어서가 아니라 더 강한 자극을 주기 위한 전략적 처세술이라는 사실을 알아두라.

순애보 VS 양다리

만날 때는 이보다 더한 공주 대접이 없다. 모셔 가고 모셔 오고, 어디 흠이라도 날까 안절부절 못하는 그의 과잉 친절에 솔직히 기분은 최고. 그러나 선수들은 이러한 순애보를 가장한 양다리를 꿈꾼다는 점을 염두에 둬라. 열 여자 마다 않고, 오는 여자 막지 않는 것이 바

로 선수의 연애 철학! 필요 이상 너무 오버한다 싶으면 꼭 한번 확인
해볼 것. 최근 야근은 왜 이렇게 많아졌으며 친구는 왜 그렇게 자주
만나는 건지….

적극 VS 시들

섹스에 있어서 선수들은 거의 맹목적인 충성도를 보인다. 여자들
의 기분을 어찌나 잘 아는지 애무면 애무, 본 게임(?)이면 게임, 어느
것 하나 나무랄 데가 없다. 강한 카리스마로 섹스를 리드하다가도 애
기처럼 귀여운 면모를 보여 모성본능을 자극하기도 한다. 하지만 이
것도 잠시. 어느 정도 관계가 깊어진다 싶을 때 예전의 그 적극적인
자세는 간데없고 시들한 태도로 돌변하는 그. 한번 식은 선수의 마음
을 돌이키는 방법은 아직 없다. 이때는 오히려 미련 없다는 듯 돌아
서주는 것이 매력적인 여자로 남는 지름길이다.

114

흥분은 아무나 하나~
- 매력 없는 남자 스타일 4 -

섹시한 여자를 보는 것만으로도 흥분과 가라앉음을 반복하는 남자들에 비해 여자들의 성적흥분은 그리 쉽게 일지 않는다. 그가 아무리 탄탄한 허벅지와 울끈불끈 근육의 소유자라도 말이다. 때론 잠자리 파워보다 부드러운 말 한마디에 녹아내리기도 하는 것이 바로 여자. 자, 여자들의 흥분을 깨는 남자 스타일을 유형별로 살펴보자.

힘으로 해결하려는 머슴형

'자고로 남자의 생명은 바로 요 힘이여 힘'이라고 생각하는 남자들이 의외로 많다. 물론 상황에 따라 아주 틀린 말은 아니지만 그게 어디 힘으로만 해결될 일인가 말이다. 오히려 경험이 많지 않은 여자들은 쾌감은커녕 아픔만 호소하기도 한다. 미처 흥분하기도 전 무섭게 돌진하는 남자 때문에 흥분을 할 틈이 없다. 힘과 스피드가 전부는 아니다. 평소 터프하고 거친 남자라도 침대 속에서만큼은 사랑하는 여자를 위해 조금만 기다려주자.

무조건 오래 하는 노력형

이제 좀 그만둘 때도 되었건만 성심성의를 다해 최선을 다하는 이 남자. 물론 노력하는 자세에는 한 표를 주고 싶지만 벌써 1시간이 넘었다. 어디서 '여자는 오래 하는 남자를 좋아한다' 는 말을 들었나 본데 이 상황은 분위기 파악 정말 못하는 경우. 졸린 여자의 이 게슴츠레한 눈빛을 보라. 흥분은커녕 졸음만 밀려온다. 오래 하는 것도 좋지만 피곤할 땐 짧고 굵게 하는 퀵섹스(빠른 시간 내에 급하게 하는 섹스)를 시도해볼 것. 쾌감은 증가하고 효과도 만점이다.

거기 아닌데⋯ 어설픈 카리스마형

이거야 말로 흥분을 깨는 가장 큰 요인이다. 여성의 성감대를 어설프게 알고 있는 것. 남자들이야 대표 성감대(?)가 따로 있지만. 여자들은 그날그날 기분에 따라 바뀌기도 한다. 어제의 그곳이 오늘의 성감대가 아닐 수도 있다는 얘기. 거기가 아닌데 계속 그곳을 집중 공략하면 여자는 싫다는 말도 못하고 급기야 흥분을 연기해야 하는 지

경이 되고 만다.

'흥분은 내가 시킨다' 식의 자신감 넘치는 카리스마도 좋지만 가끔 어디가 어떻게 좋은지 살펴보는 센스를 발휘하도록.

꼬치꼬치 캐묻는 수다쟁이형

휘몰아치듯 격정적인 흥분을 기대한다면 섹스 도중 필요 이상으로 말을 많이 하지 말 것. 특히 오래된 커플 사이에 이런 경우가 많은데 '섹스 따로, 대화 따로' 하다 보면 도대체 로맨틱한 기분이 날 수가 없다. 자상한 것은 좋지만 사소한 부분까지 일일이 좋으냐 싫으냐를 물어가며 진행하는 남자는 매력 없다.

때론 알아서 리드하는 그 추진력에 여자들이 쓰러진다는 사실.

혹시 당신은 어떤 타입?

115 원나잇스탠드(하룻밤 섹스)의 아픔

어떤 독자가 인생상담을 해왔다. 가정이 있는 유부남인데 우연히 만난 여자 동창과 반가운(?) 마음에 하룻밤 거사를 치루게 되었다는 것이다. 물론 그녀에게도 약혼자가 있다고 한다. 문제는 남자가 섹스 후에도 여자를 못 잊는다는 것이다.

혹시 당한 거 아닐까

원나잇스탠드라 함은 그저 하룻밤 섹스를 즐기는 것을 말한다. 물론 쿨~하게 거기서 끝나면 좋으련만 사람 사는 게 어디 그런가. 남자는 그녀와의 지속적인 친분관계를 원하는데 여자의 반응이 신통치 않다는 것이다. 심지어 그녀에게 '당했다'는 기분마저 든다고 한다.

그녀는 무슨 속셈으로 그와 하룻밤을 잔 것일까. 정말 섹스만 즐기고 만 것일까?

꽃뱀이 아니고서야

결론부터 말하면 우선 대답은 '노'다. 여자가 꽃뱀이 아니고서야 재미 삼아 남자와 잔다는 것이 쉽지 않기 때문이다. 필자의 판단으로 는 그녀도 그를 내심 좋아하고 있었던 것이 분명하다. 서로 끌리는 전파가 없었다면 술에 왕창 취한 것도 아닌데 맨 정신에 섹스를 감행 할 수 있었겠는가. 게다가 가정이 있는 남자와 말이다.

두려워서 피하는 것

그녀도 많은 생각을 했을 것이다. '그날 내가 미쳤지'로 시작해서 이 남자를 다시 봐야 하나 말아야 하나 등, 남자만큼이나 깊은 고민 을 했을 것이 분명하다. 또 약혼자가 있는 몸이니 웬만한 용기 없이 그를 다시 만나기란 간단한 일이 아니란 말이다. 아예 모르는 남자와 프리섹스를 즐긴 것이라면 차라리 가뿐하겠지만 그는 동창 아닌가. 소문이라도 나면? 그가 찾아오기라도 하면? 두려운 마음이 드는 게 당연하다.

헌터의 충고

이럴 경우 그저 지나가는 세월에 맡기는 것이 가장 현명하다. 섣불리 그녀를 찾아간다거나 수시로 전화를 건다면 그녀를 아예 다시 볼 생각은 마시라. 집요한 스토커로 오인받을 수도 있으니 말이다. 적어도 지금 당장은 자숙하며 때를 기다리는 것이 최선의 방법이다. 오히려 남자 쪽에서 관심을 보이지 않으면 궁금해서라도 여자가 먼저 전화를 걸어올지도 모르니까. 다가가면 도망가고 무심하면 돌아보게 되는 것이 연애의 기본. 일방적으로 밀어붙이지 말고 적당한 시기에 살짝 물러나는 것도 상대를 안달나게 하는 방법이다.